W0024015

DERRIÈRE LE SOURIRE

ANTOINE GRIEZMANN
avec Arnaud Ramsay

DERRIÈRE LE SOURIRE

ISBN 978-2-221-19832-2
Dépôt légal : mai 2017

Avant-propos

Il est le nouveau Petit Prince des Français. La filiation fait d'autant plus sens que le gaucher porte le même prénom qu'Antoine de Saint-Exupéry et arbore, tatouée sur l'avant-bras, une citation de l'écrivain-aviateur qu'il applique comme un mantra : «Fais de ta vie un rêve, et d'un rêve, une réalité.» Sa popularité n'est pas rationnelle, elle se constate. Sa fraîcheur, sa spontanéité, sa joie de vivre, sa gueule d'ange, son efficacité sur le terrain, sa justesse de jeu, la façon dont il suinte le football par tous les pores de la peau fascinent le grand public. Son taux de notoriété transcende largement son sport, la troupe des Restos du Cœur l'a sollicité pour le concert des Enfoirés, il a doublé la voix de Superman dans le film *Lego Batman*, il possède 3,5 millions de *followers* sur Twitter et 6,7 millions de personnes le suivent sur Facebook.

Pourtant, malgré ce pouvoir d'attraction, le numéro 7 de l'Atlético Madrid et de l'équipe de France reste mal connu. Parce qu'il porte les maillots d'un club espagnol depuis ses quatorze ans, échappatoire inattendue après avoir été retoqué par les centres de formation français car jugé trop frêle. Et car Antoine Griezmann, vingt-six ans, gabarit atypique (1,75 mètre pour 61 kilos) selon les canons du football moderne, est un jeune homme réservé et peu loquace, qui se réfugie derrière un sourire dégainé en quasi toute circonstance. Champion de la proximité, il expose sciemment une image lisse, tendant vers le gendre idéal, afin de mieux gommer ses parts d'ombre.

Le meilleur buteur et joueur de l'Euro 2016 est aussi, et c'est ce qui plaît, une star « normale ». Un attaquant – dont l'égoïsme est censé être l'une des armes fatales – qui raisonne d'abord en termes de collectif. Presque un anachronisme dans un monde nourri aux statistiques individuelles. Cet état d'esprit est une véritable philosophie, pas une posture déclenchée quand les caméras sont branchées.

J'en ai eu l'illustration lors d'un récital de l'Atlético auquel j'assistais dans l'enceinte vibrante et familiale de Vicente-Calderón. « J'espère que tu entendras le morceau en mon honneur que chantent les supporteurs quand je marque », m'avait-il souhaité, après une première session d'entretien de quatre jours pour la réalisation de cet ouvrage. Ce samedi 15 octobre 2016, contre Grenade, dernier du classement, il n'a pas inscrit son septième but en huit journées de Liga. Cela ne l'a pas empêché, en quittant ses partenaires à la 67e minute, de donner une chaleureuse accolade à Fernando Torres, qui lui succédait sur la pelouse, puis de taper dans la main de son entraîneur, Diego

Simeone. Et quand, à trois minutes de la fin, Tiago, entré peu auparavant, a conclu le festival d'un septième but, il s'est extirpé du banc afin de fondre vers le milieu de terrain portugais pour l'enlacer. Heureux de la réussite des siens plutôt que de ruminer, de jalouser le triplé de Yannick Carrasco ou le doublé de Nicolás Gaitán, lui dont la mission première consiste à scorer.

La fierté d'Antoine Griezmann est davantage d'être un joueur complet, de posséder toute la panoplie, d'être autant buteur que passeur, de se déplacer intelligemment, d'être adroit dans le dernier geste, capable de replis défensifs, d'ajuster coups francs et corners, de se montrer habile de la tête, du pied droit comme du gauche. Bref, de jouer juste, et avec générosité. Également attaquant historique de l'Atlético Madrid, vainqueur du championnat et de la Coupe en 1996, l'international Espagnol Francisco Narváez, plus connu sous le nom de Kiko, a résumé l'affaire d'un : « C'est un footballeur différent, qui possède un corps de fer et un pied de soie. »

Sa personnalité altruiste s'est encore révélée le 21 février 2017 à la BayArena. L'Atlético joue les huitièmes de finale aller de la Ligue des champions. Antoine Griezmann a inscrit son treizième but en C1, devenant meilleur réalisateur de l'histoire du club dans l'épreuve. Mais ce soir-là, le plus en jambes s'avère être Kevin Gameiro, auteur d'une passe décisive et d'un penalty transformé. À la 71e minute, c'est pourtant ce dernier que le technicien argentin rappelle sur le banc. Constatant cette décision – l'instant a été capté –, le natif de Mâcon s'en étonne et lance à

Simeone : «*No, no, no. Es el mejor, es el mejor*», soit «Non, non, non. C'est le meilleur, c'est le meilleur.» Simeone n'écoutera pas Griezmann mais son réflexe est singulier. Comme son destin. Lequel regorge de clins d'œil, tel connaître sa première sélection en équipe de France un 5 mars, le jour de l'anniversaire de sa compagne Erika, qu'il va épouser en fin de saison.

Il n'oublie jamais de le lui souhaiter, quitte à récolter une amende. Le 5 mars, il lui a dédicacé son premier but contre Valence en exhibant sous ta tunique rouge et blanche un *Feliz cumple, gordita!!*, suivi d'un cœur. La semaine suivante, la commission de discipline de la Fédération espagnole lui a infligé une astreinte financière et l'a sanctionné d'un carton jaune. D'ordinaire pondéré, il est sorti de sa réserve et a musclé son jeu en se fendant d'un tweet courroucé : «Amende et avertissement pour avoir félicité ma femme et ça trois jours après... #OccupezVousDautresChoses.»

Sous une apparence policée, Antoine Griezmann est naturellement beaucoup plus téméraire et opiniâtre que l'image renvoyée. Un champion, de toute façon, ne peut pas être que gentil et délicat. Cela n'empêche pas la politesse. Lorsque Bixente Lizarazu est allé l'interroger pour le magazine de TF1 «Téléfoot», le buteur l'a vouvoyé. L'entretien a eu lieu à l'hôtel AC La Finca, dans un quartier d'affaires en banlieue de Madrid, à Pozuelo de Alarcón. Quelque-uns de nos rendez-vous se tiendront au sein de cet établissement moderne, à cinq minutes en voiture de chez lui. La plupart, néanmoins, auront sa maison pour cadre. Une imposante quoique discrète bâtisse de forme cubique avec piscine, barbecue et miniterrain de basket, enclavée dans une zone résidentielle surveillée. Son entraîneur n'habite pas très loin, de même que Cristiano Ronaldo.

La vitrine des Bleus avoue d'emblée avoir lu peu de livres mais a l'envie de partager ses souvenirs. « Je veux aussi montrer que, avant d'en profiter à fond comme aujourd'hui, j'en ai chié ! » Derrière le sourire, des zones de turbulences, des accrocs. Et une réussite qui a choisi son camp. Celle-ci est tellement fragile et volatile. Bernard Tess, l'œil de l'AJ Auxerre en Bourgogne, l'avait par exemple repéré dès ses neuf ans et emmené trois ans plus tard à l'AJA en vue d'intégrer le centre de préformation. Mais le club, qui lui fera passer une radio du poignet pour connaître sa future taille, ne l'a pas retenu. Ils ont en revanche conservé les deux autres sur lesquels le chauffeur de taxi avait jeté son dévolu : l'un est à présent apprenti pharmacien, l'autre travaille dans l'armée...

Les sessions étalées sur quatre mois pour accoucher de ce que vous tenez entre les mains seront l'occasion de goûter le maté, ce breuvage d'Amérique du Sud dont il est fan. Devant le Dictaphone, il s'est confié sans ambages, développant une impressionnante mémoire de tous ses matchs, ne se perdant pas en digressions. Le timoré se transforme en disert, surprenant même sa sœur Maud et Erika par une volubilité inhabituelle. Il va direct à l'essentiel, ne s'éparpille jamais. Sa fille Mia, suçant sa tétine, s'est parfois enhardie jusqu'au salon pour réclamer un câlin de son papa, son bouledogue français Hooki a poussé quelques râles, pressé de sortir dans le jardin, tandis que la présence de Maud, tapie dans l'ombre, le rassure. À force de manier l'espagnol, qu'il pratique davantage que le français, il a pu demander : «Comment dit-on ça, déjà, en français ?» Antoine Griezmann, se piquant au jeu, m'a aussi envoyé par e-mail des textes qu'il a rédigés, scènes de vie croquées ou journaux de bord, de son transfert à l'Atlético à la naissance de sa fille en passant par le moment où il a appris qu'il figurait sur le podium du Ballon d'Or. Le tour du propriétaire a été complété par des discussions avec Éric Olhats, son conseiller sportif, l'homme qui l'a emmené à la Real Sociedad et bien plus, et une visite familiale à Mâcon. Là où sont plantées ses racines, où ses parents, Alain et Isabelle, se transforment en gardiens du temple, avec le frère cadet Théo. Car les Griezmann, c'est d'abord une affaire de famille.

Arnaud Ramsay, mars 2017

1

À la table des géants

Il paraît qu'au moment de mourir, on voit sa vie défiler. Rassurez-vous, je ne suis pas pressé de connaître cette expérience. En revanche, j'ai déjà eu un aperçu de mon existence en accéléré.

En décembre 2016, ma sœur Maud, qui s'occupe à ma demande de mes relations avec la presse, m'appelle pour affiner les détails d'une interview programmée deux jours plus tard. Le magazine *France Football* doit me remettre le trophée de Joueur français de l'année[1], une élection issue des votes récoltés auprès des anciens vainqueurs, de Zinédine Zidane à Raymond Kopa[2], de Thierry Henry à Jean-Pierre Papin, de Michel Platini à Karim Benzema. Et j'imagine qu'elle cherche à me contacter pour m'indiquer la durée

1. Antoine Griezmann succède à Blaise Matuidi au palmarès du trophée. Sur l'ensemble des votants, composés d'anciens lauréats et du directeur de la rédaction de *France Football*, seules trois personnes ne l'ont pas placé en première position.

2. Décédé le 3 mars 2017.

de l'entretien et l'endroit où il sera réalisé. J'achève tout juste l'entraînement quand je constate qu'elle a essayé de me joindre à trois reprises. C'est très rare de sa part. Souvent, Maud se contente d'un message en me communiquant les informations nécessaires pour m'organiser. Cette fois, donc, pas de message mais trois appels rapprochés. Mystère. Bon, pas de quoi m'affoler non plus. Ni bouleverser mes habitudes. Ainsi, après la séance, je bois mon maté dans la calebasse en tirant sur la *bambilla*[1], en compagnie de Diego Godín, José María Giménez, Nicolás Gaitán et Ángel Correa, mes partenaires sud-américains de l'Atlético Madrid. J'enchaîne, pour soigner ma récupération, par un bain chaud de trois minutes, puis un bain froid de huit minutes. Enfin, je prends ma douche.

Même si je ne change rien à mon rituel, je ne suis pas totalement tranquille. Ces appels me trottent dans un coin de la tête. La douche est plus rapide qu'à l'accoutumée. Je me rhabille et je m'en vais. «*Hasta mañana, amigos*» – «À demain, les amis.» Je grimpe dans la voiture, je m'éloigne du centre d'entraînement et je rappelle Maud. Pendant que ça sonne, les questions se bousculent dans ma tête. Qu'est-ce qu'elle a? Est-ce qu'il s'est passé quelque chose de particulier? Maud décroche et entame la conversation d'un interrogateur : «Ça va Toinou?» Ouf! Je suis rassuré. Quand elle m'appelle Toinou, c'est bon signe. Cela veut dire que tout va bien. Elle enchaîne par un

1. Paille à maté.

classique : « Jeudi, tu as rendez-vous à 14 heures à l'hôtel AC La Finca. » Parfait, c'est ce qui était prévu. L'endroit, situé dans la banlieue de Madrid, est convivial et pas loin de la maison. Avant de prendre congé, Maud veut me dire quelque chose. « Tu dois garder l'info secrète. Personne ne doit savoir », annonce-t-elle avec fermeté. La suite est plus confuse. « Tu es... » Quand Maud termine sa phrase, mon cœur monte en pulsations comme jamais auparavant. Plus fort encore qu'au moment de tirer le penalty face à Manuel Neuer en demi-finales de l'Euro 2016 contre l'Allemagne, au Vélodrome. Mon esprit s'échappe, je ne pense plus à rien. Il s'écoule une moitié de seconde avant qu'elle répète « Tu es... » La phrase est courte. Pourtant, on aurait dit que Maud l'avait sciemment arrêtée, la suspendant pendant cinq minutes. Finalement, mes pensées se téléscopant, je n'ai entendu que la fin de ce qu'elle souhaitait me révéler. Ce qui donne un étonnant :

« Tu es ... sième !

— T'as dit quoi ? »

Et Maud de crier :

« Tu es troisième du Ballon d'or ! »

J'explose :

« *Yeeeeessssssss*, p***, quel bonheur ! J'y suis arrivé, dans ce top 3 ! »

La joie est énorme. Je suis dans ma voiture, je crie, je hurle. Les gens que je croise doivent se demander ce qui se passe. Sur le moment, je m'en moque complètement. Il faut bien mesurer ce qui m'arrive, quelle a été ma trajectoire.

Moi, Antoine Griezmann, ving-cinq ans, natif de Mâcon, refusé dans toute la France à cause de ma taille, je figure parmi les trois meilleurs joueurs au monde ! Depuis mes quatorze ans, installé à Bayonne et formé par la Real Sociedad, j'ai souffert de la distance qui me séparait de ma famille. Une nouvelle langue, l'espagnol, à apprendre et à employer avec mes coéquipiers, connaître d'abord le sort de remplaçant, m'échauffer toute la deuxième mi-temps pour ne finalement pas entrer en jeu, les passages à vide devant le but, les défaites, mes deux finales perdues en l'espace de quelques semaines, en Ligue des champions puis à l'Euro... Une vie de footballeur riche en sacrifices qui ont fini par payer.

Je repense à tous les efforts fournis, les après-midi à travailler dur pendant les entraînements. Tous ces efforts qui m'ont permis de devenir le troisième meilleur joueur du monde de l'année 2016. L'année civile 2016, pas seulement la saison. J'ai conscience que ce n'est que le début, que les attentes autour de moi vont devenir de plus en plus fortes. Mais je me sens capable d'assumer. Je mesure que je ne suis pas arrivé au sommet de mon potentiel. Il importe de poursuivre le travail jour après jour, de toujours tout donner pour mes partenaires. J'ai envie que mes parents, ma sœur et mon frère soient fiers de moi, que la petite Mia le soit de son papa, qu'Erika, avec qui je vais me marier, pense que « oui, c'est mon homme et j'en suis fière », que mes potes puissent se dire « c'est notre Grizi, ça », que ma TeamGrizi soit fière de moi. Par-dessus tout, il convient de veiller à continuer à prendre du plaisir sur le terrain. Bref, la route est encore longue et beaucoup d'épisodes vont pimenter mon parcours. Mais je suis sur la bonne voie...

Je rejoins ainsi un cercle restreint, celui du prestigieux Ballon d'Or, créé par *France Football* en 1956. Jusqu'en 2010, seuls les journalistes spécialisés votaient. Puis les choix des capitaines des équipes nationales et des sélectionneurs se sont ajoutés, sous l'égide de la Fédération internationale de football association (FIFA). *France Football* a repris son bien et, pour cette édition, c'est le vote de 173 journalistes internationaux qui a compté. Sur la ligne d'arrivée, Cristiano Ronaldo arrive en tête, avec 745 points, largement devant Lionel Messi, 316 points. Je complète le trio avec 198 points. Sept jurés m'ont même placé sur la plus haute marche : ceux de la République tchèque, de l'île caribéenne d'Aruba, de la Libye, du Liechtenstein, de la Nouvelle-Calédonie, de la Palestine et du Swaziland ! Ronaldo en est à quatre Ballon d'Or, Messi à cinq, le record. Je suis le onzième joueur français à figurer dans les trois premiers du classement[1], le quatrième seulement depuis vingt ans. De quoi être évidemment comblé, d'autant plus que je ne suis pas un véritable numéro 9. Je ne me considère pas comme un joueur qui doit marquer tous les week-ends ; je raisonne d'abord en termes de collectif. J'ai un profil complet, je n'ai pas besoin uniquement d'attaquer.

1. Les autres sont Raymond Kopa, Michel Platini, Jean-Pierre Papin, Zinédine Zidane, Just Fontaine, Alain Giresse, Jean Tigana, Éric Cantona, Thierry Henry et Franck Ribéry.

L'année 2016 s'est avérée riche en distinctions personnelles : meilleur joueur de l'Euro[1] selon un jury d'experts de l'Union des associations européennes de football (UEFA) dont Sir Alex Ferguson, meilleur buteur du tournoi avec six réalisations, meilleur joueur du championnat pour la Liga grâce à mes vingt-deux buts et cinq passes décisives en trente-huit matchs, élu par ailleurs joueur préféré des fans, et enfin meilleur joueur français à l'étranger par l'Union nationale des footballeurs professionnels (UNFP).

Au Ballon d'Or, je figure derrière deux extraterrestres, deux légendes qui, depuis 2008, n'ont pas laissé échapper un sceptre. Je ne conteste pas leur talent mais je regrette un aspect quelque peu marketing. Messi et Ronaldo sont au-dessus des autres. Mais, à mes yeux, certains joueurs l'auraient néanmoins tout autant mérité. Je pense par exemple à Xavi ou Andrés Iniesta après la Coupe du monde 2010, ou encore à Gianluigi Buffon et Franck Ribéry. En 2013, l'ailier a été impressionnant avec le Bayern Munich, qui avait remporté la Ligue des champions, la Bundesliga et la Coupe d'Allemagne. Franck avait seulement terminé troisième du Ballon d'Or. Dommage, car il aurait été logique qu'il soit honoré. Je comprends qu'il ait été déçu, lui qui était favori. Forcément, il a pris un coup derrière le crâne. Cette récompense reste magique mais a perdu un peu de sa beauté, de son poids. J'espère toutefois la brandir un jour. Mais ce

1. Il a reçu son trophée au Stade de France, quelques minutes avant le match face à la Bulgarie dans le cadre des éliminatoires du Mondial 2018.

n'est pas mon objectif numéro un. Je préfère gagner la Coupe du monde ou un autre trophée collectif, car nous ne sommes rien sans l'équipe.

Plus la date du classement approchait et plus j'espérais apparaître sur le podium. C'était l'unique place envisageable. Je savais que cela se jouerait entre Luis Suarez, Gareth Bale, Neymar et moi. Je n'ai sincèrement jamais espéré mieux qu'être troisième. Inconsciemment, c'est la prime au plus connu. À ce jeu-là, Ronaldo et Messi sont imbattables. Ce sont deux monstres, dont on évoquera les exploits pendant des années et des années. Même ma fille, ainsi que ses enfants, en entendront parler. Et pourquoi pas, aussi, de son papa !

Je me suis invité à la table des grands. À moi maintenant de faire en sorte d'y rester. Je veux continuer à manger avec eux ! Sur l'année 2016, le Portugais mérite son sacre. Il a décroché la Ligue des champions et l'Euro, les deux fois face à moi, a inscrit 51 buts et délivré 17 passes décisives en 55 matchs. Chaque saison, en dépit de la pression, Messi et lui se hissent à la hauteur de leur statut.

Ronaldo est mon voisin, habitant lui aussi le quartier sécurisé de La Finca. À une époque, nos maisons étaient même côte à côte, et il passait chaque jour devant la mienne. Nous échangions des saluts, rien de plus. J'ai ensuite déménagé, mais dans le même ensemble résidentiel. Je l'ai rencontré par hasard en vacances l'été dernier, peu après l'Euro. J'étais à Miami avec Erika. Un soir, nous étions allés assister à un show latino. J'étais déjà sur place quand Cristiano est apparu avec des amis. C'était le hasard le plus total. Après le spectacle, l'endroit s'est transformé en restaurant-discothèque. Je suis allé le trouver et, en rigolant, je lui ai lancé : « Je te déteste ! » Puis je l'ai naturellement félicité pour ce qu'il avait accompli. Je lui ai aussi glissé que, l'an prochain, j'espérais que ce soit lui qui me félicite !

Je lui voue un profond respect ainsi qu'à Messi. Mais nous sommes différents. Ils semblent parfois dans leur bulle, faisant abstraction du monde, comme lassés d'être des objets sempiternels de curiosité. De mon côté, je fais dans la décontraction.

Lors d'un match à Santiago-Bernabeu, le Real Madrid a obtenu un coup franc proche de la surface. Notre mur a commencé à se positionner, et Ronaldo a posé le ballon. Je me suis approché pour lui demander où il comptait tirer. « Je ne sais pas », a-t-il répondu. « Tribune ou but ? » ai-je chambré. Il n'a pas réagi. Il a pris son élan, et le gardien a sorti sa frappe. J'aime bien charrier l'adversaire sans verser dans la provocation ou l'agressivité, attitudes que je réprouve. Taquiner, OK, mais sans humilier.

Chez nous à Vicente-Calderón, toujours face au Real, son défenseur brésilien Marcelo me prenait au marquage. Sur un coup franc, je l'ai prévenu en rigolant : « Fais attention, je vais marquer. » Sur l'action, si je parvenais à le devancer, je marquais. Mais, malheureusement, je suis resté bloqué derrière lui et il a sorti le ballon. Ce genre de moments de relâchement, j'en ai besoin. Sourire et blaguer me sont indispensables.

2

Mâcon, jamais sans mon ballon

D'aussi loin que je me souvienne, le football a toujours irrigué mon sang. Il faut reconnaître que j'ai de qui tenir. Mon grand-père maternel, Amaro Lopes, a été joueur professionnel. Un défenseur pas très grand mais coriace, auquel je ressemble physiquement. Il portait le maillot jaune du club de Paços de Ferreira. Une ville de 60 000 habitants, au nord du Portugal, entre Porto et Guimarães. Son équipe s'appelait le FC Vasco de Gama. Elle a troqué en 1960 son nom pour celui de Football Club Paços de Ferreira, lequel encore aujourd'hui évolue en première division, la Liga Sagres. Lorsque cette désignation a été adoptée, mon grand-père avait quitté le Portugal. La vie y était trop dure et la dictature de Salazar, même si elle déclinait, étouffait le pays. Il était marié à Carolina et avait déjà trois enfants : José, Manuel et Maria Alriza.

La France, elle, avait besoin de main-d'œuvre pour se reconstruire après les ravages de la Seconde Guerre mondiale. Le général de Gaulle se tenait dans l'antichambre du pouvoir, bientôt président élu d'une Ve République dont il sera l'instigateur. Le pays manquait cruellement de bras, notamment parmi les métiers du bâtiment. Amaro était maçon. En 1956, il a décidé de prendre le large. Tout seul, car la tentative n'avait rien d'anodin. Comme beaucoup de paysans et d'ouvriers, il ne pouvait pas obtenir de passeport de tourisme ou d'émigration. Il a utilisé les filières clandestines. L'organisation de ces réseaux structurés lui a permis, à lui et à quelques courageux, de pénétrer dans l'Hexagone après une traversée irrégulière de l'Espagne suivie du passage par les cols pyrénéens. L'effort exigé, sur les plans physique et financier, était d'importance. Amaro s'est dans un premier temps posé à Cassis, dans les Bouches-du-Rhône, près de Marseille. Mais il ne s'y est pas plu. L'année suivante, un certain M. Couturier, entrepreneur en bâtiment, l'a sollicité car ses besoins n'étaient pas pourvus.

C'est ainsi qu'en 1957, mon grand-père s'est installé à Mâcon, en Saône-et-Loire, afin d'exercer son métier. Très vite, il a fait venir son épouse et ses enfants. Les Lopes ont été les premiers Portugais à choisir cette ville d'un peu plus de 30000 habitants, à 400 kilomètres de Paris et 65 kilomètres au-dessus de Lyon. Plus globalement, à partir des années 1960, une importante vague d'immigration portugaise est arrivée en France. En une décennie, leur nombre est passé de 50000 à 750000, pour en faire la première communauté étrangère du pays.

Mâcon est resté le fief familial. La progéniture d'Amaro et Carolina s'agrandira avec la naissance d'Andrea, puis d'Isabelle, ma maman. Au fil des ans, des citoyens de Paços emprunteront leur sillage, optant pour la plus méridionale des villes de Bourgogne-Franche-Comté. Ma grand-mère facilitera leur intégration, en les aidant notamment à régler les formalités administratives. Frapper à sa porte relevait de l'évidence. Le plus fort est qu'elle les épaulait pour remplir leurs papiers alors qu'elle-même était analphabète ! Ne pas savoir lire ni écrire ne constituait pas un frein à son enthousiasme et à sa volonté. Amaro, lui, a poursuivi son activité de maçon jusqu'à ce qu'un grave accident le rende invalide. Je ne garde aucun souvenir de lui. Plutôt logique : il est décédé en 1992, un an après ma naissance.

Le troisième gardien de l'Atlético Madrid, André Moreira, a vingt et un ans et mesure 1,95 mètre. Portugais, il m'a parlé de mon grand-père. Il m'a expliqué avoir vu des photos de lui dans certains albums, notamment dans le livre commémorant le cinquantenaire du club de Paços de Ferreira. Il a promis de me rapporter l'ouvrage. Je serai curieux de le feuilleter. La mémoire d'Amaro Lopes est également entretenue à travers le tournoi en salle qui porte son nom. Il a lieu au parc des expositions de Mâcon une fois par an au mois de février. Il est organisé par le Sporting club de la ville, qui rassemble la communauté portugaise. Mon frère Théo joue pour ce club, au poste de numéro 9.

Ma grand-mère Carolina a vécu jusqu'en 2009. Il n'était pas rare qu'elle nous garde chez elle. Vers la fin de sa vie, ce fut à son tour de rester dans notre maison ; moi, j'étais déjà à la Real Sociedad. Plus jeune, j'ai passé quelques rares vacances d'été au Portugal. J'ai encore un peu de famille à Paços de Ferreira, mais je n'y dispose pas d'attaches spécifiques. Ma mère ne nous a jamais parlé dans sa langue maternelle, elle ne le faisait qu'avec la sienne. Un jour, je prendrai le temps d'aller sur place, de rendre visite aux Lopes. Ce que j'ai de portugais en moi ? Sans doute les fesses de ma grand-mère !

Mon père Alain est, lui, un pur enfant de Mâcon. L'origine de son patronyme – prononcez « Grièzemanne » et non « Grizemanne » –, il ne la connaît pas véritablement. Ses racines viendraient d'Alsace ou d'Autriche, où ce nom, littéralement, signifie « l'homme-semoule » ou « l'homme des graviers »... Toujours est-il que son père, Victor, né à Orléans, a été résistant à Mâcon.

Le football, mon père a commencé à le pratiquer avec assiduité dès l'âge de neuf ans à l'ASPTT Mâcon. Il était défenseur ou milieu de terrain, du genre à poser des boîtes, c'est-à-dire à jouer des coudes et des épaules pour se faire respecter par ses adversaires. Il a eu, au meilleur de sa forme, le niveau d'un joueur de CFA, le quatrième échelon. Il se mesurait notamment en championnat à la réserve de Saint-Étienne. Titulaire d'un CAP de serrurerie, il s'est vu proposer au sortir de son service militaire un poste d'employé communal à une dizaine de kilomètres de la maison, à La Chapelle-de-Guinchay. En contrepartie du boulot et du logement de fonction, il devait prendre une licence au club. Il s'est ainsi retrouvé à jouer en promotion de district, cinq divisions plus bas que précédemment, dans ce village d'environ trois mille âmes, à la limite des départements de l'Ain et du Rhône.

Je dois tout au football. C'est tellement vrai que ce sport a même permis la rencontre de mes parents. Quand mon père jouait à l'ASPTT Mâcon, son meilleur ami était Manuel Lopes. Né au Portugal, mon futur oncle aurait pu essayer d'embrasser une carrière professionnelle car il était doué. Il avait trois poumons, comme moi. Mais sa mère a refusé. Elle ne souhaitait pas qu'il quitte la maison. Entre le football et la famille, il n'a pas hésité : il a choisi la famille. Encore aujourd'hui, il chambre mon père en disant qu'il était meilleur que lui, que j'ai hérité de ses talents. Ce à quoi mon père rétorque : « Tu avais la technique, moi l'intelligence. Or, dans le football, c'est l'intelligence qui prime ! » Manuel était meneur de jeu, plutôt offensif. Partenaires de club, issus de la même génération, les deux amis ont continué de se fréquenter lorsque mon père s'est installé à La Chapelle-de-Guinchay.

Pour se détendre, ils fréquentaient un établissement sur les quais, près de l'hôtel de ville de Mâcon. Parmi les serveuses, Isabelle, la sœur de Manuel. Elle a commencé à travailler dès seize ans pour soulager sa mère, qui devait nourrir cinq bouches. Elle a d'abord exercé à la brasserie Les Tuileries puis, une fois majeure et autorisée à servir de l'alcool, dans un bar tout proche appartenant au même patron : Le Paris, devenu Le Voltaire. Mon père avait repéré cette jolie fille, même si elle lui paraissait jeune – elle a neuf ans de moins que lui. Mon oncle, devenu menuisier, a assuré le service après-vente. Lui-même marié, il a encouragé leur relation. Les deux tourtereaux ont commencé à se fréquenter et, rapidement, ont officialisé leur union. C'est ainsi que mon père a épousé la sœur de son milieu de terrain ! Il avait trente ans. De cette union a d'abord vu le jour Maud, le 7 avril 1988. Puis j'ai poussé mon premier cri trois ans plus tard, le 21 mars 1991, cinq ans avant Théo, surgi le 30 août 1996 au centre hospitalier de Mâcon, l'endroit où ma mère travaillait alors. Comme Maud, je suis né à l'ancienne maternité de la rue Chailly-Guéret, à Mâcon, désormais la seule unité spécialisée en soins palliatifs de Saône-et-Loire.

Comme Maud encore, je n'ai qu'un seul prénom déclaré à l'état civil. Théo, lui, se voit accoler sur son passeport ceux de Victor et Amaro, mes deux grands-pères, qui venaient de disparaître. Pour leur premier enfant, mes parents ont ignoré jusqu'à sa découverte si ce serait un garçon ou une fille. Tout le monde leur jurait que ce serait un petit et ils avaient choisi de le prénommer Antoine, surtout ma mère. Maud a simplement repoussé l'échéance !

Dès la naissance de sa fille, mon père a nettement ralenti la cadence rayon football. Le dimanche matin, plutôt que d'aller jouer, il allait se promener et cueillir des fleurs avec ma mère – qui ne se plaisait pas trop à La Chapelle-de-Guinchay. Il a alors demandé sa mutation à Mâcon, obtenue quelques mois après mon apparition. Employé par la Ville, il a hérité d'un logement de fonction dans le quartier populaire des

Gautriats, entouré d'arbres et de barres HLM. Il s'agissait d'une ancienne maison de maître, léguée à la municipalité et réaménagée en salles de réunion. Mon père faisait sonner le réveil à 6 h 30, revenait partager le repas avec nous avant de retourner au boulot, qui consistait à entretenir et nettoyer les bâtiments communaux et à intervenir en cas de problèmes mécaniques ou électriques.

Gardien, il posait l'alarme chaque soir à 23 heures. Il avait aussi la responsabilité du stade voisin. Un terrain multisport dont les installations permettaient de pratiquer, outre le football, le volley-ball, le handball ou le basket. Au début, le goudron n'avait pas été encore posé. Nous jouions sur du sable, et c'est mon père qui a installé les buts après que je les eus réclamés. Autant dire que, très vite, j'y ai passé des heures et des heures. J'aimais cette maison et cet environnement très calme, au pied des immeubles, vers lesquels je ne m'aventurais jamais. Je me souviens avoir martyrisé la porte du garage – elle était bleue, comme les volets – pour m'exercer au tir. Elle en a, du coup, hérité des stigmates pour l'éternité. Mes parents y ont vécu jusqu'en 2013. Ils résident toujours à Mâcon et mon père continue d'officier tous les jours dès l'aube aux Gautriats. Il sera officiellement à la retraite en septembre 2017.

Ma mère, elle, a arrêté de travailler il y a trois ans. À ma demande. En effet, elle a fait un burn out tellement elle était éprouvée physiquement et nerveusement, à force d'enchaîner les heures, de gérer le stress de tout le monde. Je comprends que l'on considère le burn out – littéralement « se consumer de l'intérieur » – comme le mal professionnel du siècle. Elle s'investissait corps et âme, je la voyais s'abîmer la santé et ça me mettait dans de drôles d'états. Elle était à bout, elle qui exerçait une activité professionnelle depuis ses seize ans.

Au cours de sa première vie, celle de serveuse, elle a gravi les échelons jusqu'à ce que ses patrons lui confient le bar. Elle a quitté cet emploi après la naissance de Maud, mon père refusant qu'elle travaille jusqu'à tard le soir. Elle a enchaîné avec des ménages chez des mamies et autres particuliers. Même son année de pause après ma naissance a été bien remplie puisqu'elle a soulagé son frère, qui venait d'acheter un bar – décidemment. Puis elle a ensuite trouvé un boulot chez Onet Services, la société de nettoyage. Elle était affectée au centre hospitalier de Mâcon, se levait chaque matin à 3 h 30, quittait la maison à 4 heures, revenait à 11 h 15 pour nous préparer le déjeuner. Là encore, elle a escaladé les marches. Elle a nettoyé les chambres, le bloc opératoire, avant de passer responsable de service puis agent de maîtrise, encadrant une quarantaine de personnes, signant les contrats avec les clients d'Onet. Elle était présente pratiquement tous les jours de l'année à l'hôpital.

Quand elle s'investit, elle le fait à fond. Au sein de son équipe, dès qu'un intérimaire appelait pour prévenir qu'il était malade, parfois avec mauvaise foi, elle se sacrifiait et prenait sa place. Elle palliait les défections et ne s'économisait pas pour trouver des solutions de remplacement. Elle aimait son travail mais, à force, en avait oublié l'attrait. Son boulot l'envahissait trop, elle était tout le temps fatiguée, se sentait mal, n'appréciait même plus les moments où elle venait me voir. Ça ne pouvait plus durer. Alors je lui ai demandé de dire stop, je ne lui ai pas laissé le choix. Bien sûr, grâce à mon salaire à l'Atlético Madrid et à mes divers contrats, elle n'a pas besoin d'exercer une activité. Mais elle en éprouvait l'envie, craignant, sinon, de tourner en rond, de s'ennuyer. Je ne regrette pas de l'avoir forcé à prendre sa retraite anticipée, même si, à cinquante et un ans, elle n'exclut pas l'idée d'ouvrir un jour un bar-restaurant à Mâcon – une obsession... Mes parents ont veillé sur nous avec amour et tendresse. Lorsque nous allions faire les courses chez Carrefour ou Auchan, ils nous offraient toujours un petit cadeau. À mon tour de tout faire pour qu'ils soient heureux.

J'ai été nourri au biberon du football. Mon père a entraîné bénévolement de nombreuses équipes, et de tous les âges, des U9 aux seniors. Cinq ans durant, il a coaché le club de Thoissey, petit village de l'Ain à une demi-heure de route. Chaque fois ou presque, je le suivais. Je voulais tout le temps venir avec lui. J'observais le moindre détail mais, surtout, j'en profitais pour jouer. Je me déplaçais avec mon petit ballon, exploitant chaque pause pour pénétrer sur la pelouse afin de jongler, dribbler ou tirer. Seul ou avec des copains. Mon père avait beau rentrer tard et moi avoir école le lendemain matin, j'étais présent. Rebelote le week-end quand je l'accompagnais aux matchs. Plutôt que d'être scotché au suivi de la rencontre, je jouais de mon côté et lui demandais le score à l'issue de la partie.

Président de la République, astronaute, pilote d'avion, médecin, ingénieur, avocat, vétérinaire, scientifique ou comédien : ce sont, en général, les professions que l'on souhaite exercer quand on sera grand. Moi, je n'ai jamais dévié de mon rêve : devenir footballeur professionnel. Je ne pensais qu'à ça. Déjà, en primaire, j'étais obnubilé par le fait de pouvoir vivre de ma passion, couchant dans mes rédactions que je serai plus tard footballeur. Cela ne souffrait d'aucune discussion dans mon esprit. Et je n'avais pas de plan B...

L'école, en revanche, ce n'était pas mon truc. Ma matière préférée ? Le sport... J'étais nul en maths, et l'histoire-géographie ne m'intéressait pas. Je ne faisais pas d'efforts particuliers. Je n'étais pas assis près du radiateur mais bien au fond de la classe, proche de la fenêtre, vers laquelle je me tournais souvent, regardant ce qui s'y passait, calculant le temps qu'il restait avant d'aller pouvoir jouer au foot à la récréation. Je n'étais pas très concentré. Je ne sais même pas comment j'ai réussi à décrocher mon brevet des collèges. Ma famille non plus, elle m'a d'ailleurs assez chambré là-dessus en me demandant combien j'avais payé pour l'avoir ! J'ai surtout eu la chance que mes professeurs m'aiment bien et ne soient pas trop sévères.

La petite tête blonde que j'étais ne quittait pas son ballon. Est-ce que je dormais avec ? Je ne m'en souviens plus. Je crois en tout cas que les habitants du quartier des Gautriats ne m'ont jamais vu sans ! Même quand j'allais à la piscine municipale, je l'emmenais.

Une fois, alors que je me rendais à l'école, ma mère m'a rattrapé puis m'a sondé : « Antoine, tu es sûr que tu n'oublies rien ? – Non, maman, j'ai mon ballon », avais-je répondu, sûr de moi. En revanche, j'avais laissé mon cartable, ce qui visiblement me posait moins de problèmes... Le ballon ne s'éloignait jamais de mon sac à dos, il me faisait oublier tous mes soucis. Il me procurait du bonheur, c'était mon meilleur ami.

Le midi, avant ou après la cantine, nous organisions de petits tournois. Au stade, quand je n'utilisais pas les cages en bois, je m'entraînais à viser en hauteur sur les panneaux de forme triangulaire à l'arrière du panier de basket, que je transformais en cage. Le foot, rien que le foot. J'apportais là encore mon propre ballon, avec les potes. Le vrai, du moins celui avec lequel jouaient les professionnels, en cuir, même si ça coûtait de l'argent. Les autres sports ne trouvaient pas grâce à mes yeux. J'ai conscience aujourd'hui du bonheur de pouvoir vivre de ma passion, tellement j'étais peu doué pour les études. Mais je sais que l'enseignement est important, naturellement.

Quand je ne jouais pas au foot, j'en regardais. J'avais sept ans quand la France a été championne du monde, quand Didier Deschamps, son capitaine, aujourd'hui mon sélectionneur, a brandi le trophée dans le ciel de Saint-Denis, le 12 juillet 1998, après avoir balayé le Brésil. J'ai regardé le match à la maison, le drapeau bleu-blanc-rouge était de sortie, sur le balcon. J'avais suivi la finale avec le maillot des Bleus sur les épaules. Nous hurlions à chaque but. Et un, et deux, et 3-0... Dans la foulée du triomphe, nous sommes sortis sur les quais de Saône et avons fait la fête à coups de klaxons en voiture. J'espère vivre un jour une telle euphorie en tant que joueur.

Pendant la préparation du Mondial, l'équipe de France avait marqué une pause en s'arrêtant à la gare TGV de Mâcon-Loché. Les hommes d'Aimé Jacquet avaient disputé un entraînement à Saint-Jean-d'Ardières, au nord de Lyon. Ils logeaient au château de Pizay, place forte réputée au milieu des vignes du Beaujolais, qui, durant l'Euro 2016, a accueilli la délégation de l'Irlande du Nord. La séance à laquelle j'avais pu assister s'était tenue au complexe sportif d'Arnas. Le père de Jean-Baptiste Michaud, mon meilleur ami, nous avait emmenés. JB avait réussi à passer sous le grillage pour obtenir la signature de Zidane sur son ballon. Pas moi. Mais j'avais eu d'autres autographes, sauf celui de Zizou, à ma grande déception. J'étais tellement timide que je n'osais rien demander. L'édition locale de la chaîne de télévision M6 avait diffusé dans son journal un sujet sur le passage des Bleus où l'on nous voyait, les deux blondinets, courir après les joueurs. Jean-Baptiste m'a envoyé le court reportage il y a peu.

Avec mon père, j'ai eu l'occasion d'assister à une foule de matchs. Après un long périple en voiture, nous avons même une fois rallié Marseille pour voir l'Olympique de Marseille (OM), qu'il appréciait. Jean-Baptiste nous avait accompagnés. Il s'agissait d'une demi-finale de Coupe de l'UEFA, en avril 1999. J'avais huit ans. Le Vélodrome était plein. Sur la pelouse, Laurent Blanc, Peter Luccin, Daniel Bravo,

William Gallas, Christophe Dugarry ou encore Fabrizio Ravanelli. Il n'y a eu ni vainqueur, ni but. En réalité, je ne regardais pas vraiment le match. Le spectacle était ailleurs : dans le public. J'étais fasciné par les supporteurs marseillais, qui ont chanté durant toute la rencontre.

Mais c'est le stade Gerland que j'ai le plus arpenté. Mon père n'était pas abonné mais nous y allions souvent. Question de proximité d'abord, puisqu'il n'y a qu'une bonne heure de voiture depuis Mâcon. J'ai eu le plaisir d'assister au début du règne de l'Olympique Lyonnais (OL), champion de France sept fois de suite jusqu'en 2008.

J'étais présent quand le club a été sacré pour la première fois de son histoire, le 4 mai 2002, en battant Lens, qui le précédait au classement avant cette ultime journée de Ligue 1. J'avais l'habitude de me trouver en tribune latérale, la Jean-Jaurès, puis je suis passé en virage. Ce soir-là, fou de bonheur, le milieu Éric Carrière s'était présenté debout, surplombant le grillage, devant la fosse. Il exultait, voulait communier avec le public, alors que certains spectateurs avaient déjà envahi la pelouse. Carrière avait, dans l'euphorie, distribué son maillot et son short. Du coup, il s'était présenté en slip... Je n'étais pas très loin de lui, sans doute criais-je ma joie, mais j'étais surtout interloqué.

La plus merveilleuse atmosphère à laquelle j'ai assisté s'était déroulée un peu plus tôt, en décembre 2000. Le derby enfiévré entre Lyon et son voisin Saint-Étienne, j'avais voulu le vivre au plus près des supporteurs, me glissant parmi les Bad Gones, les plus fanatiques. Je n'avais jamais vu ça. Je me serais cru chez les fous. Ça hurlait, ça criait, ça bougeait. Exceptionnel. Je me faisais tellement bousculer que je me suis décalé pour me poser sur une rambarde d'escalier. En plus, le scénario a été magique : Christophe Delmotte, d'une tête rageuse, a offert les trois points, et bien plus, à l'OL contre les Verts dans les arrêts de jeu...

Même si, pour contourner la foule et profiter d'une circulation un peu plus fluide, beaucoup de spectateurs s'échappaient des entrailles de Gerland quelques minutes avant le coup de sifflet final, nous nous faisions un point d'honneur à rester jusqu'au bout. En revanche, sitôt que les joueurs regagnaient le vestiaire, nous rentrions en courant jusqu'à la voiture pour éviter au mieux les bouchons. Souvent, ma mère nous accompagnait. J'avais dévoré un kebab avant le match.

En décembre et janvier, le froid nous rattrapait. Lors d'un OL-OM durant cette période, avec mon cousin Dominique Martins, nous étions tellement frigorifiés que nous avons mis des sacs plastique sur nos pieds. Pitou, comme tout le monde l'appelle, m'avait donné sa paire de chaussettes pour me réchauffer ! Lyon possédait une magnifique équipe. Je n'ai pas une culture foot titanesque ni une mémoire infaillible, mais je me souviens des coups du foulard distillés par le défenseur brésilien Edmilson, champion du monde 2002, dont les passes volaient vers les attaquants, ou de la virgule de son compatriote Fred en Ligue des champions contre le PSV Eindhoven, suivie d'un grand pont et d'une frappe puissante en pleine lucarne.

Mes deux joueurs préférés dans cet OL-là étaient, eux aussi, brésiliens. Qu'est-ce que j'ai aimé Sonny Anderson, arrivé de Barcelone en 1999. Et Juninho, aussi. Ses coups francs lointains étaient des chefs-d'œuvre, avec leur trajectoire tellement étonnante. Notamment ceux contre le Real Madrid ou Barcelone alors que le numéro 8 et capitaine, avec son maillot jaune, est presque au point de corner. Je pourrais aussi citer ceux contre Ajaccio, pratiquement du milieu de terrain, à 40 mètres, ou devant le Werder Brême, avec le ballon qui flotte à droite, puis à gauche, puis encore à droite et finit en lucarne. Dès qu'il s'approchait pour exécuter son geste, le public scandait son nom : Juninho. Je connais ses buts presque par cœur.

Mes modèles étaient partout. Côté coupe de cheveux, je ressemblais alors à Pavel Nedved, le meneur de la Juventus Turin et de la République tchèque. J'étais châtain clair et je demandais à ma mère de me faire ma couleur pour obtenir la même chevelure longue et blonde que le Ballon d'Or.

Si mon idole reste David Beckham, pour sa classe sur et en dehors du terrain, j'étais fan de Didier Drogba. Il portait à l'OM des crampons bleus tandis que les miens étaient argentés. Alors un après-midi, à la maison, j'ai colorié en bleu tous mes crampons avant d'aller à l'entraînement avec. J'ai également collectionné quelques autographes de joueurs de Lyon. Mon père connaissait l'un des responsables du staff médical du club, Patrick Perret, qui est d'ailleurs toujours leur kinésithérapeute-ostéopathe. Nous le rejoignions au château de Pizay, où l'OL effectuait ses mises au vert et où je pouvais approcher les joueurs. J'étais très réservé, et c'est mon père qui prenait les photos après leur avoir demandé leur autorisation. J'ai ainsi posé avec Pierre Laigle, Vikash Dhorasoo, Philippe Violeau, Tony Vairelles ou Sonny Anderson, mon préféré, dont j'avais réussi à récupérer le maillot. Celui de Karim Benzema, le bleu à manches longues, en revanche, je l'avais acheté.

Dans le cérémonial, un autre aspect importait énormément à mes yeux : la célébration du but. Lorsque j'en inscrivais un, je glissais le plus loin possible sur les genoux, comme j'avais vu Fernando Torres le faire. Je courais jusqu'au poteau de corner, et c'était parti... J'ai commencé tout petit avec mes potes. Quand nous allions suivre les seniors de Mâcon, nous jouions avant que le match ne commence et pendant la mi-temps. L'occasion de chercher ma signature, celle dont plus tard j'espérais que les gamins allaient se souvenir et reproduire à l'envie.

À l'Euro 2016, j'ai célébré mon deuxième but contre l'Irlande par un clin d'œil au rappeur canadien Drake, agitant mes deux mains avec le pouce et l'auriculaire tendus, comme si j'avais deux téléphones. Une reprise de sa posture dans son clip « Hotline Bling ». J'ai continué à l'Euro, et le truc a bien fonctionné puisque beaucoup l'ont repris. Certains sont allés jusqu'à remplacer le visage de Drake par le mien dans une parodie du clip. Ce détournement m'a tellement plu que je l'ai publié sur mes comptes Twitter et Facebook.

Petit, presque autant que marquer des buts, j'adorais tenter de les arrêter. Le rituel commençait par enfiler les gants. J'aimais cette douce sensation. Et puis plonger, quel plaisir. Que ce soit sur herbe ou sur dur lors des tournois en salle. Mon père m'avait envoyé faire un stage de deux semaines à Hauteville, dans l'Ain. Au programme : foot le matin, activités l'après-midi. Au retour, je lui avais donné la cassette remise par l'organisation, grâce à laquelle les parents pouvaient apprécier nos prestations. Quand mon père a constaté que j'étais souvent dans les buts, il s'est agacé. « Ce n'est pas normal, je ne te paye pas un stage pour que tu sois gardien », a-t-il marmonné. J'affectionne toujours les parades. Même aujourd'hui à l'Atlético, en fin de séance, il m'arrive de m'installer dans la cage pour essuyer quelques tirs. J'attends que le coach soit parti afin de m'y glisser... Je suis le seul joueur de champ de l'effectif à procéder ainsi. Même à la maison, quand mes potes viennent, je prends plaisir à occuper les buts dans le jardin.

Charnay-lès-Mâcon est le premier club dont j'ai pris la licence, en catégorie poussins. Le stade de la Massonne accueillait nos rencontres. Jean-Baptiste Michaud, à qui j'ai demandé d'être le parrain de ma fille Mia, était là également. Bruno Chetoux a compté parmi les entraîneurs de mes tout débuts et j'en garde un souvenir attendri. Plus tard, il y aura aussi Christophe Grosjean et Jérôme Millet.

Puis le club de Charnay a fusionné avec celui de Mâcon. L'Union du football mâconnais (UFM) était née. Je jouais avec les moins de treize ans. L'entraîneur ? Mon père, évidemment ! Quand nous prenions un but, c'était de ma faute ! Il était plus sévère avec moi, davantage exigeant, comme une façon de montrer que, en dépit de nos liens familiaux, je ne bénéficiais d'aucun passe-droit. Cela m'a forgé un mental. J'ai appris à penser collectif. Il m'engueulait souvent. Mais, quand il me ramenait à la maison, tout était oublié.

Sur le terrain, les choses sérieuses ont commencé. Nous étions les terreurs des tournois. Nous avons remporté pas mal de titres locaux, été champions de Bourgogne. En cas de défaite, je n'étais pas très beau joueur et je pouvais pleurer de rage. Nous étions plusieurs à être frêles et de taille modeste, comme Jean-Baptiste, notre défense centrale, ou moi. Et pourtant, nous mettions à terre les géants. J'adorais les entraînements de mon père. Il formait des hommes avant de former des joueurs. Chacun avait sa chance. Je jouais plutôt ailier ou avant-centre. Ma patte gauche faisait la différence. Mon père a longtemps, ensuite, dirigé les U19 Honneur de l'UFM. Après une pause de deux ans et demi, il s'occupe cette saison des U13 Élite de l'UFM, qu'il encadre trois fois par semaine. Il adore transmettre. Cette adrénaline lui manquait.

J'ai aussi eu pour entraîneur Jean Belver, qui s'occupait de l'équipe avec Thierry Comas, ancien joueur de quatrième division, à Louhans-Cuiseaux. Belver supervisait les quatorze ans et, vu mon surclassement, il prenait soin de moi. Un personnage, ce monsieur. Ses séances tranchaient radicalement avec ce que j'avais connu. Presque une révolution, avec beaucoup d'intensité et de rires, aussi. Il nous faisait travailler notre jeu de tête et notre détente. Aussi, pour gagner en force comme en puissance, il nous faisait frapper le ballon pied nu. C'était nouveau. Au début, je me demandais dans quel délire il nous emmenait. Mais il avait raison. L'apprentissage se déroulait en fin de séance : sans gardien dans les buts, il nous demandait de frapper le plus fort possible, de sorte que la balle franchisse la ligne sans avoir heurté le sol. Mes pieds se sont endurcis. Ce n'était pas si douloureux. Et puis ça enseignait une autre façon de tirer, autorisant davantage de variété.

Cet exercice m'est toujours utile, car mes chaussures ne pèsent que cent grammes. Elles sont fines et ultralégères, j'aime cette sensation. C'est comme si je ne portais rien ! Je revendique ce choix de modèle, deux fois moins lourd que la chaussure traditionnelle.

Jean Belver s'est éteint à quatre-vingt-quinze ans, le 27 octobre 2016. Il a porté une fois le maillot de l'équipe de France. Passé par le Stade de Reims, Lyon ou Marseille, il a été le capitaine de l'OGC Nice, notamment en 1952, l'année du doublé Coupe et championnat de France. Pour ses talents de formateur, ce meneur d'hommes était surnommé « le sorcier ». Je ne l'ai jamais oublié.

3

Déraciné

L'odeur de l'enfance. Ses parfums enivrants, entre nostalgie et émotion. J'ai besoin de ces retours aux sources réguliers. Mâcon est connu pour être la terre d'Alphonse de Lamartine, qui y est né en 1790. L'académicien a su être tout à la fois poète, romancier, historien, diplomate et ministre des Affaires étrangères. « Ô temps ! suspends ton vol, et vous, heures propices ! Suspendez votre cours ! » exprime-t-il dans « Le lac », passé à la postérité et paru dans ses *Méditations poétiques*. L'une des figures du romantisme a un musée à son nom dans la ville, installé dans l'hôtel Senecé, mais aussi un lycée, des restaurants ou encore sa statue, installée face à l'hôtel de ville, sur les bords de Saône, et dominant l'esplanade qui l'entoure.

Ma trace à moi, je la laisse avec le Challenge Antoine-Griezmann. Il se déroule sur les quatre terrains synthétiques du stade Nord au mois de juin, chaque année depuis 2013. Il est organisé par l'association Team Grizi, que j'ai mise en place autour de moi. Une manière de rendre à la ville ce qu'elle m'a donné et d'observer les sourires sur les visages des enfants. J'essaie d'y assister, signant des autographes, posant pour des photos, remettant les récompenses. J'étais hélas absent pour l'édition 2014, pour cause de Coupe du monde, et deux ans plus tard car mobilisé par l'Euro. Pour autant, huit cents gamins venus de Nevers, Beaujeu, Montceau et de tout le Mâconnais se sont affrontés les samedi et dimanche à travers des tournois pour les U9, les U11 et U13. Une quarantaine de bénévoles se sont occupés des soixante équipes, et les bénéfices ont été reversés aux associations municipales. Sur deux jours, près de cinq mille personnes défilent.

La Team Grizi est une affaire familiale. L'association est présidée par mon père, ma mère en est la vice-présidente. Je suis fier de ce Challenge, hommage à tous les tournois auxquels j'ai participé. Je laisse mon père l'organiser. Mes seules demandes : offrir une grosse coupe à l'équipe lauréate, distinguer le meilleur joueur, le meilleur buteur et le meilleur gardien. Pour la finale, nous lançons la musique de la Ligue des champions quand ils pénètrent sur la pelouse. Mes parents sont aux petits soins, veillant sur chaque détail, s'occupant du stand buvette, des merguez, du vin d'honneur, etc.

Mâcon, c'est chez moi. Dès que j'ai deux jours de repos, je m'y (re)pose. C'est viscéral. Pas besoin de sortir. Je reste à la maison, dans le cocon familial. L'endroit idéal pour déconnecter. Je ne bouge pas, j'écoute les conversations, je me détends. Je renifle les effluves des plats concoctés par ma mère qui s'échappent de la cuisine, j'entends mon père râler, mon frère qui revient de l'école. La routine, quoi ! D'ailleurs, encore aujourd'hui, quand, avec Maud, installée à Paris, nous parlons de la maison, il ne peut être question que de Mâcon. Je n'ai jamais eu de chambre rien que pour moi. Je la partageais avec ma sœur. Elle était juste à côté de celle des parents. Pas de poster de joueurs de football au mur. En revanche, je dormais dans une couette dont la housse était aux couleurs de l'Olympique Lyonnais. Maud a été seule dans la chambre après mon départ pour le Pays basque. Mais que mon exil fut long à se dessiner ! Je suis passé par tous les états.

Mes prestations intéressantes à Mâcon avaient fait grandir ma réputation dans la région et au-delà. Des clubs ont commencé à me superviser, des recruteurs m'ont invité à passer des essais. Mon père m'accompagnait. Il ne me poussait pas spécialement mais ne dissuadait pas, tellement j'étais habité par l'envie de devenir footballeur. Il fallait tenter le coup.

Jean-Baptiste, plutôt meneur de jeu, était de l'aventure. Il ira ensuite au centre de formation de Gueugnon, en Saône-et-Loire, mais arrêtera vite. Après avoir vécu au Mexique, il est revenu à Mâcon, où il est surveillant dans un collège. Nous nous sommes serré les coudes durant les essais.

Le premier auquel j'ai participé s'est déroulé à Auxerre. Je devais rester quinze jours, j'y ai passé un mois. Je pensais dormir au centre de formation, j'ai été hébergé dans un foyer de jeunes travailleurs.

À l'époque brillaient dans l'équipe première Djibril Cissé et Philippe Mexès. J'adorais ce défenseur, blond et élégant. J'ai eu la possibilité d'assister à quelques entraînements des pros. L'AJA a estimé que j'avais des qualités, mais ne m'a pas retenu.

Lyon a été le suivant sur la liste. Trois autres jeunes de mon âge voyaient leur aura grandir : Alexandre Lacazette, Clément Grenier et Yannis Tafer. Surtout Alex, qui enfilait déjà les buts. La rumeur était flatteuse. «Regarde, c'est Lacazette», glissait-on. Il méritait ces compliments. Nous sommes devenus potes en sélection des moins de dix-huit ans avant de gagner ensemble l'Euro des U19. Une façon de mesurer le chemin parcouru, moi lui disant : «Tu te rappelles quand Lyon ne m'avait pas pris ?»

Pendant un an, mon père m'a emmené tous les mercredis m'entraîner une heure avec l'OL, à la Plaine des jeux de Gerland. En réalité, les dirigeants lyonnais ont songé à me proposer un accord dit de non-sollicitation (ANS), enregistré par la commission juridique de la Ligue professionnelle ; c'est-à-dire que, tandis que je jouais avec les quatorze ans nationaux de Mâcon, le club bénéficiait de deux ans pour me proposer un contrat. Si tel n'était finalement pas le cas, l'OL me versait une indemnité. De mon côté, je n'étais pas autorisé pendant trois saisons à signer ailleurs. Parmi les cinq décideurs de l'OL pour l'ANS, deux n'étaient pas d'accord pour que je sois engagé. Ils estimaient qu'il y avait de meilleurs footballeurs que moi.

Lorsqu'on me fermait la porte, la réponse ressemblait souvent à ceci : «Votre fils est bon, mais on va patienter encore un peu. On va le laisser dans son club à Mâcon, qu'il poursuive sa progression. On continue de le suivre... » Ce discours, je l'ai souvent entendu. Parfois, je me décourageais, je n'avais plus envie de tenter des essais. Mon père insistait. « Accroche-toi. Si ça marche, tu vas adorer. Ce sera un rêve pour toi. »

À leur tour, Sochaux et Saint-Étienne ont dit non. J'approchais des quatorze ans. Sur le chemin du retour, quand mon père me ramenait, le trajet me semblait bien long et la désillusion encore cuisante. Je n'étais pas d'humeur. On m'a même fait passer des radios du poignet, au pôle Espoirs de Vichy, afin d'évaluer ma croissance, de voir jusqu'à quelle taille j'étais susceptible de grandir ! C'était pénible.

Les clubs cherchaient surtout de grands gabarits, puissants et physiques, sans trop varier les profils, oubliant de penser à demain. Les critères de sélection pouvaient consister à tester la vitesse sur quarante mètres. Si on ne descendait pas sous un temps minimum, nous étions éliminés. Drôle de conception du footballeur...

Le test suivant m'a mené à Metz. Outre mon père, Geoffrey, mon parrain, était avec nous. Après une longue journée de route, ils ont dormi dans un hôtel de la ville tandis que j'étais hébergé au centre de formation. Tous les lits arboraient l'écusson du FC Metz, j'étais fasciné par le décor et l'ambiance. Je m'y voyais déjà. J'ai joué une mi-temps lors d'un match amical contre les Allemands de Stuttgart, puis la rencontre suivante.

Cette fois, ça semblait bien parti. La preuve : le responsable nous a demandé de revenir la semaine suivante pour un nouvel essai. « Votre fils a des qualités, nous voulons le revoir, nous payons les frais », a-t-il dit à mon père. Nous sommes donc retournés en Moselle. De nouveau, je m'étais bien senti. Le discours, auquel j'ai assisté, était rassurant : « Normalement, c'est bon. Je vous le confirme dans la semaine mais nous devrions prendre votre fils. Vous pourrez venir le voir aussi souvent que vous le souhaitez. Il sera avec nous la semaine et rentrera en train le week-end jouer avec Mâcon, le voyage sera payé. » Dans mon esprit, l'affaire était réglée. Je m'y préparais mentalement.

Une semaine plus tard, pas de nouvelles. Trois semaines de plus... et toujours pas de confirmation. Le responsable du centre n'appellera pas. C'est par un recruteur de Metz que nous apprendrons finalement que je n'étais pas sélectionné, sans explication précise. C'était horrible. J'ai pris une claque en pleine gueule. En l'apprenant, je me suis enfermé dans ma chambre plusieurs heures. J'en ai pleuré de rage. Je ne décolérais pas. J'avais envie d'arrêter le football.

Metz a décidément des problèmes avec sa détection : Michel Platini, alors cadet à Jœuf, avait été recalé lors d'un stage de présélection au FC Metz après que le médecin eut jugé insuffisante sa capacité respiratoire à la lecture des résultats d'un test au spiromètre !

Être resté ainsi à la porte de Metz a été une blessure qui m'a durablement marqué. Lens a ensuite contacté mon père. Il a décliné cet essai pour moi. Il était résigné et voulait m'épargner une nouvelle déception. Mais je ne suis pas revanchard. Je préfère positiver. Être pris à Metz ne m'aurait pas garanti pour autant de passer professionnel. Paradoxalement, c'est grâce à ces échecs si j'en suis là. Les «non, désolé, il est trop petit» m'ont, sans doute, galvanisé. Ils ont été ma chance! Le petit blond aux cheveux longs et aux deux boucles d'oreille que j'étais alors y a trouvé la motivation nécessaire pour percer.

Sur le coup, naturellement, je devenais fou. Je ne comprenais pas pourquoi les clubs raisonnaient uniquement sur des critères physiques au lieu de se baser sur les promesses entrevues. Pourtant, à treize ans, l'essentiel, me semble-t-il, n'est pas de savoir si le joueur est capable de courir le cent mètres en dix secondes et mesurera deux mètres à l'âge adulte, mais de deviner s'il est doué et apte au haut-niveau. À l'époque, les centres de formation voulaient des résultats immédiats et optaient pour la facilité, ne misant pas sur l'évolution du joueur. Et comme, en plus d'être petit, j'étais très mince, les grands dadais costauds me passaient devant. Rageant, car je marquais beaucoup de buts alors même que je n'étais pas avant-centre.

Heureusement, le destin s'en est mêlé lors d'un nouvel essai, cette fois en faveur de Montpellier. En ce premier week-end de mai 2005, un recruteur du club m'avait invité à participer sous leurs couleurs à un tournoi international et régional des treize ans, créé par le Paris Saint-Germain (PSG) et baptisé Challenge

Bernard-Brochand, du nom d'un ancien dirigeant du club parisien, alors député-maire de Cannes. L'épreuve se déroulait à Saint-Germain-en-Laye, au Camp des Loges, où s'entraîne d'ordinaire le PSG. Mon père nous a emmenés jusqu'à Montpellier avec un autre copain, lui aussi testé, Steve Antunes. Puis le voyage jusqu'à la capitale s'est déroulé en TGV. Contrairement aux autres enfants, je ne portais pas le maillot de Montpellier mais le tee-shirt de la Jamaïque.

Alors que je descendais du van qui nous déposait aux abords des terrains, un monsieur que je ne connaissais pas m'a lancé dans un sourire : « Je ne savais pas que l'équipe de Jamaïque venait ?! » Ce fut mon premier contact avec Éric Olhats. Je n'y prêtais guère attention, j'ai joué mon match, puis me suis offert une pause. J'avais des tablettes de biscuits Petit écolier dans mon sac. Assis dans les tribunes, j'en mangeais quelques-uns tout en regardant la rencontre. Puis l'homme est revenu vers moi. « Je t'échange un petit Lu contre un pin's de ton club », me balance-t-il. Du tac au tac, je réplique : « Je n'en veux pas, de ton pin's. Mais, tiens, je te donne un Petit écolier ! » C'est ainsi que le rapprochement s'est créé.

Installé à Bayonne, Éric était venu superviser les futurs talents et faire en sorte qu'ils puissent s'entraîner avec la Real Sociedad, en Espagne. Lors de ce mini-tournoi, je n'ai pas spécialement brillé. J'ai marqué un but contre une équipe assez faible, d'une frappe de loin. En fin de journée, alors que j'attendais sur la pelouse la remise des prix en buvant un Sprite, j'ai aperçu Éric près du banc de touche. Il s'est rapproché de moi et m'a demandé s'il pouvait boire un coup. Je lui ai tendu ma bouteille, et il m'a glissé sa carte de visite dans la poche du short. Il avait écrit un petit mot dessus. « Tiens, tu liras ceci quand tu arriveras chez toi à Mâcon », m'a-t-il suggéré avant de s'éclipser.

Il m'avait demandé de ne pas le faire avant d'arriver à la maison. La tentation était trop grande, je n'ai évidemment pas résisté. Durant le trajet du retour, j'ai lu ce qu'il avait écrit sur sa carte de visite. Il se présentait comme recruteur, ajoutant, à destination de mes parents : « J'aimerais que votre fils fasse une semaine d'essai à la Real Sociedad. Appelez-moi. »

Mes parents n'étaient pas à la maison. Ils s'étaient offert quinze jours de vacances en Croatie. Je les ai prévenus. Mon père était sceptique. Il était convaincu qu'il s'agissait d'une mauvaise blague organisée par l'un de ses amis. J'ai insisté. À son retour, vu que je ne lâchais pas, il a appelé Éric, d'abord en haussant le ton pour dissiper l'éventualité d'un canular. « Bon, qui est à l'appareil ? Arrêtez vos conneries. Dites-moi qui vous êtes, je n'ai pas que ça à faire... » Très vite, il a compris qu'Éric Olhats ne plaisantait pas. J'avais envie de tenter le coup. Montpellier, comme les autres clubs, n'avait pas donné suite. Le même bla-bla habituel : nous sommes désolés de ne pas pouvoir prendre votre fils, mais nous allons suivre l'évolution de ses performances et nous ne manquerons pas..., etc.

Pour la Real Sociedad, mon père craignait que ce soit encore un coup d'épée dans l'eau, tandis que ma mère trouvait que c'était trop loin. En plus, l'essai envisagé devait durer une semaine, soit plus longtemps que ceux accomplis jusque-là. J'étais motivé, c'était programmé pendant les vacances scolaires et il faisait chaud en Espagne...

L'accord parental délivré, je me suis aussitôt installé une semaine dans l'appartement d'Éric, à Bayonne, à dix minutes de l'océan Atlantique. Difficile d'oublier mon premier match : je suis arrivé tout juste pour la finale d'un petit tournoi face au rival et voisin de l'Athletic Bilbao. À peine entré en jeu, j'ai inscrit de la tête, à la réception d'un corner, le but de la victoire. Autant dire que ça démarrait en fanfare. Les autres joueurs avaient un an de plus que moi. J'étais surtout frappé par le fait de découvrir d'autres petits gabarits et même moins grands que moi ! L'Espagne avait compris qu'il n'y a pas que la taille qui compte... Les joueurs prenaient le temps de s'adresser à moi, de m'encourager, de me glisser les rares mots de français qu'ils connaissaient. Ils me donnaient le ballon pour que je puisse me mettre en valeur quand d'ordinaire, en France, c'était plutôt chacun pour soi. Tout le monde jouait ensemble, c'était l'équipe avant tout : autant dire que ça me changeait.

La semaine s'est avérée enrichissante. Elle semblait donner satisfaction. Pour valider mon essai, la Real Sociedad, basée à Saint-Sébastien, a réclamé une seconde semaine, une façon de me voir m'entraîner avec ceux de ma catégorie, qui revenaient alors d'une compétition. Tout s'est déroulé, là encore, en toute simplicité. Je ne parlais pas un mot d'espagnol, mais le football est un langage universel. Et, si je ne comprenais pas les consignes, Éric n'était pas loin, pour me les traduire. J'avais le sentiment d'une parenthèse enchantée, comme si j'étais parti deux semaines en vacances.

Je suis rentré à Mâcon avec le sentiment du devoir accompli. Mais je ne voulais pas m'emballer. J'avais peur d'être déçu. Cette fois, pourtant, je le sentais bien. En attendant, j'avais repris le cours de ma vie, entre école et entraînement à l'Union du football mâconnais. Je jouais avec mon cousin Pitou dans le stade au pied de la maison, quand j'ai vu débarquer Éric. Il était monté en voiture depuis Bayonne. Il s'est joint à nous pour taper la balle sur la pelouse synthétique. L'ambiance était détendue. Puis, en fin d'après-midi, il est venu à la maison pour discuter avec mes parents. Il était porteur d'une excellente nouvelle : le directeur sportif de la Real Sociedad était d'accord pour que je devienne un joueur du club. J'étais fou de bonheur. Je ne mesurais pas tout ce que cela allait impliquer. Je m'y voyais déjà. À moi la Liga... Mes parents, eux, étaient moins enthousiastes. Bayonne se trouvait à huit heures de route. Ma mère, surtout, n'était pas convaincue. « Je veux y aller, laissez-moi partir », ai-je insisté. Ils ont fini par craquer. En acceptant, mon père a prévenu Éric : « Je te le laisse. Mais fais en sorte qu'il ne fasse pas trop de conneries. »

L'été a été joyeux. Je ne me posais pas de questions. Au mois d'août, à treize ans révolus, j'ai quitté Mâcon. Direction le Pays basque, à l'extrême sud-ouest du pays. Le début d'une nouvelle existence, avec les cours au collège Saint-Bernard de Bayonne et l'entraînement à la Real. J'ignorais que je disais adieu aux bons petits plats de ma maman !

La toute première fois que j'avais fait la route avec Éric, c'était le 25 mai 2005. Je me souviens du jour puisque, après avoir bien roulé, nous avions dormi dans un petit hôtel pour récupérer de la fatigue. À la télévision, la finale de la Ligue des champions, à Istanbul, entre le Milan AC et Liverpool. Un match d'anthologie, un renversement improbable, un scénario incroyable : les Anglais étaient menés 3-0 à la mi-temps et ont égalisé en sept minutes. Le dernier but du temps réglementaire a été inscrit sur un penalty en deux temps par Xabi Alonso, qui jouait encore à la Real l'année précédente. Portés par leur merveilleux public, venu en nombre, les Reds de Steven Gerrard s'imposeront lors de la séance des tirs au but. Tandis que nous regardions le match, j'avais assuré à Éric : « T'inquiète, cette Coupe, on va la jouer et on va la gagner ! »

Je n'avais jamais été éloigné des miens. Alors, pour ne pas que je sois totalement perdu, Éric a souhaité que je prenne racine chez lui. J'en étais soulagé. Il savait que, en dormant à l'internat ou dans une famille d'accueil, j'aurais probablement craqué, que j'aurais été tenté de rentrer chez moi plus vite que prévu.

J'avais cours de 8 heures à midi, j'allais ensuite à la cantine avant de retourner en classe jusqu'à 16 h 30. Les cours, très stricts, n'étaient toujours pas mon truc. Comme à Mâcon, je m'installais au fond et, j'avoue, je n'hésitais pas à regarder par-dessus l'épaule du voisin pour copier. Mes devoirs n'étaient pas nickel – je rentrais souvent vers 22 heures de l'entraînement –, j'empruntais le stylo d'un de mes camarades car j'avais oublié mes affaires, je rêvassais. J'étais un élève médiocre, parfois je ratais volontairement une matière. Je préférais jouer au football et, pour échapper aux cours, je me réfugiais dans les toilettes de l'établissement !

Lassé, le directeur a fini par prévenir Éric que je séchais des cours. En réaction, il m'a engueulé. Il le faisait souvent, et à juste titre car je rapportais de mauvaises notes et j'étais dissipé. Ce n'était pas le contrat moral. Un jour, ma professeure d'espagnol, qui était aussi ma professeure principale, s'en est ouvert à lui, sur le thème : « Mais qu'est-ce qu'il croit, Antoine ? Il ne pense qu'à jouer au football. Qu'il se mette dans le crâne qu'il ne sera jamais footballeur. Qu'il arrête de parler en classe et de rêver. Il faut qu'il travaille et étudie. » D'un côté, elle avait raison. J'ai évidemment conscience du fait que posséder un diplôme est crucial. Au football, il y a beaucoup d'appelés et peu d'élus. Mais sa réflexion m'avait marqué. J'avais été piqué au vif et encore plus motivé pour réussir et lui démontrer qu'elle s'était trompée sur mon compte.

Dès que la sonnerie annonçant la fin des cours retentissait, je marchais jusqu'au club de tennis voisin, à une centaine de mètres. Là, j'attendais Éric. Au volant de son van Volkswagen, il passait récupérer les jeunes Français dont il s'occupait au collège et au lycée. Il nous emmenait nous entraîner avec la Real Sociedad, à près de cinquante kilomètres, le centre de formation se trouvant dans le village de Zubieta. Nous passions devant le stade d'Anoeta, avec sa piste d'athlétisme autour de la pelouse, où évoluait l'équipe première.

« Regarde, c'est là où plus tard je vais jouer et marquer », lâchais-je à Éric, qui s'en amusait. Prudent, il tempérait mes ardeurs pour ne pas que je m'y croie : « Non, non, c'est impossible. » Encore aujourd'hui, il m'arrive de lui dire : « Tu te rappelles quand on passait devant le stade... » Dans son van de sept à huit places, j'étais le plus petit et je m'installais à l'avant du véhicule, à ses côtés. Des liens d'amitié se tissaient entre nous tous. Sur le terrain, j'essayais de m'adapter au plus vite. Je m'accrochais à mon ambition d'être footballeur professionnel, de jouer un jour devant 50 000 spectateurs.

Je faisais attention au moindre détail. Je ne prenais pas de cours particulier d'espagnol mais, à force d'entendre les conversations dans le vestiaire, cela commençait à rentrer. J'écoutais aussi beaucoup de chansons : la méthode est efficace. Lorsque je doutais de mes capacités, Éric me remontait le moral. « Ne te prends pas la tête, joue comme tu jouais en club à Mâcon et tout ira bien », m'encourageait-il. Il me répétait qu'il croyait en moi, réclamait des efforts. Son message : « Je te préviens : ça ne sera pas facile tous les jours. Tu seras parfois à deux doigts de craquer. Mais ça vaut le coup de s'accrocher. Je sais que, lorsque je t'amène au foot, tout ira bien, tu oublieras tous tes soucis. Fais-moi confiance. Je serai là... » Il avait raison.

L'éloignement familial n'était, malgré tout, pas évident. Quitter les siens si jeune a représenté un déchirement. Mes parents travaillaient et ce n'était pas pratique pour eux de venir le week-end. Je rentrais pour les vacances scolaires, mais c'était trop court. Le trajet entre la maison et l'aéroport Lyon-Saint-Exupéry, direction Biarritz, à dix kilomètres de Bayonne, était terriblement long...

Seul mon père m'emmenait jusqu'à l'aéroport. C'était trop douloureux pour ma mère. Pour moi aussi. À l'arrière de la voiture, je pleurais. Chaque fois, juste avant le péage de Villefranche-sur-Saône qui nous guidait vers l'autoroute, il s'arrêtait et se tournait vers moi. «Alors, stop ou encore? Si tu veux rentrer à la maison, il n'y pas de problème...», interrogeait-il. Il me laissait le choix. J'avais simplement signé une licence avec la Real Sociedad et pas un contrat. Même si les frais étaient pris en charge, je ne percevais rien. J'étais donc un homme libre. Mais je n'avais pas l'intention de flancher. Après quelques secondes, je lui lançais tout en me séchant d'un revers de manche : «Non papa, je vais y arriver.» Et nous repartions vers Lyon-Saint-Exupéry... Tous les retours à Bayonne se sont révélés difficiles. Je dis bien tous. Comment oublier ces pleurs? Ma mère n'y échappait pas. Quand elle se décidait à nous accompagner, des larmes se déposaient sur ses lunettes. Elle regardait droit devant, comme si elle avait l'interdiction de se retourner. Mais c'était pour ne pas me montrer sa tristesse. J'observais néanmoins son chagrin dans le rétroviseur, ce qu'elle ignorait. Mon père, lui, ne laissait rien paraître. Il était concentré à l'extrême. Je ne l'ai jamais vu pleurer. Ce doit pourtant être douloureux de savoir son fils en larmes derrière soi, sachant en plus que tu t'apprêtes à ne plus le serrer dans tes bras pendant plusieurs mois.

Sur le trajet, chaque fois, je revoyais des scènes vécues en famille, les sorties à refaire le monde, les repas de maman, mon père revenant du travail, l'attente de mon frère de retour de l'école avant de passer à table. Tous ces moments qui m'ont manqué. Et me manquent de temps en temps encore ! Sur le coup, ma passion pour le football était tellement forte que je montais néanmoins dans l'avion pour Biarritz. Et puis j'étais quelque peu insouciant. En m'éloignant de Mâcon, je ne pensais pas m'absenter si longtemps. Mes parents aussi souffraient.

Les relations avec Éric ont pu être parfois tendues au début. Chacun devait trouver son équilibre, son mode de fonctionnement. Il faisait du mieux qu'il pouvait. C'est la première fois qu'il acceptait quelqu'un chez lui. Ce n'était pas prévu au programme mais mieux pour tout le monde. Célibataire et souvent en déplacement, il se retrouvait à devoir gérer un gamin de quatorze ans en pleine puberté, lui acheter des vêtements, le nourrir, l'éduquer d'une certaine façon. Tout n'a pas toujours été facile mais le fait qu'Éric soit encore auprès de moi, qu'il reste mon conseiller sportif, que je l'appelle presque chaque jour, témoigne de la relation puissante qui nous unit. J'ai une confiance aveugle en lui. Je le considère comme mon mentor et, au lieu d'un agent, c'est mon père et lui qui s'occupent de mon avenir.

Loin des miens, le déchirement était prégnant. Je ratais les anniversaires, les petits gestes du quotidien qui font le sel de la vie. Les premiers mois, souvent, se passaient sans problème. L'été n'était pas encore terminé, le soleil continuait de briller. Puis, vers novembre, le temps commençait à être plus frais, les jours raccourcissaient. Chaque année, à cette période, j'avais un petit coup de déprime. Si Éric ne m'avait pas pris chez lui, je serais rentré chez moi le 1er décembre, d'autant que je n'avais pas trop d'amis au collège.

Quand mes parents appelaient pour prendre des nouvelles, je répondais que tout allait bien. Mais ils devinaient que ce n'était pas toujours le cas. Les parents sentent ce genre de choses... Il est vrai que, parfois, je rédigeais mes SMS en pleurant, plongé dans le noir. Je songeais même, à de brefs instants, à arrêter. C'était dur de se motiver, certes, mais, comme l'avançait Éric, une fois sur le terrain, j'oubliais tout. Je m'entraînais dur. Il me ramenait tous les soirs et, très souvent, nous n'arrivions à la maison à Bayonne qu'à 22 heures car il devait déposer les autres joueurs dont il s'occupait. J'étais fatigué et trop épuisé pour faire mes devoirs jusqu'au bout.

Il fallait aussi se faire à manger. Ni Éric ni moi n'étions très doués. Nous allions faire les courses au supermarché et nous contentions régulièrement de faire réchauffer un plat surgelé au four à micro-ondes, que l'on mangeait devant la télévision avant de nous coucher. Les seuls trucs que je savais faire, c'était cuire un steak haché, chauffer les pâtes et le riz... Parfois, le week-end, pour son boulot de superviseur de la Real Sociedad, il sillonnait la France afin d'assister à des matchs et repérer de jeunes talents. Je me retrouvais seul. J'ai grandi d'un coup, appris le sens des responsabilités, même si mon programme, lors de ses absences, était simple : regarder du football à la télévision et jouer à la PlayStation.

L'appartement d'Éric était au dernier étage d'un immeuble du cœur de Bayonne, cette commune de caractère de presque cinquante mille habitants au pied des Pyrénées, et dont la cathédrale gothique est inscrite au Patrimoine mondial de l'humanité. Sa devise lui colle aux basques, si je puis dire : *Nunquam polluta*, soit «jamais souillée», rappelant qu'elle a résisté à quatorze sièges. Éric habitait à cinquante mètres du collège Albert-Camus. Ça tombait bien : c'est là où j'allais en cours à partir de ma deuxième année à la Real. Mais la priorité restait le football. Si j'avais une licence avec le club mais pas de contrat, je commençais à toucher un peu d'argent : environ 6000 euros par an.

Lorsqu'Éric nous transportait dans le van qu'il louait, il m'arrivait de piquer du nez, surtout avec le soleil en face. Je fermais un peu les yeux et Éric en profitait pour me donner une petite tape à l'arrière du crâne pour me réveiller. Il ne voulait pas que j'arrive endormi à l'entraînement. Il était exigeant et un peu militaire. Au volant, il nous mettait les musiques qu'il aime, de Led Zeppelin à Chuck Berry. Autant dire que ce n'était pas trop le genre de morceaux que j'écoutais.

Je préférais quand un de ses copains nous ramenait : nous avions le choix de l'ambiance musicale.

Cette période m'a forgé le caractère. Aujourd'hui, il peut m'arriver n'importe quoi, je suis prêt et préparé à l'affronter. J'ai vécu dans ma bulle, c'est pourquoi j'ai encore du mal à m'exprimer, à verbaliser mes émotions. Je ne suis pas du genre à me confier, à m'épancher... jusqu'à ce livre. Durant ces années d'apprentissage, j'évitais de me plaindre. Je serrais les dents et, en cas de problème, je ne m'en ouvrais pas véritablement à Éric ou à mes parents, même s'ils n'étaient pas dupes.

Les engueulades étaient rares. Je n'aime pas le conflit et, en général, je m'arrange pour l'éviter. Du coup, je n'ai pas véritablement piqué ma crise d'adolescence. Quand j'éprouvais le besoin de m'aérer, j'allais au cinéma. Bien sûr, j'ai commis quelques bêtises de mon âge. Il fallait bien que jeunesse se passe, comme dit le proverbe. Oh, rien de stupéfiant. Avec un copain, nous avons par exemple emprunté le van d'Éric pour aller chercher notre commande au McDonald's car nous avions la flemme d'y aller à pied. Sauf, évidemment, qu'aucun de nous deux n'avait le permis de conduire. Il est clair que le mini-camion tanguait un peu. Nous lui avons avoué la vérité plusieurs années après. Toujours l'obsession du McDo lorsque j'ai enfourché son beau vélo pour aller me restaurer. Nous étions deux là encore, l'un sur la selle, l'autre sur le porte-bagages. Au retour, le vélo a déraillé. La chaîne avait cassé. Incapables de la réparer, nous avons dû tout avouer. Éric était assez énervé !

À Bayonne, je sortais pas mal avec Théo Lator, chez qui je me rendais souvent. Nous bougions, profitions de notre liberté et de notre jeunesse. À Mâcon, lorsque j'étais de retour pour les vacances, j'allais, à l'approche de la majorité, au Club 400, la discothèque de la ville, ou à La Clé des chants, à une demi-heure. Un établissement plus spacieux, avec quatre salles pour autant d'ambiances. J'y ai fait quelques incursions, avec les potes. Je n'ai pas connu une jeunesse classique. Par exemple, accaparé par le football, je ne pouvais pas assister aux anniversaires ou répondre aux invitations de ceux de ma classe. J'avais soit match, soit entraînement. De toute façon, Éric refusait que je sorte. Il ne voulait pas que je conduise de scooter, jugé trop dangereux, ni que je dorme chez Théo. Il exigeait que je sois chaque soir à la maison. Un peu Père fouettard, un peu nounou, un peu grand frère, un peu psy, un peu pote. Un peu tout, en somme. Il savait que le football de haut niveau exige de la discipline et que la réussite peut vite s'éloigner. Pour les filles, il adoptait la même intransigeance. La dernière année où j'ai dormi chez lui, il refusait que je sorte avec une amie.

Il se montrait strict, mais nous avons connu également de grands fous rires et partagé des tas de moments de complicité, en faisant du karting ou en jouant au bowling, par exemple. Il m'a emmené assister à plusieurs matchs, pour lesquels il devait dresser un compte rendu des futurs talents en vue de les attirer à la Real Sociedad. Il m'a fait venir avec lui à

Bordeaux, où il allait superviser des joueurs. Sur le chemin, il écoutait sa musique, comme d'habitude. J'étais énervé, il l'a vu et m'a lancé : « Si tu n'es pas content, tu n'as qu'à enlever le disque. » Et c'est ce que j'ai fait ! Je l'ai pris et j'ai balancé son album de Chuck Berry par la fenêtre !

Au-delà de cet épisode, à Bordeaux avec Éric, j'ai pu découvrir de l'intérieur l'univers du professionnalisme. Dans les tribunes, il me demandait d'observer le jeu. « Tu me diras ensuite qui tu as aimé et ceux que tu as moins appréciés. Puis on comparera. » J'adorais ça. J'étais dans mon monde. Je ne ratais rien, scrutait chaque détail sur et autour du terrain. Au quotidien, Éric essayait de me faire rigoler quand il sentait que j'avais une baisse de régime, que le moral flanchait. Il prenait soin de moi. À ses yeux, je devais être focalisé sur le foot, et uniquement sur le foot. Attention à ne pas se disperser. Là encore, même si cette rigueur un brin spartiate m'effrayait un peu, il avait raison.

En permanence, il me nourrissait de conseils. Il assistait à certaines séances et à tous mes matchs, soulignait ce qu'il avait apprécié et pointait mes défauts. Sa méthode était efficace.

Un jour, alors qu'il m'avait ramené de l'entraînement, nous étions, comme souvent, arrivés tard à la maison. Il ruminait et, quelques minutes plus tard, il m'a incité à le suivre. Nous sommes remontés dans la voiture et il a décidé sans explication de m'emmener sur le front de mer, à cinq minutes à peine. Il n'était pas content de ma prestation, estimait mon temps de réaction trop lent. Alors il a sorti les ballons du coffre, allumé les phares car il faisait nuit et a dirigé la lumière vers un muret. Il a ensuite posé plusieurs plots par terre. Puis il m'a demandé, sur chaque frappe, d'avancer vers le mur, de contrôler le ballon ou de faire une passe mais avant que le ballon ne touche le sol. J'ai répété l'exercice un bon moment. J'étais essoré mais je me suis accroché. Or l'exercice a duré si longtemps que, lorsque nous avons voulu repartir, la batterie était à plat, Éric ayant laissé ses phares allumés ! Il a dû appeler un ami un peu avant minuit, venu à la rescousse nous apporter des pinces crocodiles qui nous ont permis de démarrer. La séance nocturne a été utile. Ma rapidité sur la pelouse et ma capacité à me projeter plus vite vers l'avant se sont perfectionnées en partie sur ce front de mer bayonnais.

4

Une image qui marque

Le sourire qui s'affiche sur le visage d'un enfant lorsque je pose pour une photo avec lui ou lui signe un autographe m'est une jubilation sans cesse renouvelée. J'ignore s'il fera carrière dans le football, comme moi qui voulais obtenir des clichés avec Sonny Anderson et les autres vedettes lyonnaises ayant bercé ma jeunesse. J'espère en tout cas que ses parents sauront l'encourager dans les limites de l'acceptable. Cela me dérange quand j'observe des papas et même des mamans râler sans cesse pendant le match de leur progéniture. Je suis tombé sur une vidéo où des parents se battent entre eux pendant une rencontre de leur fils ! Au lieu, pour certains, de le pousser à être professionnel, ils feraient mieux de lui apprendre d'abord à prendre du plaisir sur le terrain. C'est tout ce qui compte. Trop d'adultes mangent le crâne de leurs enfants avec des espoirs démesurés.

Mon père est éducateur de football et, s'il m'a soutenu, il ne m'a jamais forcé. Il s'est comporté d'une manière identique avec mon frère. Il l'emmenait aux entraînements mais, au mois de décembre, lorsqu'il faisait froid et que Théo ne voulait pas y aller, il respectait son choix. Sinon, mon frère aurait été écœuré par le football. Dans tout ce que j'accomplis, je m'escrime à donner une bonne image de mon sport. Le sourire est également une façon de montrer qu'il existe des joueurs, dans ce milieu, qui ne se prennent pas la tête. Cela explique une partie de ma popularité. Rien n'est fabriqué. Je ne joue pas un jeu. Je sais bien que certains supporteurs ou journalistes ont leur joueur préféré. Je ne vais pas changer leur opinion ; de toute façon, je ne lis pas ce qui s'écrit sur moi, je sais si j'ai bien joué ou pas.

J'ai par exemple refusé de suivre du *media training*. Je ne veux pas être façonné. J'entends garder ma spontanéité et ma fraîcheur, même si j'ai conscience que mon français n'est pas toujours flamboyant, sachant qu'au quotidien je parle espagnol. Il m'arrive de perdre mes mots ou de ne pas trop savoir quoi dire, mais j'assume. C'est moi... Pas question d'être un robot. Je veux plaire pour ce que je suis, pas pour ce que les autres voudraient que je sois. Et, si je ne plais pas, eh bien tant pis.

J'ai la chance d'être aimé. Cela se matérialise sous plusieurs aspects. Tel le fait de figurer sur la jaquette du jeu vidéo *FIFA 16*. Le vote a été lancé sur Internet, et j'ai recueilli le plus de suffrages, me retrouvant aux côtés de Lionel Messi. C'était un rêve. Lorsque j'ai débuté chez les professionnels, jamais je n'aurais imaginé une telle reconnaissance. Mais c'était sur la jaquette française. Mon prochain objectif : apparaître sur la jaquette mondiale ! J'ai eu droit à une chanson, imaginée par le groupe français The Concept et mise en ligne sur YouTube avant l'Euro. Le morceau porte mon nom et le refrain donne ceci : «*Antoine Griezmann is the man, yes he can !*» Ma sœur me l'a fait écouter et j'ai trouvé ça marrant. Tu réalises ainsi vraiment que tu commences à être connu. En août 2016, j'ai signé mon entrée dans le classement des personnalités préférées des Français. *Le Journal du Dimanche* réalise ce top 50 tous les six mois et je me suis retrouvé directement à la sixième place, entre Jean Reno et Sophie Marceau. Je ne le recherche pas spécifiquement mais, oui, je suis populaire. Et j'en suis fier. Je bénéficie bien sûr de l'aura de l'équipe de France, très puissante. C'est aussi pour ça que nous sommes vigilants dans nos déclarations, tant elles peuvent faire de bruit, y compris pour pas grand-chose. Les Bleus représentent un pouvoir, et c'est notre job de rendre heureux les Français.

Je sens bien que j'ai changé dans le regard des autres. Tout s'est accéléré d'un coup, avec les éliminations du Barça et du Bayern pour atteindre la finale de la Ligue des champions, puis avec l'Euro en France. À dix-huit ans, sous les couleurs de la Real Sociedad, c'est moi qui demandais à l'adversaire de bien vouloir échanger son maillot. Maintenant, c'est l'inverse. Je constate que je suis le champion préféré de certains enfants de joueurs. C'est un signe. Comme le fait que les arbitres m'appellent aujourd'hui par mon nom ou que les supporteurs crient le mien dès que je descends du bus. Une manière supplémentaire de mesurer ma renommée consiste à dénombrer le nombre de maillots que je signe désormais quand j'arrive à Clairefontaine. On nous en donne pas mal à griffonner pour des personnalités lors des rassemblements, et mon quota a singulièrement augmenté. Je ne me souviens plus de tous les noms de ceux auxquels ils étaient adressés. Je sais en revanche que Noël Le Graët, le président de la Fédération française, a offert mon maillot de la finale de l'Euro à Bernard Cazeneuve, alors ministre de l'Intérieur. Cela fait plaisir d'être apprécié également en dehors des terrains, de vérifier que la personnalité que je dégage séduit.

Quand j'avais dix-sept ou dix-huit ans, je ne supportais pas toujours d'être dévisagé en permanence, de voir les gens se retourner quand j'allais prendre un verre, comme s'ils surveillaient ma consommation d'alcool. Mais je reconnais que la notoriété est agréable... Pour continuer de plaire, il faut des titres, à commencer par la sélection. Il y a eu la génération Platini, la génération Zidane, j'espère qu'il y aura un jour la génération Griezmann. Être le joueur d'une période enchantée, celui dont on se rappellera dans dix ou vingt ans. Je fais tout pour y arriver.

Les sollicitations que je reçois sont extrêmement variées. J'aime changer d'univers, sortir du cadre du football. Avec le film d'animation *Lego Batman*, j'ai été servi. Lorsque Maud m'a parlé de la demande des producteurs, qui souhaitaient que je fasse la voix française de Superman, je n'étais pas trop motivé. J'étais fatigué. Mais ma sœur a su trouver les mots justes pour me convaincre et j'ai accepté. L'expérience était cool. Pour le doublage, il fallait bien suivre les lignes de texte et coller aux images, ce qui n'était pas évident car c'était ma première expérience en la matière. Le personnage de Superman était très drôle, comme le film. Comme je n'avais pas le temps de me déplacer à Paris, l'équipe est venue à Madrid. La séance s'est effectuée dans un studio et, en deux heures et demie, j'avais fini. Je n'avais que deux scènes à «jouer». Pour le reste, le cinéma ne m'a jamais approché. Il m'a en revanche été demandé de figurer dans un clip. J'ai décliné. Je n'ai pas le temps, si bien que je dis non à presque tout. Ce fut le cas pour la troupe des Restos du cœur. J'étais touché que les Enfoirés pensent à moi pour le concert filmé mais les matchs sont très nombreux et je dois penser à ma récupération. J'ai passé mon tour cette année, car j'avais besoin de me concentrer, mais j'espère que l'occasion se représentera. Je n'ai pas de talent de chanteur particulier. Toutefois, au milieu des autres et dans le cadre d'un tableau, je saurais donner le change.

La publicité m'a procuré l'occasion d'enfiler d'autres habits, de découvrir l'envers du décor. J'en ai enregistré une avec l'ancien rugbyman Fabien Galthié pour Sport 2000, marque familiale appréciée en France. J'ai également tourné pour trois emblèmes de dimension internationale : Gillette, les casques Beats audio et Puma. Sur l'un des spots, je suis avec Usain Bolt. Mais nous ne nous sommes pas rencontrés. Nos emplois du temps n'étaient pas compatibles. Chacun a tourné ses scènes de son côté. J'ai tout de suite adhéré au scénario.

À l'image, dans une même soirée, en costume, je mime sa fameuse célébration qui représente la foudre, et lui la mienne. L'objet a été diffusé dans le monde entier. L'autre icône de l'équipementier est Rihanna : pourquoi ne pas tourner une publicité avec elle? Dans la dernière-née de Puma, j'ai poussé le bouchon plus loin, jouant un Cupidon pour un jeune couple. Là encore, mon gimmick inspiré du clip «Hotline Bling» du rappeur Drake sert de ressort. Il me permet d'être à la fois barman, coiffeur, tricoteur et même pilote de chasse! J'adore cette forme d'autodérision et je me suis marré sur le tournage, où tout a été réalisé sur fond vert. Je n'ai jamais pris de cours de comédie.

Le seul moment pénible? Les six heures de tournage. Je ne suis pas très patient... Le réalisateur aimait multiplier les prises; vers la fin, je lui ai fait comprendre que je voulais que ça aille plus vite. De nombreuses marques me contactent. Je les choisis en fonction de ce qu'elles représentent pour moi. Il faut aussi que je sente bien mes interlocuteurs. J'ai déjà refusé des offres très importantes car je n'adhérais pas à leur message. Mes motivations ne sont pas uniquement financières. Pas question de faire n'importe quoi.

Je ne m'interdis pas des coups de cœur. Ce fut une évidence quand j'ai été approché par la campagne Ruban blanc contre les violences faites aux femmes. D'ordinaire, quand il faut caler une date pour un tournage, ça prend un ou deux mois. Là, le script m'a été envoyé et le rendez-vous a été pris pour la semaine suivante avec la Fondation Kering. Dans la vidéo, je me transforme en porte-parole des femmes maltraitées, lisant le témoignage d'une jeune femme victime d'excision lorsqu'elle était fillette. Nous, footballeurs, alors que nous tapons simplement dans un ballon, avons le pouvoir de toucher de nombreuses personnes. Pourquoi s'en priver quand il s'agit de soutenir de nobles causes ? En revanche, je ne touche pas à la politique. D'abord parce qu'il ne faut pas tout mélanger. Ensuite parce que le sujet ne me passionne pas du tout, du moins pour l'instant. Parfois, en Espagne ou en France, on me présente des membres du gouvernement ; or je ne les connais pas. Je regarde très peu la télévision.

Pour m'aider à faire le tri et m'accompagner dans les partenariats qui correspondent à mes valeurs, je me suis reposé, à partir du Mondial brésilien, en 2014, sur l'agence de gestion de droits d'image de sportifs 4Success, créée par Sébastien Bellencontre, associé à Farid Boumkais. Je m'en suis émancipé en ce début d'année 2017, pour me reposer sur ma sœur.

J'ai aussi un community manager, André de Sousa. Il est précieux car je suis actif sur les réseaux sociaux. Aujourd'hui, j'ai 6,7 millions de personnes qui me suivent sur ma page Facebook, 3,4 millions de *followers* sur Twitter et 8,4 millions sur Instagram. André est un ami d'enfance. Il ne jouait pas trop au foot, mais venait chez ma grand-mère. Nous nous sommes perdus de vue quand j'ai quitté Mâcon.

Un jour, je suis tombé sur la page Facebook à mon nom qu'il avait lancée. Administrateur, il l'alimentait seul. Je l'ai félicité pour ce qu'il avait fait. Nous avons ainsi renoué contact, et les liens se sont retissés. Il a ensuite développé mes autres profils, qu'il tient scrupuleusement à jour. André travaille pour la ville de Mâcon, au service communication, gérant là aussi les réseaux sociaux. Il s'occupe des miens à titre bénévole. Il ne m'a jamais demandé le moindre euro. Il aurait pu me demander de l'argent, il ne l'a pas fait et refuse, même, quand je lui en propose. Je lui paye juste parfois des billets d'avion afin qu'il me rende visite. C'est un vrai un pote. Twitter et Instagram, je m'en occupe seul, même s'il peut servir de relais. Je rigole, je déconne, je prends des photos, il y a même quelques fautes : c'est vraiment moi ! Facebook, c'est lui. Nous échangeons beaucoup. Sur les réseaux, où une grosse communauté me suit là encore, je suis sans filtre. Je partage mes coups de cœur, mes émotions. Je n'ai rien à vendre et, si je dois évoquer un partenaire commercial, je me contente du minimum. Je suis sur la Toile comme dans la vie.

Mon père reçoit beaucoup de demande de maillots et de photos. C'est d'ailleurs un sujet de discorde chez nous. Je ne veux pas qu'il dise oui à tout le monde. À Mâcon, certains insistent un peu trop, jurant que j'étais à l'école maternelle avec leur fils ou que sais-je encore. C'est sans fin. Je lui ai dit qu'il ne pouvait pas faire plaisir à chacun, distribuer maillots et photos à tour de bras. Je ne souhaite pas qu'on profite de lui et abuse de sa gentillesse. Évidemment, faire des cadeaux et rendre les gens heureux est important. Mais, à un moment, il faut savoir se préserver, se protéger. Il n'y a pas si longtemps, mon père m'a amené à l'aéroport et, glissé à l'intérieur de la portière, j'ai repéré un gros paquet de photos de moi que, j'imagine, il distribue, parce que les gamins seront contents. Il ne sait pas dire non. Parfois, certaines personnes ont besoin qu'on leur dise non !

Parmi mes admirateurs se trouvent beaucoup de femmes. Est-ce que j'ai conscience de l'aspect séducteur que je renvoie ? Oui, mais je n'en rajoute pas, je ne m'amuse pas à faire le beau, sur la pelouse ou ailleurs. Je reçois de nombreuses lettres et même des cadeaux pour ma fille ou pour moi, y compris lorsque nous jouons à l'extérieur. Tous les jours, quatre ou cinq lettres arrivent au siège de l'Atlético. Je ne réponds pas souvent; sinon, je passerais mes journées à ça. Néanmoins, je lis tout.

J'ai même reçu une demande en mariage ! Elle émanait d'une petite fille de quatre ans. Elle m'avait écrit ceci : « Bonjour, je m'appelle Capucine et j'ai quatre ans ! Je t'ai fabriqué un joli collier. Gros bisous, Capucine. P-S : Je voudrais me marier avec toi, mais ma maman dit que je suis trop petite. » J'avais trouvé ce message très mignon, même si sa mère avait sans doute aidé... et je l'avais montré à Erika dans la cuisine. J'avais posté sur mon compte Twitter cette réponse : « Capucine, sache que j'ai bien reçu ta lettre et j'adore ton collier. Merci ma Team Grizi pour tous vos messages. »

Bien sûr, les tentations existent. Le footballeur est une proie facile : jeune, gagnant de l'argent, influençable. Lors de mes premiers pas dans le monde professionnel, j'ai vu de plus en plus de filles tourner autour des joueurs. Mais la question ne se pose pas pour moi : j'ai ce qu'il faut à la maison ! Je suis fidèle en amitié et en amour. Je ne cherchais pas une histoire d'un soir mais une personne de confiance, avec qui construire et rester tranquille. Je savais que, auprès d'Erika, je serai meilleur sur le terrain. J'ai compris très vite qu'elle serait la femme de ma vie, celle avec qui je voulais vivre et avoir un enfant.

5

Conquêtes en Pays basque

La France m'a mis au monde. Mais l'Espagne m'a adopté. Erika, future Mme Griezmann, est espagnole, je jure en espagnol, je m'encourage sur le terrain à coups de «*vamos, vamos*», mes potes sont ibériques, hormis les deux ou trois que j'ai gardés de mon enfance mâconnaise. En espagnol, les mots viennent tout seuls, spontanément. Même à mon chien, Hooki, pourtant un bouledogue français, je m'adresse dans cette langue! À la naissance de ma fille, je ne lui parlais qu'en espagnol. C'est plus naturel pour moi, même si je fais des efforts avec Mia afin qu'elle maîtrise aussi le français. Je vis à l'heure espagnole depuis l'adolescence. Ce pays a tout fait pour que je me sente l'un des siens.

L'intégration est évidemment passée par le football. Dès mon arrivée à la Real Sociedad, j'ai multiplié les *toros*, ces exercices collectifs où l'on s'entraîne à conserver la balle dans un petit périmètre. Du ballon, j'en ai bouffé tous les jours. J'ai senti ma progression s'amorcer. J'étais lent en arrivant, j'ai commencé à me montrer plus vif, moins emprunté. Mon jeu a suivi : il est devenu plus rapide, à force d'enchaîner les séquences à une touche. Ma technique gagnait en épaisseur. J'anticipais, je devinais avant les autres quand et où le ballon allait arriver. Cette culture-là a été essentielle. La formation à l'espagnole représente une philosophie, un état d'esprit. Lors des oppositions, à l'entraînement, nous n'avions droit qu'à une ou deux touches de balle avant de nous en débarrasser. De quoi réfléchir, penser avant de recevoir le ballon. À répéter ces mêmes gammes quotidiennement, cela finit par entrer tout seul et se transformer en un réflexe.

Si je pense être aujourd'hui parmi les meilleurs au monde à jouer en première intention, je le dois à la Real. Je n'ai, de toute façon, jamais été un dribbleur, y compris quand je m'amusais avec les copains à Mâcon. Je restais un peu en retrait, privilégiant la vision du jeu.

Dans le Pays basque, mon ascension s'est effectuée de façon méthodique et naturelle. Je me suis d'abord entraîné tous les jours après le collège, à partir de 18 h 30. Je ne pensais qu'au football. Éric Olhats m'a un jour demandé si cela me plairait d'être ramasseur de balles, pendant une saison lors des matchs de championnat à Anoeta. J'ai accepté avec plaisir : je pouvais ainsi approcher au plus près les pros, mesurer la ferveur d'un stade depuis le bord de la pelouse, en saisir l'atmosphère, vivre les émotions des grands.

J'ai eu l'occasion de le faire pour la réception du Real Madrid. C'était celui des Galactiques, avec

Zidane, David Beckham, Ronaldo, Raul et Roberto Carlos. J'étais tout fier d'enfiler ma tenue dans le vestiaire et il nous a été donné à chacun un ballon. Cette équipe de stars me fascinait. Plutôt que d'aller voir mon club s'échauffer, je n'avais d'yeux que pour le Real de mon idole Beckham. Sitôt le match fini, j'ai sauté par-dessus la barrière et je me suis précipité vers Zidane. Je lui ai demandé son maillot mais je n'avais pas vu qu'il l'avait échangé avec un adversaire. Constatant ma déception, il m'a lancé : « Suis-moi. » Je me suis exécuté, nous avons descendu les marches menant aux vestiaires et je l'ai accompagné jusqu'aux entrailles du stade. Je pensais qu'il allait m'offrir une photo, un autographe ou que sais-je encore. Mais non : Zidane m'a tendu le short avec lequel il venait de jouer. Je n'y croyais pas !

Je suis intervenu comme ramasseur dans de nombreux matchs de la saison. Excité, je disséquais chaque action, m'imaginais avoir marqué et signant cette réalisation d'une célébration originale. Le match s'écoulait trop vite. Comme le Real Madrid, la venue du FC Barcelone a constitué un événement. Là aussi il y avait du lourd avec Xavi, Andrés Iniesta, Lionel Messi, Deco, Ronaldinho ou Samuel Eto'o. Un Français brillait également : Ludovic Giuly. J'ai pu récupérer son pull d'échauffement. Les joueurs étaient sympas et abordables. Je m'identifiais à eux. C'est pourquoi, encore aujourd'hui, je suis sensible à ceux qui me demandent un autographe ou une photo. J'étais comme eux il n'y a pas si longtemps...

À l'époque, mon rêve était de disputer un jour un match avec la Real Sociedad. Je ne me projetais pas plus loin. Quand je passais devant Anoeta, cette élégante arène de trente-deux mille places, je pensais : « Ce sera mon stade, j'ai envie d'y marquer des buts. » J'ai commencé à m'entraîner avec la réserve. Je jouais plutôt meneur de jeu, une sorte de numéro 10. Meho Kodro, ancien attaquant de la Real Sociedad et qui a même joué un an au Barça, a été le sélectionneur de la Bosnie-Herzégovine, son pays, avant de prendre en main la réserve. Il m'aimait bien, goûtait ma technique mais me trouvait frêle. Il me témoignait une confiance modérée et me faisait jouer avec ceux ayant un an de moins que moi.

Le déclic s'est opéré le jour où j'ai été convié à me joindre à l'équipe première. J'étais dans les couloirs du centre d'entraînement de Zubieta, je sortais d'une séance. Nous étions en juillet 2009, j'avais dix-huit ans. Tout à coup, j'ai entendu Éric Olhats au loin me lancer : « Toine, je dois te parler. C'est très important ! » Au fond de moi, pour être honnête, je songeais : « Bon, il va encore me confier un truc superindispensable, du genre "attends-moi dans la voiture quand tu auras fini"... » Comme si j'allais rentrer à vélo à Bayonne, à plus de soixante kilomètres de Zubieta ! Je me suis approché et, à ma grande surprise, il a arboré un sourire allant d'une oreille à l'autre, m'annonçant que j'allais m'entraîner cet après-midi avec l'équipe une. Quelle sensation magnifique ! C'était un rêve. Côtoyer le gardien chilien Claudio Bravo, passé ensuite par le Barça et aujourd'hui à Manchester City, ou les milieux de terrain espagnols Mikel Aranburu et Xabier Prieto : tous ces joueurs dont je scrutais chaque week-end les performances à la télévision sur EITB, la chaîne de télévision du Pays basque, qui diffusait toutes les rencontres.

En arrivant sur le terrain, je me suis légèrement mis à l'écart, avec deux ou trois joueurs de la réserve. C'était la présaison, l'effectif n'était pas au complet. Je n'étais pas choqué d'être sur le côté. J'estimais ça normal, les pros ne devaient pas se mélanger avec les jeunes, du moins pas avant une période d'adaptation... L'entraîneur était nouveau : l'Uruguayen Martin Lasarte. Défenseur du Nacional Montevideo, il y avait remporté la Copa Libertadores et la Coupe intercontinentale. Devenu entraîneur, il avait surtout exercé en Amérique du Sud, de l'Uruguay (River Plate) à la Colombie (Millonarios) en passant par son pays, lançant notamment au Nacional Montevido son compatriote Luis Suarez, le S de la terrible MSN avec Messi et Neymar.

Le coach a prévenu que nous allions disputer un petit match d'entraînement. Cela ne pouvait pas mieux tomber : j'adore ça. L'ailier gauche colombien Johnatan Estrada s'étant blessé le matin même, Lasarte m'a placé là où il était habituellement aligné. J'ai eu un regard vers la tribune, pour vérifier qu'Éric assistait bien à l'opposition, guettant un signe. J'ai vu au loin son pouce se lever. Tous les signaux étaient au vert. À moi d'en profiter. À la fin de l'entraînement, je suis allé me doucher dans les vestiaires de la réserve. Puis je suis allé chercher Éric dans son bureau. Au lieu de parler, comme d'habitude, de ce que j'avais réussi ou raté, nous nous sommes regardés sans rien dire. Puis nous avons souri. Nous avons pensé la même chose : « Ce qui m'arrive aujourd'hui est complètement dingue. »

Le retour à Bayonne a été bouclé vers 22 heures, comme la plupart du temps. Le programme, là encore, restait classique : se faire à manger au plus vite afin d'aller dormir pour récupérer. Mais un coup de téléphone a bousculé le quotidien. Au moment où nous arrivions à l'appartement, l'appareil d'Éric a sonné. Pas de panique : il devait s'agir une fois de plus d'un agent français qui lui proposait son joueur pour la Real. Mais il a engagé la conversation en espagnol. J'ai compris que le club appelait. Il a raccroché et m'a révélé : « Bonne nouvelle. Demain à 10 heures, tu t'entraînes de nouveau avec l'équipe une ! » J'ai explosé de joie. Je suis rapidement allé me coucher pour être au top le lendemain matin. J'ai enchaîné d'autres séances avec les pros, profitant des blessures des uns et des autres, du fait que certains étaient encore en vacances et parce que le coach voulait du sang neuf.

L'heure de mon premier match amical a ensuite sonné. J'ai oublié le nom de l'adversaire. Lasarte m'a pris dans le groupe. Je n'avais évidemment qu'une envie : jouer. J'ai démarré sur le banc. J'ai imaginé que le coach avait constitué deux équipes et que je figurais dans la seconde. À dix minutes de la mi-temps, toutefois, la pression est montée : tous les remplaçants sont partis s'échauffer. J'en faisais partie. L'arbitre a sifflé la pause. Les titulaires ont regagné le vestiaire tandis que nous avons continué à entretenir la machine, jusqu'à ce que Pablo Balbi, le préparateur physique, nous invite à écouter la causerie de Lasarte. C'est là, sur le tableau du vestiaire, que j'ai vu apparaître le numéro 11 et mon nom. J'allais démarrer la seconde période. Je n'en croyais pas mes yeux. Moi, Antoine Griezmann, de Mâcon, m'apprêtais à participer à mon premier match avec l'équipe professionnelle de la Real Sociedad...

J'ai inscrit deux buts en une mi-temps : l'un du droit, l'autre du gauche. J'ai été chaleureusement félicité dans le vestiaire, y compris par les capitaines et les cadors de la formation. Après la douche, le préparateur physique a fixé les rendez-vous pour le lendemain. En regardant les joueurs, il lâchait, en désignant les uns et les autres : « Toi à 10 heures demain avec nous, toi avec la réserve... » Arrivé face à moi, il a interrogé : « Toi ? Attends, je vais demander. » Dans ma tête, les pensées se sont bousculées. J'espérais, je priais pour qu'il me retienne de nouveau. « Allez, s'il te plaît, coach, prends-moi, prends-moi... » Balbi est revenu avec la réponse : « Toi, demain, à 10 heures avec nous. » *Yes !* J'avais réussi à taper dans l'œil de l'entraîneur. J'avais conscience de la chance énorme qui s'offrait à moi. Pas question de s'arrêter en si bon chemin.

J'ai participé aux rencontres amicales suivantes et, avec six buts en cinq matchs, dont deux doublés, j'ai terminé meilleur réalisateur de la présaison. Je commençais à intégrer l'équipe et à me sentir de mieux en mieux. Je me frayais une place, on m'avait donné un casier chez les pros. Je savais que rien n'était acquis et que, dans le football plus qu'ailleurs, tout peut aller très très vite dans un sens comme dans l'autre. Il fallait continuer de travailler sans relâche et prouver que je méritais ma place. Mais je tenais mon ambition et j'allais débuter la saison avec l'équipe une. J'ai sauté une case, passant directement des *juveniles* à l'antichambre de la piste aux étoiles.

Nous avons inauguré la saison par un déplacement aux Canaries. Le 28 août 2009 se dressait Las Palmas en guise d'entame de la Liga Adelante, la seconde division. Je ne suis pas entré en jeu. Ceux qui étaient dans mon cas sont restés s'entraîner sur le terrain. Pour me détendre, je m'étais mis aux cages, plongeant pour réaliser des parades. Je ne me prenais vraiment pas la tête, je profitais de l'instant présent.

Le 2 septembre, nous avons reçu en Coupe du Roi le Rayo Vallecano, un autre club de Madrid, également pensionnaire de deuxième division. Depuis le banc, je regardais le match comme un spectateur privilégié, quand le préparateur physique m'a lancé une chasuble verte sur les genoux. J'ai tourné la tête à droite puis à gauche afin de me convaincre que c'était bien à moi que l'objet était destiné. Il a distribué trois chasubles aux joueurs susceptibles de rentrer à tout moment. « *Vamos, Antoine, dale a calentar* », « Allez, Antoine, va t'échauffer », m'ordonna-t-il. Je ne me suis pas fait prier pour me redresser aussitôt, nouer mes lacets et mettre mes protège-tibias. Tandis que je m'échauffais, je suivais le match mais aussi le préparateur physique et le coach, scrutant s'ils faisaient un signe dans ma direction. Je ne tenais pas en place, je volais le long de la ligne de touche. J'allais vite, je me sentais superbien. Puis Martin Lasarte a appelé Pablo Balbi, qui l'a rejoint au pas de charge. Celui-ci est revenu et a annoncé le premier changement : « *Griezmann, entras tu en 5 minutos* », « Griezmann, tu entres dans cinq minutes. » Quelle pression...

J'ai accéléré mon échauffement, je suis retourné sur le banc pour enfiler mon maillot et écouter les conseils de l'entraîneur. « Joue comme si tu étais dans la rue avec tes potes », m'a-t-il enjoint. Je me suis positionné au centre du terrain, le quatrième arbitre a inspecté mes crampons, s'est assuré que j'avais bien mes protège-tibias. J'ai attendu que la balle sorte afin d'entrer en jeu. Il a bien fallu cinq minutes pour que ce soit le cas, cinq minutes très longues, comme si le ballon faisait exprès de retarder l'échéance. Ça y est, enfin, une touche a été sifflée. Je vais entrer pour mon premier match officiel. Numéro 27, Antoine Griezmann...

À peine ai-je foulé la pelouse que je reçois une mini-ovation, qui me fait chaud au cœur. Un joueur de la *cantera* – formé au club – de plus à goûter à l'équipe première... Je n'ai pas touché énormément de ballons. Mais le premier m'a procuré l'adrénaline que je retrouve uniquement lorsque je marque. L'action : après un rebond, je presse mon vis-à-vis, parvenant à m'emmener le ballon de la tête. Je suis dans le rond central avec, à mes côtés, le dernier rempart adverse. Je me lance dans une longue chevauchée. Le public m'emporte. J'en ai des frissons.

Je me sens littéralement galvanisé par les supporteurs, si bien que je me retrouve face au gardien. Mais j'ai une pincée de stress et je déporte trop la balle sur mon côté gauche. Je me suis enfermé tout seul. Je parviens néanmoins à déclencher ma frappe. Le portier, hélas, la repousse en corner avec ses jambes. Mais les supporteurs ont pu faire connaissance avec moi ! Cela aurait été tellement beau de marquer pour mon premier match officiel, qui s'est conclu par une défaite...

Quatre jours plus tard, j'ai débuté en championnat de seconde division. Toujours à domicile, à l'occasion de la deuxième journée, je suis entré pour le dernier quart d'heure contre Murcie. Le score restera nul et vierge. J'ai rejoué la semaine suivante face au Gimnàstic de Tarragone. Lasarte m'a lancé à une minute de la fin : manière de casser le rythme, de gagner du temps et d'assurer la victoire. Huit jours plus tard, à Anoeta face à Gijón, le coach me lance à la mi-temps ainsi qu'un autre attaquant, Imanol Agirretxe. Nous étions menés et avons réussi à égaliser.

Le moment le plus important de ma jeune carrière survient le 27 septembre 2009. Je ne savais pas, pendant la semaine, si j'allais jouer ou pas. L'entraîneur alternait entre Jonathan Estrada, avec qui j'étais devenu complice, et moi. Le jour du match, à domicile face à Huesca, Lasarte m'informe que je vais démarrer. Ma première titularisation ! Il me recommande une fois de plus de jouer sans pression, d'adopter le même comportement qu'à l'entraînement. Plus facile à dire qu'à faire... Impossible de tranquillement faire la sieste comme un joueur comptant cent matchs en Liga. Je n'ai, bien sûr, pas réussi à dormir. Aujourd'hui encore, la sieste est quasiment absente les jours de match. Je préfère, pour débrancher, regarder une série télé ou jouer aux jeux vidéo. Lorsque l'équipe a pénétré sur le gazon, j'étais crispé. Pas très à l'aise. Puis l'arbitre a donné le coup d'envoi. Un coup de sifflet comme une libération. Sur mes premiers ballons, je me suis évertué à assurer. Je jouais en une ou deux touches de balle, sans me compliquer l'existence. J'essayais quand même un drible ou une passe vers l'avant.

Nous disputions la 40e minute. J'ai reçu un ballon aux abords de la surface, expédié par Mikel Aranburu. J'ai contrôlé du gauche, puis je me suis remis sur mon pied. Alors je me suis interrogé : « Qu'est-ce que je fais ? Ne va pas sur ton pied droit ! » J'ai décoché finalement une frappe du droit à la trajectoire flottante, depuis l'extérieur de la surface. Et j'ai senti que ça faisait mouche. Le ballon a filé dans le but. Mince, et maintenant je fais quoi ? Mécaniquement, je suis allé célébrer mon but en courant sans m'arrêter vers la tribune, les bras écartés. J'ai embrassé l'écusson du club. J'avais les larmes aux yeux. J'ai tiré sur mon maillot, pour bien le montrer au public, et j'ai crié « *Vamoooooos !* »

Le footballeur Griezmann est véritablement né ce jour-là. J'ai aussitôt pensé à tous ces matins où je passais devant Anoeta en voiture, lançant plein d'assurance à Éric : « Ça, c'est mon stade. Je vais y jouer et marquer plein de buts ! » En plus, contre Huesca, j'ai marqué du pied droit, s'il vous plaît... Je ne l'oublierai jamais. À une minute de la fin, Carlos Bueno a donné plus d'ampleur à notre succès. Mon but m'a permis de m'installer dans l'équipe. Il a aussi montré au coach qu'il pouvait me faire confiance. Dans le vestiaire, radieux, j'ai goûté la joie de mes partenaires, sincèrement heureux pour moi, le Français blond, timide et toujours souriant... J'étais impatient de rejouer et de marquer. Au total, j'ai participé à trente-sept de nos quarante-deux rencontres de championnat. En marquant à la 90e minute contre Cadix à la maison en janvier 2010, j'ai plongé sur la neige déposée au bord de la pelouse ! J'ai inscrit six buts, le deuxième total derrière Bueno. La Real Sociedad a été sacrée championne de seconde division, devant Hercules, Levante et le Betis Séville. Trois ans après sa relégation, le club retrouvait l'élite. Dans la foulée, j'ai signé mon premier contrat professionnel.

On commençait à parler de moi, des fans portaient un maillot floqué de mon nom. Cela ne me montait pas à la tête. Je ne lisais pas les journaux – je ne les lis toujours pas – et le club de Saint-Sébastien me protégeait en me préservant des sollicitations médiatiques. J'étais dans un cocon. Tout était bâti pour que je me concentre uniquement sur le foot. Martin Lasarte a su intelligemment m'utiliser. Il a beaucoup compté, avait les mots justes. Pendant une période, j'étais moins bien sur le terrain, « à l'ouest » aux entraînements. Le coach a ainsi décidé de ne pas me faire jouer contre Albacete. Le lendemain, il m'a pris à part et lâché : « J'espère que ça te fera les pieds de ne pas avoir joué. Tu n'y es pas en ce moment, je ne décèle plus l'envie de progresser. » Il a eu raison de me tirer les oreilles.

Il me parlait beaucoup, a décrypté pour moi les vices du métier...

Hors du foot, je commençais également à prendre mon indépendance. Je n'habitais d'ailleurs plus chez Éric. Je logeais dans un appartement proche de Saint-Sébastien, ce qui était plus pratique. Le loyer était pris en charge par le club. Dans un premier temps, j'ai été hébergé par un partenaire, Emilio Nsue López, qui a disputé la Coupe d'Afrique des nations pour la Guinée équatoriale. L'année de la montée en Liga, il a évolué à la Real Sociedad, prêté par Majorque, où il est né. Il avait à peine deux ans de plus que moi mais il était déjà en couple, sa copine étant un peu plus âgée. Ils m'ont gardé quelques mois chez eux. Ils m'ont chouchouté. Emilio, qui joue aujourd'hui en Angleterre, m'emmenait aux entraînements, à dix minutes en voiture de la maison. À la fin des séances à Zubieta, il m'attendait. J'avais ma chambre, je jouais souvent à la PlayStation. J'étais comme leur enfant, sa compagne était aux petits soins.

J'ai ensuite partagé un appartement avec un autre partenaire, Javi Ros, aîné de près d'un an. Très vite, j'ai éprouvé le besoin d'être seul... La plage de la Concha, qui s'étend sur un kilomètre et demi de sable blanc, n'était pas loin. J'appréciais aussi, l'été, de sauter dans les rochers à Biarritz. Je parlais évidemment parfaitement espagnol. J'avais un peu plus de mal avec le basque. Dans le vestiaire, au début, quand ils rigolaient dans cette langue, je pensais qu'ils se moquaient de moi...

À dix-huit ans, j'ai aussi expérimenté mon premier tatouage. J'en voulais un qui montre et reflète ma personnalité. Je cherchais et c'est mon partenaire et ami, le futur international algérien Liassine Cadamuro-Bentaïba, qui a trouvé sur Internet la phrase qui me correspondait. Elle est d'Antoine de Saint-Exupéry : « Fais de ta vie un rêve, et d'un rêve, une réalité. » Je l'ai choisie car elle exprime les difficultés et les souffrances rencontrées avant d'y arriver. Oui, j'en ai bavé ! Cette maxime me guide.

Ce tatouage accompagne celui de la Vierge Marie, à laquelle ma mère fait souvent référence. C'est une fervente catholique. Par son influence, je baigne dans la religion depuis tout petit. Je l'accompagnais à l'église quand elle s'y rendait pour brûler un cierge. Je reproduisais à mon tour cette expression de foi lorsque j'étais dans les équipes de jeunes de la Real Sociedad, implorant de l'aide pour devenir professionnel ou dans les moments difficiles. Je continue, ponctuellement, d'allumer des bougies dans les églises.

En juin 2015, de passage à Paris pour célébrer l'obtention du bac de mon frère Théo, je suis allé au Sacré-Cœur avec Erika. J'ai déposé un mot sur le registre, réclamant au Seigneur de prendre soin de ma famille, d'avoir la santé et le remerciant d'avoir mis Erika sur mon chemin. Je ne prie pas tous les jours mais, parfois, j'en ressens le besoin, notamment la veille des matchs. Un vestiaire de football est un lieu où se croisent, en toute fraternité, toutes les religions. En équipe de France, je suis seul en chambre... avec ma Xbox. Lorsque je toque à la porte de Paul Pogba et qu'il ne répond pas, je sais qu'il fait sa prière, alors je repars et le laisse tranquille. Idem quand je constate qu'il a sorti son tapis. J'aime l'observer, comparer nos pratiques respectives m'intéresse. Je suis respectueux des rites de chacun. Lorsque nous recevons pour un barbecue à la maison, je veille à choisir la bonne viande quand je sais que nous attendons des musulmans.

Je me nourris de toutes les croyances. Il n'existe pas ailleurs plus de mixité que dans le football. Les déplacements, à défaut de tourisme, nous renseignent aussi sur cet aspect-là. Et sur les diverses cultures qui traversent les pays dans lesquels nous jouons. En Russie, par exemple, le Coca-Cola n'était pas le même. En Espagne, c'est le steak haché qui n'a pas une saveur identique. Je crois que le bon goût de la viande hachée est ce qui me manque le plus de la France ! Quand je retourne à Mâcon, mon petit steak m'attend...

Pour revenir aux tatouages, après celui de la Vierge Marie, je m'en suis fait poser d'autres, du Christ Rédempteur qui domine Rio – que j'ai eu sur la peau avant d'aller au Brésil sans savoir que j'y disputerai le Mondial – aux initiales de mes parents en passant par une ancre, des nuages ou un chapelet. J'ai aussi écrit les lettres de « *hope* » (« espoir ») sur mes doigts. Les tatouages, j'en avais envie depuis longtemps. J'ai néanmoins attendu d'être majeur.

Mes parents n'ont pas tenté de me dissuader. Ma mère aurait eu du mal à me l'interdire : elle en a elle-même. Le premier a été réalisé derrière son épaule droite, représentant le signe astrologique chinois de mon père. Même lui a craqué, il y a deux ans, avec nos prénoms et la date de son mariage. Maud en a aussi. J'ignore si Théo va s'y mettre. J'ai le même tatoueur depuis le début. Il est installé à Saint-Sébastien et, si je n'ai pas le temps d'y retourner, je le fais venir. Il me reste encore un peu de place sur le bras !

Je n'avais pas encore décroché mon permis de conduire quand j'ai eu ma première voiture. C'était une Scirocco R, de couleur bleue. Avant d'acheter ce coupé Volkswagen assez puissant, j'en ai parlé à mes parents. J'ai besoin de leur opinion quand j'investis dans quelque chose de considérable, y compris aujourd'hui. Je m'y suis pris en trois fois pour obtenir le code de la route ! Je n'étais pas très doué, comme à l'école. En attendant le papier rose, c'est un coéquipier, Gorka Elustondo, qui la faisait rouler.

Quatre mois après, j'ai eu mon permis. J'ai ensuite changé de modèle, optant pour une Range Rover noire. Je ne l'ai gardée qu'un an, avant de la passer à mon père. J'ai roulé en Maserati GranTurismo près de deux ans. Aujourd'hui, j'utilise le 4 × 4 du club ainsi que deux bijoux : une Rolls-Royce blanche et une McLaren 675LT de couleur blanche elle aussi. J'ai hésité plusieurs mois entre ce modèle rare et une voiture américaine ancienne. J'ai consulté Erika et mon père, qui m'ont dit : « Fais-toi plaisir. » Alors, finalement, je me suis offert ce cadeau fin 2016, en récompense de ma belle saison. J'assume d'avoir ce type d'engin même si je reste discret et que je ne veux pas me la raconter. La McLaren, je ne la sors pas dans

Madrid, je l'utilise plutôt pour aller à l'entraînement. J'essaie de ne pas faire n'importe quoi avec l'argent. J'ai besoin aussi de me protéger. Ma maison est un sanctuaire, jamais un journal ne m'y fera poser en famille. Je veux que les gens continuent de me voir comme quelqu'un de normal, ce que je suis, même si j'ai changé de dimension. Si je possède des bolides, je garde une tendresse pour ma Scirocco R. Je me souviens très bien de la première fois où Erika est montée dedans. Elle l'adorait et m'en reparle encore. C'est là qu'on s'est connus...

Erika, c'est la patronne. Je l'appelle d'ailleurs ainsi : la *jefa* ! À la maison, elle s'est occupée de tout, de la décoration à l'aménagement des pièces. C'est la maîtresse des lieux, elle sait où sont rangés les papiers, les contrats, mes affaires. Je m'occupe toutefois du barbecue. J'adore ça et je viens d'en faire installer un sur la terrasse. Depuis que je suis avec elle, j'ai haussé mon niveau de jeu. Je n'ai fait que progresser. Je suis une autre personne, un meilleur homme et un meilleur footballeur. Pour être bien sur le terrain, j'ai besoin de l'être dans ma vie privée. Je suis heureux depuis que j'ai commencé à vivre avec elle. Je sais désormais que quelqu'un m'attend à la maison et je suis toujours pressé de rentrer la retrouver. Plus égoïstement, grâce à elle, j'ai arrêté de me nourrir de plats surgelés ou de repas au restaurant !

Je l'ai rencontrée un été. Alors que je découvrais la seconde division, je m'entraînais le matin puis déjeunais dans une résidence qui accueillait également des universitaires. Titulaire d'un diplôme en pédagogie,

Erika préparait une licence afin d'être psychologue pour enfants. Elle enchaînera par un master en décoration d'intérieur à Madrid. Nous déjeunions tous à la cafétéria, moi après les séances avec la Real Sociedad, elle dans la foulée de ses cours sur les bancs de la fac. J'étais attablé quand je l'ai vue arriver. J'ai immédiatement accroché. Comme un coup de foudre, mais pas (encore) réciproque...

J'ai demandé à mes partenaires s'ils la connaissaient. Il m'a été expliqué que cette Espagnole du même âge que moi, Erika Choperena, étudiait ici. Elle venait y manger le midi et le soir, et dormait dans l'internat voisin. Pendant un an et demi, je l'ai observée, je me suis rapproché, je lui ai envoyé des messages, j'ai essayé de la séduire. J'ai ramé. Mais je me suis accroché. Et j'ai finalement réussi à sortir avec elle. Nous sommes ensemble depuis le 27 décembre 2011. Et nous allons nous marier à Madrid en mai prochain. Ou en juin... si l'Atlético Madrid est en finale de Ligue des champions.

Je suis bien avec elle, tranquille, on rigole beaucoup ensemble. Elle fait tout pour que je me sente épanoui. Comme moi, elle est très casanière. Même si je ne parle pas beaucoup et que j'exprime peu mes sentiments, sa présence me rassure, m'apaise. Si je suis aussi bon sur le terrain, c'est parce que, grâce à elle, je n'ai à me concentrer que sur le football. J'ai besoin de ne penser qu'à ça. Elle assiste à presque tous mes matchs à Vicente-Calderón. Elle sait que j'aime quand elle est là. Je la salue d'un regard durant l'échauffement.

Elle a tenu un blog sur la mode, « *Cordialmente Erika* », postant ses looks, des astuces *fashion* ou des recettes de cuisine. Si certains l'encourageaient, beaucoup, du fait de ma notoriété, laissaient des messages insultants ou moqueurs. Elle en a souffert et, par souci également de discrétion, a préféré supprimer son compte un an plus tard. Je m'entends très bien avec ses parents. Eux aussi ont tout fait pour que je me sente à l'aise. Pour pouvoir échanger avec ma famille, ils ont décidé d'apprendre le français, qu'ils ne parlaient pas du tout. Erika a agi de même, chapeau ! Il s'agit d'une belle preuve d'amour. Ils habitent toujours dans le Pays basque, pas très loin de la frontière française.

6

Joue-la comme Beckham

J'ignore si je revêtirai un jour le maillot de Manchester United. Dans l'histoire du club, de sacrés clients ont porté le numéro 7 : George Best, Bryan Robson, Éric Cantona, Cristiano Ronaldo ou David Beckham. Cinq icônes des Red Devils. Mais, pour moi, le plus emblématique reste le meneur de jeu à la chevelure blonde. Son pied gauche magique a été façonné par Manchester, où il a empoché une Ligue des champions, deux Cup et six titres de champion. Capitaine de l'équipe d'Angleterre, sélectionné à cent quinze reprises, le Spice Boy a aussi joué au Real Madrid, au Los Angeles Galaxy, au Milan AC avant de terminer au Paris Saint-Germain. Le milieu de terrain constitue une véritable pop star du foot. Par son look ou ses attitudes, il est prisé également de la mode et de la publicité. David Beckham est définitivement mon footballeur préféré. Et mon modèle absolu. Il est le seul avec lequel j'aurais aimé jouer, même si aujourd'hui, observer l'Allemand Mesut Özil, meneur de jeu d'Arsenal, est un régal.

J'ai toujours trouvé le Britannique parfait, sur le terrain comme en dehors. Il a du charisme et la classe en toutes circonstances. Élégant sur la pelouse et dans la vie, toujours bien habillé. Dans la gestion de son image, il est le meilleur. J'aspire, comme lui, à être à l'aise et performant dans les deux domaines, à savoir remporter des trophées et générer de l'attention. Phénomène marketing, Beckham est devenu une marque, ce que je ne suis pas encore. Où qu'il se déplace dans le monde, il provoque l'engouement. Le rencontrer serait un kif, même si je ne parle pas bien anglais. Mais il doit se débrouiller en espagnol, pour avoir joué quatre saisons au Real. J'aimerais le connaître, voire tourner une pub avec lui. Ce serait génial. Il a l'air d'un type cool, simple malgré son statut. Kevin Gameiro a joué avec lui à Paris et David participait tranquillement au barbecue des joueurs, sans sa femme, Victoria.

À l'Atlético Madrid comme en équipe de France, j'arbore le numéro 7 dans le dos. Il s'agit d'un hommage à David Beckham. Et, si je joue depuis toujours en manches longues, c'est aussi pour lui ressembler. Je trouvais le style chic. Lorsque j'ai eu l'occasion de goûter à la deuxième division à la Real Sociedad, il m'a été demandé quel numéro je souhaitais. En Espagne, lorsque tu ne possèdes pas encore la licence professionnelle, ton maillot démarre à 25 au minimum. J'ai répondu 71, le département de Saône-et-Loire, dont Mâcon est la préfecture. Ce n'était pas possible car le nombre était trop élevé. L'intendant a commencé à égrener les numéros disponibles, et je l'ai vite arrêté au 27. Avec donc un peu de 7, comme pour Beckham ! Quand la Real est remontée dans l'élite, le détenteur du 7 est parti. J'en ai profité. Et je l'ai gardé jusqu'au bout. Une fois transféré à l'Atlético, je l'ai de nouveau sollicité. Il était libre. Tant mieux. Le numéro 7, c'est moi. Je l'aime, il me porte chance. Avec les Bleus, j'ai initialement endossé le 11. Le 7 était celui de Franck Ribéry, que j'ai simplement croisé sur la pelouse quelques minutes lors de ma première sélection. Victime d'une lombalgie, il a finalement dû déclarer forfait pour la Coupe du monde au Brésil. Avant de pouvoir m'en emparer, je pensais lui adresser un message afin de lui demander si cela ne le gênait pas. Je m'en suis ouvert à l'intendant de l'équipe de France, qui en a parlé à Didier Deschamps. Et le coach a dit oui pour que je prenne le 7. Yohan Cabaye était également intéressé mais il me l'a gentiment laissé.

La saison dernière, l'Atlético Madrid figurait dans le top 10 des clubs qui vendent le plus de maillots au monde. Presque deux millions d'exemplaires avaient été écoulés, avant même la finale de la Ligue des champions. À titre personnel, j'étais également dans le classement des joueurs[1]. Je ne mesure pas tout à fait ce que ça représente mais je me réjouis que de plus en plus de gens, dans les stades, choisissent de mettre mon nom sur leur bout de tissu. J'en veux toujours plus. Qu'ils achètent un maillot avec Griezmann

1. 490 900 maillots vendus avec le nom de Griezmann pour la saison 2015-2016, selon l'agence Euromericas Sport Marketing.

marqué dessus est une ambition, un plaisir que je recherche. Quand j'observe des enfants avec celui de Fernando Torres ou Koke, en mon for intérieur je me dis : « Je veux qu'ils portent plutôt mon maillot. Montre-leur quelque chose sur le terrain afin qu'ils aient envie de l'acheter ! »

Un maillot, ce n'est pas anecdotique. J'ai gardé quelques-unes des tuniques marquantes que j'ai portées. Elles restent chez mes parents à Mâcon. Il y a par exemple celles du Mondial 2014, celle portée lors de ma présentation à l'Atlético, celle avec laquelle nous avons assuré la montée en première division avec la Real Sociedad ou celle du but contre Lyon au tour préliminaire de la Ligue des champions. De la Coupe du monde, j'ai rapporté aussi le maillot de Marco Reus. Il avait voulu l'échanger après notre défaite contre l'Allemagne (0-1), même s'il n'avait pas joué en raison d'une blessure. Celui de la finale de l'Euro 2016, je n'ai pas eu à cœur de l'échanger. La plupart de mes maillots sont encadrés dans une pièce dédiée. Peut-être y fera-t-on, après ma carrière, une sorte de petit musée ? Le maillot de Beckham serait le bienvenu !

Du modèle qu'il incarne, j'avais été marqué par son arrivée à Londres lors de la cérémonie d'ouverture des jeux Olympiques en 2012. Il avait débarqué au stade dans un hors-bord voguant sur la Tamise, avec à ses côtés la fameuse flamme olympique. Sur le bateau, en costume impeccable, sa coupe de cheveux ne bougeait pas d'un pli. Comme Beckham, j'aime changer de coiffure. C'est une forme de signature.

J'ai dû essayer tous les genres, de la crête à la chevelure blonde de Pavel Nedved.

À seize ans, je rejoignais directement mes partenaires à l'aéroport après deux jours de repos à Mâcon, et je suis arrivé avec des tresses ! En me découvrant avec mes cheveux collés au crâne, Éric Olhats a rigolé puis m'a demandé ce que j'avais fait. « Ça ne va pas plaire à la Real Sociedad », m'a-t-il prévenu. Ça n'a pas raté. Nous allions affronter les États-Unis en match amical. L'entraîneur m'a demandé de changer de look. « Tu ne peux pas jouer ainsi, ce n'est pas bon pour l'image. » Je me suis naturellement exécuté. Je ne comprenais pas trop en quoi cela pouvait choquer mais j'ai obéi. Avoir une bonne image prime pour la Real. Je n'en étais pas à ma première coupe originale. Je n'ai honte d'aucune, je les assume toutes. Pourquoi regretter ? Je rapprocherais ça d'un tatouage. Cela répond à une impulsion. Si je le fais, c'est que j'en ai envie. Je réfléchis avant, bien sûr, mais je ne tergiverse pas.

Sur la pelouse comme en dehors, David Beckham avait le sourire. Là encore, sans me forcer, je procède à l'identique. Bien sûr, footballeur est mon métier. Mais c'est d'abord mon plaisir, ma passion. Avoir la banane est la moindre des choses. Je suis ainsi. Sourire ne représente aucun effort. À cet égard, je suis parfois présenté comme le gendre idéal. C'est plutôt plaisant. En revanche, je n'apprécie pas du tout quand on me qualifie d'« anti-Benzema ». Cela m'agace. Il n'y a qu'en en France qu'il est contesté. Les gens ne connaissent pas la personnalité véritable de Karim, qui reste un grand joueur et avec qui la cohabitation en équipe de France a toujours été harmonieuse. Le sourire représente un pouvoir, une arme. Pour une photo, je le dégaine systématiquement. Je trouve ça élégant, poli, même quand je ne suis pas forcément de bonne humeur. Je pense alors à la personne qui sollicite une photo ; j'ai envie qu'elle soit heureuse. Procurer de la joie est l'une de nos fonctions. D'ailleurs, le football manque de sourires en général. Sur le terrain, les joueurs sont parfois trop crispés, trop sérieux. Certains s'y croient, se prennent pour d'autres. Oui, le football est trop sérieux. Peut-être à cause des enjeux, mais ce n'est pas une raison. En NBA, par exemple, il est de coutume de se chambrer avant les matchs, ce qui n'empêche pas de se livrer une âpre bataille sur le parquet.

Question de personnalité, j'aime détendre l'atmosphère et mettre l'ambiance. Même si j'ai l'air très sage et que je garde une forme de timidité face aux micros, je suis plutôt du genre déconneur. Paul Pogba m'avait d'ailleurs dénoncé[1] ! En équipe de France, en tout cas publiquement, c'est plus délicat de plaisanter car nous sommes constamment surveillés, presque épiés. À Clairefontaine, on va se retenir de dire ou de faire quelque chose, de crainte de ce que peuvent penser la presse ou les supporteurs. C'est dommage. Nous avons peur du regard des autres. J'adorerais

1. Dans *So Foot* (mai 2016), Pogba avait assuré : « Faut que vous sachiez un truc... Le mec que vous voyez devant les caméras, ce n'est pas le vrai ! Parce que lui, c'est un fou. Il aime les musiques africaines ! C'est un danseur, il danse sur tout, il est Reggaeton, Grizou ! »

durant un long stage des Bleus que l'on puisse s'échapper pour une sortie au restaurant, au cinéma ou au théâtre.

Exceptionnellement, en juin 2015, avant deux matchs contre la Belgique et l'Albanie, nous sommes allés à un spectacle du Jamel Comedy Club. J'avais bien rigolé, tout le monde avait passé un agréable moment. Ce genre d'initiative n'est pas assez répandu. Je n'en ai jamais parlé au coach, je ne représente rien dans cette équipe pour réclamer quoi que ce soit. Finalement, nous restons cloîtrés, parce que chaque déclaration peut être mal interprétée, et nous ne sommes pas toujours nous-mêmes. Nous nous éloignons des gens pour mieux nous concentrer. Mais on s'ennuie au « Château », restant la plupart du temps enfermés dans nos chambres.

Un dimanche, je suis allé à l'hippodrome de Vincennes puis à l'AccorHôtels Arena, l'ex-Bercy, pour assister à la finale des Mondiaux de hand parce que je suis les autres sports. J'avais envie de le montrer. Nous sommes souvent cantonnés dans notre monde. Avec l'Atlético, nous nous sommes rendus dans des hôpitaux pour apporter des cadeaux aux enfants, j'ai fêté le Nouvel An chinois dans une académie du club, sachant que Wanda, conglomérat chinois, possède 20 % du club.

Je fonctionne de façon simple, naturelle. Mais, quand je dois râler, je le fais. Par exemple après la une de *L'Équipe*, le 13 juin 2016, sur « L'inquiétude Griezmann », dans la foulée du premier match de l'Euro 2016 contre la Roumanie. Je n'avais pas apprécié. Je ne trouvais pas ça juste, surtout après un seul match. J'avais été atteint, mes parents aussi. Je savais bien que j'avais raté mon entrée dans l'Euro, je n'avais pas besoin de cette une, d'autant que je venais juste de perdre une finale de Ligue des champions, déjà un coup dur sur le plan mental... J'en avais parlé aux auteurs de l'article au rassemblement suivant, je leur avais confié que ça m'avait embêté de lire ça. À l'inverse, quand le même journal, trois mois plus tard, brandira en couverture un vibrant « Votez Griezmann » au sujet du Ballon d'or, j'avais adoré. J'avais été touché. Et je le leur avais fait savoir via un message privé. Cela m'avait fait du bien que tout le pays se range derrière moi, m'incitant à continuer à travailler, impulsant un élan.

Par ses encouragements, la presse donne confiance aux Bleus. À l'étranger, elle est à fond derrière son équipe nationale. Nous, on cherche la petite bête, comme si nous n'étions pas heureux de la réussite d'untel. En octobre 2016, aux Pays-Bas, Paul Pogba a inscrit l'unique but de la rencontre d'une frappe puissante. Alors que j'avais réalisé un match très moyen, je me réjouissais surtout pour lui. J'étais sincèrement content et je l'ai répété aux micros. « Demain, il va faire la une de tous les journaux, avais-je expliqué. Cela va lui faire du bien. » J'espérais qu'il aurait le soutien des journalistes. Paul, qui venait d'arriver à Manchester United, était sans cesse critiqué. Il faut nous entraider. Je suis, de toute façon, résolument positif. Comme David Beckham...

7

Famille, je vous aime

Affirmer que j'entretiens avec ma famille une relation fusionnelle relève du doux euphémisme. Les Griezmann sont, en effet, particulièrement soudés. Cela peut paraître paradoxal, puisque j'ai quitté la maison un peu après l'âge de treize ans. J'ai dû couper le cordon très jeune afin de vivre mon rêve professionnel, mais l'ai-je vraiment coupé ? Et est-ce que j'en avais véritablement envie ? Les premières années à la Real Sociedad, lorsque je délaissais Mâcon pour rejoindre Bayonne, chaque fois, j'étais envahi d'une profonde tristesse. Je voulais rester avec les miens.

Ce ne fut pas dur uniquement pour moi. Mon frère Théo est mon cadet de cinq ans. Quelque part, on lui a enlevé son aîné ! Il n'avait même pas dix ans quand je me suis éclipsé. De plus, Maud, qui a huit ans de plus que lui, était partie peu après poursuivre ses études à Lyon. Théo, je l'appelle *El Loco*, « le fou ». Mon envol précoce n'a pas facilité notre entente au début. Il me considère justement comme son grand frère.

Je prends mon rôle à cœur et j'essaie de lui donner des conseils. Qu'il écoute, mais de temps en temps seulement. Nous pouvons nous engueuler pour de petits détails mais je l'aime énormément. Petit, je jouais souvent avec lui dans le garage. Nous y avions posé un tapis vert en guise de terrain. Les tentes, celles qui se déplient en l'air toutes seules en quelques secondes quand on les jette, faisaient office de cages. Nous avions un petit ballon de la Coupe du monde, et c'était parti... Nous passions des heures à nous amuser. Celui qui marquait filait dans les buts. Le gardien devait lancer la balle à ras de terre ou sur la tête, et il fallait la mettre au fond. Quand le temps le permettait, nous jouions dehors.

Théo est en BTS management des unités commerciales, à Mâcon. Il faut qu'il bosse à l'école et se donne du mal, même si je ne suis pas le bon exemple ! À vingt ans, il a l'âme d'un entrepreneur : il a créé et lancé la marque de prêt-à-porter sportif GZ Brand. J'en suis l'ambassadeur mais c'est lui qui l'a financée et imaginée. Il doit trouver son chemin tout seul et, s'il a besoin d'aide, je serai là. Lors de ses vacances, je le reçois à Madrid. Je suis ravi de l'avoir à la maison. Nous jouons à la Xbox ou au basket sur mon terrain, nous lançant des défis. Il me réclame les maillots de ses joueurs préférés. Sa collection commence à avoir de l'allure. Je lui ai récupéré ceux de Robin Van Persie, qu'il adore, et de Lionel Messi. Je possède aussi ceux de Robert Lewandowski, Cristiano Ronaldo, Neymar, Iniesta, Falcao et Drogba. J'avais demandé à mon partenaire Diego Godín celui de son coéquipier en sélection uruguayenne Edinson Cavani ; il s'est acquitté de sa mission. Théo reste mon petit frère. Il peut tout obtenir de moi.

Ma sœur Maud occupe, elle aussi, une place de choix dans ma vie. Elle a obtenu un BTS tourisme à Lyon, une licence tourisme et marketing à Paris et encore une licence en relations publiques et événementiel via l'École Tunon. Maud est un exemple. C'est ma grande sœur, nous avons trois ans d'écart et, si au départ nous dormions dans la même chambre, nous avons été vite séparés. Lorsque je rentrais à Mâcon, elle n'était pas souvent là. Nous nous retrouvions pour les vacances d'été. Mais deux ou trois semaines en commun, c'était trop peu pour réellement profiter l'un de l'autre. Je ne la connais pas encore par cœur. Aujourd'hui, elle est très présente. J'ai besoin d'elle.

Je lui ai demandé de s'occuper de mes relations avec les médias. Afin de ne rien laisser au hasard, elle a suivi, spécialement pour moi, une formation consacrée à la communication avec les médias au Centre de formation et de perfectionnement des journalistes (CFPJ). Elle gère également mon calendrier. L'occasion de s'appeler très souvent. Elle est installée à Paris mais me rejoint environ tous les quinze jours à Madrid afin d'encadrer une interview qu'elle a organisée ou assister à un *shooting* photo. Je peux ainsi la voir régulièrement.

Je lui porte une grande admiration. Pour des tas de raisons. Par exemple, un dimanche, j'étais à Paris pour enregistrer le Canal Football Club. Maud, bien sûr, était là pendant l'émission. L'enregistrement achevé, elle m'a demandé si je voulais qu'elle me réserve un hôtel ou si je souhaitais dormir chez elle, dans le XXe arrondissement. « Tu es folle, je viens chez toi. Comme ça, tu me montreras ton appartement ! » lui ai-je assuré, tout content. Le taxi nous a déposés devant son immeuble. Nous sommes montés à pied au cinquième, sans ascenseur. J'étais essoufflé rien qu'en arrivant sur le palier...

J'ai pénétré chez elle et découvert un salon dans lequel se trouvaient aussi une mini-cuisine, une petite salle de bains avec baignoire, lave-linge et toilettes, ainsi qu'une chambre. Autant dire que le logement était spartiate. J'ai immédiatement pensé : « Ah ouais, respect pour ma sœur. Ton frère est footballeur professionnel et tu vis dans un appartement tout petit. Pourtant, tu n'as jamais demandé quoi que ce soit. Et tu es tout le temps souriante et heureuse, avec la patate. Je suis fier de toi. » Je suis parti le lendemain rejoindre l'équipe de France à Clairefontaine et je lui ai écrit ce que j'avais pensé d'elle.

Je suis ravi qu'elle travaille pour moi. En quelque sorte, nous rattrapons notre jeunesse. Lorsque je suis parti à New York en vacances, elle était avec nous. Sa présence me rassure. Je lui fais totalement confiance pour assurer l'interface avec les journalistes. Elle fait le tri, me propose. Elle me connaît à fond, sait quand j'ai besoin de repos. Elle peut deviner rien qu'en me regardant si je suis fatigué ou pas, quand il faut terminer l'entretien. Il lui arrive de manger avec les journalistes ou de leur faire la bise. Je préférerais qu'elle garde ses distances mais elle est comme ça...

Maud a du caractère. Elle est très indépendante et autonome, voyage beaucoup pour le plaisir. Je n'ai pas encore d'idée très précise de mon après-football – j'ai le temps d'y penser – mais je souhaite, d'une manière ou d'une autre, qu'elle reste à mes côtés.

Dans la galaxie familiale, ma mère est forcément une figure marquante. La *madre*, Isabelle, je l'appelle Ouzbelle. Je ne peux que la remercier de tous les efforts consentis afin que son enfant puisse accomplir son rêve, du moins essayer. Lorsque je suis parti à la Real Sociedad, personne ne savait si je deviendrais un jour professionnel. Ni mon père, ni Éric Olhats, ni ma mère. Et moi non plus, bien sûr. Nous naviguions dans le flou le plus total. Ma mère a souffert de notre séparation, tout comme moi. Je sais que ce n'était pas facile et que, avec mon père, du fait de mon absence, ils se prenaient souvent la tête. Ma réussite, je la lui dois. Rien que pour ça, je lui serai éternellement reconnaissant !

Je garde en mémoire nos moments de complicité à la maison où nous échangions sur ce que j'avais à l'esprit, sur ce que je vivais en Espagne. À chaque veille de mon départ pour la Real Sociedad via Bayonne, j'allais jouer au football avec les potes. Je revenais vers 17 heures. Un horaire jamais choisi au hasard : souvent, ma mère avait préparé des crêpes ! Je prenais aussi un bain rempli de mousse. Elle venait sur le rebord de la baignoire, puis nous parlions. C'était notre moment à nous. Nous enchaînions deux phrases et ensuite nous terminions en pleurs, essayant d'essuyer nos larmes. Mais c'était impossible. Ces instants étaient si durs pour nous deux... Pleurer ensemble nous faisait néanmoins du bien. Mon père essayait parfois de nous parler mais il avait interdiction d'entrer dans la salle de bains. Encore une fois, c'était notre moment. Il avait beau s'interroger, nous demandant, derrière la porte : « Mais qu'est-ce que vous faites ? Ça va ? » Il se doutait que nous étions tristes... Il n'insistait pas. Je suis fier de ma mère.

Alain, mon père, *el padre*, c'est le chef de famille. Il fait attention à tout, prend soin de nous, me protège, pense à mon après-carrière. C'est lui qui m'a fait découvrir le football et transmis cet amour pour le ballon. Quand j'ai dit oui à la Real Sociedad, beaucoup à Mâcon le prenaient pour un fou. Je sais ce qu'ils pensaient : « Mais comment peut-il envoyer son fils dans un autre pays, à son âge ? Il l'a obligé à quitter la maison pour le foot ! » Ça médisait dans son dos. Mais c'était moi qui l'avais obligé, d'une certaine façon, à me laisser partir. Et, aujourd'hui, les personnes qui critiquaient mon père viennent le féliciter de ma réussite...

Mon père exprime très rarement ce qu'il ressent, un peu comme moi. Parfois, j'y parviens. Pas lui : il reste sempiternellement serein et énigmatique. Mais je sais reconnaître quand il est fier et heureux. À l'occasion de la demi-finale retour de Ligue des champions à Munich contre le Bayern, nous nous sommes qualifiés en dépit de la défaite (1-2). J'avais inscrit à l'Allianz Arena le seul but des nôtres, suffisant après notre victoire de l'aller (1-0). Au coup de sifflet final, l'équipe et le staff de l'Atlético, nous sommes tous restés sur cette belle pelouse afin de célébrer cette performance.

Je cherchais mon père du regard dans la tribune. Puis je l'ai enfin trouvé et j'ai foncé vers lui. Je voulais l'embrasser et partager ce moment avec lui. Nous nous sommes fait un gros câlin. Je l'ai entendu dire : « Aaah, c'est magnifique. T'es en finale, mon fils, *yeeeesssss* ! » C'était tellement beau et rare que j'en ai été très ému.

En revanche, je vous déconseille de regarder avec lui un match, au stade ou devant la télé, dans lequel je joue. Déjà, plus le choc approche et plus il est stressé. Comme si lui-même allait jouer. Pendant la rencontre, il s'énerve très souvent, il est crispé, tendu. Et il engueule tout le monde ! « Antoine, comment tu peux rater cette passe ? Mais non, frappe au lieu de la donner ! Pourquoi il ne la donne pas à Antoine ? Faut la mettre au fond... » Voici un florilège de ce que peuvent entendre régulièrement mon frère et ma mère à la maison.

Théo me l'a raconté et l'a même enregistré en cachette. C'est un spectacle détonant ! Parfois il pleure de joie après un but. Mon père est un vrai phénomène. Il aurait sans doute aimé être à ma place, c'est pour cette raison qu'il vit le truc à fond. Il ne rate aucun de mes matchs. Il tient à les regarder seul. Ma mère le sait. Ça ne la dérange pas : elle souffre trop quand elle me voit jouer. Du coup, elle cuisine ou bouquine. Et fonce vers l'écran quand elle entend que j'ai marqué. L'essentiel à ses yeux est que je sois bien dans ma peau en dehors du foot. Après chaque rencontre, mon père m'envoie un message. « Tu as été bon, je suis fier de toi. » Ou au contraire : « Je ne t'ai pas trouvé bon. » Au moins, il me dit ce qu'il pense et ressent, pas ce que j'ai envie d'entendre.

Je m'entends très bien avec mes parents. Il peut toutefois arriver que naissent quelques tensions, ce qui est le lot de toutes les familles. Eh oui, la vie n'est pas toujours rose. Ces crispations influent sur mon mental. J'en ai fait l'expérience cette saison.

À la fin de l'année 2016, je traversais une période terne sans trouver le chemin des filets. Je préparais mes courtes vacances de Noël, les premières avec ma petite princesse Mia. J'avais prévu de me rendre aux États-Unis avec Erika. Le plan, ensuite, était de réunir tous les Griezmann à la montagne, plus précisément à Megève, en Haute-Savoie. J'avais l'intention de louer un beau petit chalet au chaud, avec des activités chaque jour jusqu'au 28 décembre, moment de la reprise à l'Atlético.

Mais ma mère, depuis des années, organise un repas de Noël avec toute la famille ainsi que des proches. Le principe de la réunion : manger, boire du vin, discuter, manger de nouveau puis repasser à table. Bref, prendre des kilos ! Début décembre, elle est venue nous rendre visite à Madrid. Avant que je ne m'échappe pour la mise au vert, elle m'a interrogé sur notre liste de mariage. Comme je la connais très bien, je lui ai répondu : « Tu verras quand elle sera prête. » Mais elle a insisté, tenait à connaître l'identité des invités, savoir surtout si figuraient ceux qu'elle aimerait bien voir, elle.

Je suis parti de la maison très jeune. Je n'ai, par la force des choses, entretenu que peu de relations, voire aucune, avec certains de ses amis ou même des oncles et des cousins. En raison de la distance, impossible de tisser des liens. J'ai eu beau le répéter à ma mère, j'ai constaté que ça ne lui faisait pas plaisir. Puis nous avons parlé de Noël. Je lui ai expliqué mon merveilleux plan, des étoiles plein les yeux. Maud était là, Erika également. J'étais bien, à fond dans mon discours, défendant mon choix d'aller à la montagne. Sauf que, pour ma mère, ce n'était pas trop ça. Sûrement que la liste de mariage avait du mal à passer... Du coup, j'étais mal à l'aise. Déçu de ne susciter aucune réaction de sa part. Je suis parti à l'hôtel contrarié, ressassant cet épisode.

Le lendemain, nous recevions, à Vicente-Calderón, l'Espanyol Barcelone. Nous restions sur trois défaites en cinq matchs. Il fallait l'emporter pour ne pas décrocher. Mais personne n'a marqué. J'en ai pourtant eu l'occasion. J'en aurais été revigoré, moi qui n'avais plus inscrit de but depuis deux mois et une victoire à Valence. Sur une action, le milieu de terrain argentin Nicolás Gaitán me la donne très bien. Je suis à cinq mètres du but, tout seul. Pourtant, j'écrase ma frappe et le gardien l'arrête sans forcer. Voilà pourquoi le cerveau est si important. Peut-être que si j'avais vu de l'enthousiasme sur le visage de ma mère, qu'elle m'avait dit « il n'y a aucun souci quant à la liste des invités de ton mariage », eh bien, j'aurais marqué... Je ne cherche pas d'excuses. Cela ne signifie pas que j'ai échoué devant Diego López à cause de ma mère. En revanche, j'éprouve le besoin d'être heureux en dehors du terrain pour être bon dessus.

Rassurez-vous, ces congés ont été agréables. Le simple mot de « vacances » me donne le sourire et me remonte le moral quand ça ne va pas, quand la fatigue prend le dessus, surtout sur le plan mental. Le stress des voyages, des matchs ou des *shooting* avec les sponsors s'envole quand le repos se matérialise. J'en ai besoin pour décrocher du foot et me vider le crâne. Erika, qui me voit tous les jours, est la seule à réellement le comprendre.

En vacances, je suis différent. J'ai envie de faire des choses, de me promener, d'aller au restaurant, au spectacle, de visiter, alors que, dans la saison, je ne sors jamais de chez moi. Pas de dîner en ville, pas de virée. J'évite même la promenade devant ma maison, sauf quand il faut que le chien prenne l'air. Je préfère rester chez moi, récupérer, regarder la télévision, profiter de ma fille. De temps à autre, j'aimerais faire davantage mais mes jambes, mon corps et ma tête ne veulent pas ! Jouer tous les trois jours est chronophage. Et comme en plus, à domicile comme à l'extérieur, nous sommes au vert, cela signifie dormir à l'hôtel toutes les veilles de match. Dès lors, aussitôt que je suis à la maison, je n'ai qu'une envie : rester tranquille.

Ces vacances de décembre se dont d'abord déroulées aux *States*, rien qu'avec Erika. Puis à Megève pour les retrouvailles avec Mia, même si nous n'avons été que trois jours sans elle. Un chalet, une cheminée, le maté et la famille au complet : que demander de plus pour le premier Noël de notre fille ? Cette parenthèse fut un retour en enfance, avec notamment des parties endiablées de Cluedo. Pas besoin de préciser qui a le plus souvent découvert l'identité de l'assassin du docteur Lenoir : évidemment moi ! Le 25 au matin, nous avons ouvert les cadeaux. Mia a été gâtée, entre les jouets et des albums de chansons françaises. Tant mieux : à la maison, la musique résonne en espagnol. Le lendemain, nous avons pris de la hauteur pour voir de la neige et faire un peu de luge, sachant que, par contrat, j'ai l'interdiction de pratiquer le ski. Nous nous sommes aussi adonnés à la tyrolienne dans les arbres, déclenchant de nombreux fous rires familiaux. Le maté n'était jamais loin. J'ai même réussi à convertir mon frère Théo. Il m'en a servi quelques-uns et le prépare très bien.

Le 28, une semaine après mon départ pour New York, j'étais déjà de retour à Madrid pour l'entraînement. J'ai au préalable ramené mes parents à l'aéroport et, avec Erika et Mia sans compter les bagages, nous étions très serrés dans la voiture. Cette fois-ci, la séparation s'est effectuée sans pleurs. Bien sûr, j'étais un peu triste de quitter mes parents. Mais ce n'est plus comme avant. J'ai aujourd'hui ma petite famille, derrière moi à tout moment. Les vacances achevées, j'ai rebasculé immédiatement en mode compétition. Je n'avais alors plus qu'une hâte : rejouer. Et donc marquer davantage afin de faire gagner l'équipe. Cela passait par redoubler d'efforts et de travail, conscient que ce sont mes coéquipiers, en qui j'ai une totale confiance, qui comme en 2016 m'amèneront au sommet.

8

Planète Real Sociedad

Le coup a été préparé sciemment. La Liga le vaut bien... Les émotions sont allées crescendo. Ce fut d'abord une première expérience, le 29 août 2010, contre Villarreal. Je suis entré à l'heure de jeu, en remplaçant Francisco Sutil, peu après l'ouverture du score. Deux semaines et demie plus tard, je me retrouvais titulaire face au Real Madrid, qui alignait Cristiano Ronaldo, Iker Casillas, Pepe, Sergio Ramos, Marcelo, Mesut Özil, Sami Khedira, Ángel Di Maria, Gonzalo Higuaín ou encore Karim Benzema. Ces deux défis – jouer, être aligné d'entrée – se sont avérés stimulants. Mais marquer en Liga a été un sentiment plus jouissif encore.

25 octobre 2010, à l'occasion de la huitième journée de championnat, la Real Sociedad reçoit le Deportivo La Corogne, devant un peu plus de vingt mille spectateurs. L'expérimenté Joseba Llorente, recrue de l'intersaison avec Raúl Tamudo, ex-capitaine de l'Espanyol de Barcelone, a ouvert la marque au quart

d'heure. Avant la rencontre, j'avais prévenu le chef de presse de faire en sorte que les portes de la voiture publicitaire stationnée au bord du terrain ne soient pas fermées. « Car, si je marque, je monte dedans », avais-je glissé. Mes coéquipiers étaient au courant mais ils me chambraient, ne m'en croyaient pas forcément capable. « Tu parles trop, disaient-ils. Tu ne vas pas le faire. Mais, si tu te lances, on entre avec toi dans la voiture... » À la 70e minute, Carlos Martinez m'adresse un centre. Je reprends le ballon de la tête. Le gardien de but de l'équipe de Galice est battu. 2-0 pour les Txuri-Urdin, les bleu et blanc en basque, notre surnom.

Après le but, comme je suis un homme de parole, j'ai fait signe aux copains de me suivre. J'ai sauté les barrières et je me suis dirigé vers la voiture garée sur la piste d'athlétisme. Je suis monté à bord et j'ai posé les mains sur le volant. Je me suis mis en mode pilote, avec mes coéquipiers sur les sièges passagers. Même le capitaine, Xabi Prieto, était là. Je ne le referai plus mais je ne regrette pas cette célébration. Dans l'euphorie, j'ai écopé d'un carton jaune et je suis sorti du terrain à la 82e, récoltant les ovations d'Anoeta, ce stade qui m'a procuré tant de bonheur et demeure mon jardin.

Cette première saison en Liga, plus technique et rapide, avec moins d'espaces que ce que j'avais connu, a été épanouissante. Positionné côté gauche, j'ai disputé trente-quatre matchs de championnat et marqué sept fois, dont un doublé face au Sporting Gijón. Je me suis également illustré contre Hercules Alicante. En face, David Trezeguet, le seul champion du monde 1998 que j'aie affronté. Un buteur hors-norme, un vrai renard des surfaces, un exemple avec ses 171 réalisations pour la Juventus Turin, ses 34 buts en 71 sélections chez les Bleus. Nous avions tous les deux marqué. Je lui avais demandé son maillot à la mi-temps. Il me l'avait donné mais, après le match, je ne m'étais pas attardé car nous avions perdu.

Ma notoriété commençait à croître. Je voyais de plus en plus, aux abords d'Anoeta, de maillots numéro 27 floqués au nom de Griezmann portés par des enfants. J'en étais très fier. Le public s'identifiait à moi : cela faisait longtemps qu'un jeune formé au club n'avait pas éclaté en équipe première et fait gagner des matchs. Je me sentais porté, encouragé, les gens appréciaient mon style et ma bonne humeur. La Real a terminé la saison à la quinzième place. Un classement correct pour un promu mais pas suffisant pour que Martin Lasarte conserve son poste. Il est vrai qu'il avait fallu patienter jusqu'à la dernière journée pour assurer notre maintien. Je suis reconnaissant au technicien uruguayen. Il a été remplacé par un Français, l'ancien gardien de but Philippe Montanier, qui entraînait jusque-là Valenciennes. Il est arrivé accompagné de son fidèle adjoint, Michel Troin.

Pour son exercice inaugural, nous nous sommes maintenus à trois journées de la fin. Le meilleur buteur du club en Liga a été notre recrue, le Mexicain Carlos Vela, prêté par Arsenal. De mon côté, j'ai totalisé huit réalisations et quatre passes décisives. J'ai commencé fort en marquant lors de la deuxième journée contre le Barça de Messi, Xavi, Iniesta, Cesc Fabregas et David Villa. À l'été 2012, j'ai prolongé mon contrat d'une saison. Bonne nouvelle : l'option d'achat pour Carlos Vela a été levée. Le club a également engagé un milieu gauche tonique, Gonzalo Castro, que tous appellent Chori. Il a été trois fois champion de son pays, l'Uruguay, et venait de passer cinq saisons à Majorque.

La mayonnaise n'a pas pris tout de suite. Nous en avons pris cinq au Camp Nou contre Barcelone pour l'entrée en matière en Liga, avons perdu à six reprises lors de nos dix premières rencontres. En plus, je me suis blessé légèrement. Puis, tout doucement, nous avons commencé à monter en régime. Et à devenir irrésistibles. La Real a battu le futur champion barcelonais 3-2 dans les arrêts de jeu, nous avons gagné à Bilbao, à l'Atlético Madrid et à Séville, avant de défaire largement Valence (4-2), arrachant le nul 3-3 contre le Real Madrid sur le fil, match au cours duquel je marque.

Nous pouvions nous targuer d'une série de quinze matchs sans défaite, au cours de laquelle j'avais inscrit cinq buts. Et nous avons terminé la saison en apothéose. Lors de la trente-huitième journée, nous avons dominé le Deportivo La Corogne, qui descendra en seconde division. J'ai marqué l'unique but de la rencontre. Une réalisation décisive : elle nous a permis d'arracher la quatrième place, synonyme de tour préliminaire en Ligue des champions. Ce ne sera pas avec Philippe Montanier, qui choisit de s'engager avec le Stade Rennais.

J'ai apprécié ses entraînements, basés sur l'attaque, le travail devant le but, la finition. Michel Troin, son adjoint, me prenait très régulièrement à part aux entraînements, afin de m'aider à peaufiner mon jeu de tête et mes reprises. Je mesure que cela m'a permis de progresser et d'être plus adroit.

Philippe a aussi adopté une attitude intelligente après ma virée nocturne, en octobre 2012, avec l'équipe de France Espoirs. À mon retour, et une fois que mon nom a été révélé, il m'a reçu dans son bureau. «Écoute, m'a-t-il dit. Je sais que ce que tu as fait n'est pas bien. Tu vas en baver en France et ça va être dur. Mais sache que tu es un joueur important pour nous. J'ai énormément confiance en toi.» Cela m'a fait du bien d'entendre ces paroles. Il ne me jugeait pas, savait que j'avais commis une bêtise, il essayait même de me faire sourire. Il a ajouté : «Ce n'est pas parce qu'on est en train de te tuer en France que ce sera le cas ici. Je veux que tu fasses un gros match ce week-end.» Je suis ressorti de son bureau regonflé à bloc.

Le club a été épatant avec moi. Il m'a placé dans une bulle, loin des polémiques. J'ai cravaché dur et essayé de donner une autre image de moi. Philippe ne m'a pas mis à la cave. J'ai tout fait pour lui rendre sa confiance, inscrivant dix buts en championnat. Je n'étais pas son chouchou, je ne bénéficiais pas de passe-droit sous prétexte que nous avions la même nationalité. Mais il a cru en moi, m'a confirmé que, si j'étais en forme, je jouerai et que ma mission consistait à faire gagner des matchs. L'ambiance dans l'équipe était excellente. Ça chambrait et rigolait beaucoup. Sans doute l'une des sources de notre beau parcours, où seuls le Barça et les deux clubs de Madrid ont terminé devant nous.

La C1 s'avérait à portée de crampons. Un rêve pour moi. Montanier parti en Bretagne avec Michel Troin, le président de la Real, Jokin Aperribay, a confié l'équipe à son autre adjoint, Jagoba Arrasate, trente-cinq ans seulement.

Clin d'œil du destin : sur la dernière marche avant de connaître le grand frisson de la Ligue des champions se présente face à nous l'Olympique Lyonnais, troisième de Ligue 1. Lyon, à 70 kilomètres de Mâcon. Lyon, le club qui n'a pas cru en moi. J'ai vingt-deux ans, et ce match à Gerland va changer la perception que les gens pouvaient avoir de moi. Si j'étais connu en Liga – déjà plus de cent cinquante matchs chez les professionnels –, la France me connaissait encore mal.

20 août 2013, match aller des barrages. Avant la partie, j'avais repéré là où, gamin, je venais avec mon père regarder les parties de Sonny Anderson, Juninho et les autres. Je ne veux pas me rater. Le plan est de jouer vite devant. À la 17e minute, Carlos Vela, parti à la limite du hors-jeu, déborde côté gauche et centre au second poteau. Maillot noir, chevelure blonde décolorée, je m'envole dans les airs et marque d'une jolie reprise de volée acrobatique, à l'entrée de la surface. Anthony Lopes n'a rien pu faire. J'ai joué comme si j'étais dans la rue avec les potes, sans me poser de questions. J'ai explosé de joie. Ce but m'a procuré, sur le plan mental, un bien terrible. La sortie au Havre avec les Espoirs était encore fraîche, et des habitants

de Mâcon étaient allés titiller mon père sur mon attitude. Ces mêmes personnes qui espéraient que je me rate à Gerland. Pas de chance pour eux... Quand j'ai réussi mon ciseau, je me suis dirigé vers mes parents : je savais où ils étaient en tribune. Je voulais célébrer ce but avec eux. J'ai aussi sauté dans les bras de Carlos Vela, pour le remercier de son centre.

Si on revoit mon attitude après le but, on constate combien je suis heureux. Ce geste a compté. L'inscrire à Gerland, devant les miens, a décuplé mon plaisir. En plus, en début de deuxième mi-temps, le Suisse Haris Seferovic, arrivé l'été d'Italie, a aggravé le score d'une frappe puissante. Dommage pour Alex Lacazette et Clément Grenier, avec qui j'ai été champion d'Europe des moins de dix-neuf ans. La qualification n'est pas encore en poche mais ça sent bon... J'ai donné pas mal d'interviews pour raconter mon but dont, sur la pelouse, à BeIn Sports, sous les yeux de leur consultant Sonny Anderson...

À Saint-Sébastien, au retour, huit jours plus tard, la Real confirme son avance et l'emporte 2-0. Nous voilà donc officiellement en C1, avec les hymnes et la musique qui vont bien. À défaut d'être tête de série, nous tombons sur un groupe relevé mais équilibré, dont le favori s'appelle Manchester United. La compétition débute en septembre, par la réception des Ukrainiens du Chakhtior Donetsk. Une équipe solide, avec pour capitaine le Croate Darijo Srna et de bons Brésiliens, comme Luiz Adriano, Fernando, Douglas Costa ou Alex Teixeira. Pour notre retour sur la scène européenne, nous espérions de meilleures retrouvailles.

Dans le jeu, nous dominons largement, nous procurant un tas d'occasions. J'en ai une après trois minutes de jeu, Carlos Vela une autre sur l'un de mes services, puis Rubén Pardo et le capitaine Xabi Prieto ont leur chance. Mais rien ne rentre. Pire : en seconde période, leur attaquant Alex Teixeira nous plante un doublé, sur deux contre-attaques. Vela, lui, trouve la barre transversale. Le très haut niveau, ça ne pardonne pas. Je découvre la Ligue des champions avec des étoiles plein les yeux, avec le ballon spécial, la musique magnifique, les enfants dans le rond central qui tiennent la toile représentant la compétition et agitent les drapeaux. Aujourd'hui encore, après des dizaines de matchs de C1, je ne me lasse pas de cet univers si particulier. La joie est sans cesse renouvelée. Cela reste un kif et un rêve.

Pour le moment, j'apprends. Le déplacement inaugural en est l'illustration. Après la claque à Anoeta contre Chakhtior, il faut se ressaisir à la BayArena face au Bayer Leverkusen. Sous les yeux du sélectionneur de l'Allemagne Joachim Löw, leur capitaine Simon Rolfes ouvre la marque juste avant la mi-temps. Carlos Vela égalise sur un penalty en deux temps au retour des vestiaires. Nous croyons tenir notre premier point. Sauf que, dans le temps additionnel, Jens Hegeler, entré en jeu six minutes plus tôt, délivre les Allemands sur un coup franc. Zéro pointé en deux matchs.

En plus, l'ogre Manchester se dresse devant nous. Les Anglais nous accueillent dans leur antre d'Old Trafford. Ce stade, pour moi, est le plus beau du monde. Une merveille, mon préféré avec le Vélodrome à Marseille. J'y aime tout : l'ambiance, l'architecture, les sensations que l'on ressent sur la pelouse. Sur la pelouse, justement, du beau monde : Patrice Evra en capitaine, David de Gea dans les buts, Wayne Rooney, Michael Carrick, Nani ou encore Ryan Giggs, trente-neuf ans et plus âgé que notre coach ! Nous perdons nos illusions d'entrée de jeu : dès la deuxième minute, acculé par Javier Hernández, Iñigo Martínez marque contre son camp. Manchester nous mange physiquement. Tout va trop vite. Nous bénéficions néanmoins d'une grosse occasion. Sur un coup franc, je touche l'équerre et le ballon, hélas, ressort. Toujours pas le moindre point. Nous ne sommes pas au niveau.

Quinze jours plus tard, le 6 novembre 2013, à notre tour de recevoir United. Le match est accroché. Nous sommes dominés, Robin Van Persie rate un penalty et touche le poteau, Marouane Fellaini est expulsé. Mais, finalement, ce 0-0 nous permet de ne pas être fanny. Et d'y croire encore, du moins mathématiquement. Pas longtemps : alors qu'une fois de plus nous prenons le jeu à notre compte, nous explosons à Donetsk, fin novembre 2013. À la Donbass Arena, les Ukrainiens nous en mettent quatre grâce à leurs Brésiliens Alex Teixeira, Luiz Adriano et Douglas Costa. Devant, ça va très vite. Nos adieux à la Ligue des champions se concluent par un nouveau revers en décembre de la même année, à domicile, contre le Bayer Leverkusen. Le but d'Ömer Toprak les expédie en huitièmes de finale, en compagnie de Manchester.

L'apprentissage est dur. Mais, au fond, je n'étais pas abattu. J'en avais pris plein les yeux.

Le quotidien reste la Liga. Pour ma troisième saison dans l'élite, toujours positionné à gauche et titulaire indiscutable, j'ai enquillé les buts, contre Séville, Valence, Almería, Valladolid. Au moins de décembre, j'en étais à onze en quinze matchs. Sur l'année civile complète, j'ai «scoré» dix-huit fois, le meilleur total pour un Français, devant Karim Benzema et André-Pierre Gignac. Dans quelques jours, ma suspension sera levée, je serai de nouveau sélectionnable en équipe de France. Et j'y crois. L'année 2014 a démarré sur un rythme similaire : doublé contre le clud d'Elche, but et victoire contre Barcelone. La récompense est survenue en mars quand Didier Deschamps m'a offert ma première cape en Bleu, contre les Pays-Bas. La Real Sociedad a terminé à la septième place du classement, synonyme de billet pour la Ligue Europa. Sans surprise, Cristiano Ronaldo a été le meilleur buteur, avec trente et une réalisations, trois de plus que Lionel Messi et quatre de plus que Diego Costa. Alexis Sánchez en a inscrit dix-neuf et je le suis à deux longueurs, ex aequo avec Karim Benzema.

Je commençais à faire partie du décor à la Real. Je sentais que, pour franchir un cap, je devais tenter une nouvelle aventure. Avoir goûté aux Bleus m'en avait également fait prendre conscience. Mon contrat se terminait en juin 2015 et je voulais partir proprement. Les négociations ont démarré après le Mondial brésilien. L'Atlético Madrid, qui venait d'être sacré champion et de s'incliner de justesse en finale de la

Ligue des champions contre le Real Madrid, a perdu Diego Costa, qui s'est engagé avec Chelsea. Ils ont dépensé pour me recruter le montant de ma clause libératoire. Partir du Pays basque, forcément, a constitué un crève-cœur. Ce public m'a découvert, accompagné vers les sommets. J'étais leur enfant, ovationné dès que je sortais du terrain. Je sais ce que je dois à la Real Sociedad. J'étais un maillon essentiel, le meilleur buteur, celui qui vend le plus de maillots, l'emblème en quelque sorte.

Je ne suis pas parti comme un voleur. Le club a récupéré 30 millions d'euros dans la transaction, deuxième plus gros transfert de l'histoire du club après celui de Radamel Falcao. Pourtant, quand mon départ a été annoncé, je me suis fait rejeter. Je ne cautionne pas les insultes reçues après avoir tout donné. Ils ont considéré mon transfert comme une trahison. D'ailleurs, en novembre 2014, quand je suis retourné à Anoeta avec l'Atlético, cela s'est mal passé. Je ne parle pas seulement de la défaite. Chahuté dès l'échauffement, j'ai été copieusement sifflé.

Je me doutais bien que je ne serai pas accueilli avec des fleurs. J'avais d'ailleurs annoncé que, si je devais marquer, je ne célébrerai pas mon but. Mais certains chants, tout de même, réclamaient ma mort ! Des « *Griezmann muerete !* » (« Griezmann meurs ! ») ont jailli. Je n'ai pas compris. Et je l'ai d'autant plus mal pris que mes parents figuraient en tribune. L'atmosphère était pénible et pesante. Pendant deux semaines, je n'étais pas bien. L'Atlético m'a encouragé, entouré, et ça m'a fait du bien.

À la fin juillet 2014, j'ai signé mon contrat de six ans un dimanche et je devais être présenté officiellement à Madrid le mardi suivant. J'ai profité du lundi pour dire au revoir aux membres du club. Je voulais organiser une conférence de presse pour remercier tout le monde et notamment le public. La Real Sociedad a refusé. Le président craignait une mauvaise réaction des supporteurs et ne voulait pas se mouiller. Je ne l'ai pas écouté et j'y suis allé quand même. Il était essentiel de m'en aller dignement, de m'adresser à tous ceux qui ont compté, de serrer la main une dernière fois au personnel. J'ai remercié les journalistes locaux, le staff médical, les joueurs. Bref, tout le monde.

Je n'ai pas pu dire au revoir directement aux supporteurs. Je leur ai en revanche adressé une lettre de remerciements pour avoir toujours été là pour moi. Je l'ai rédigée seul. Disponible en français et en espagnol sur mes réseaux sociaux, elle affirmait ceci : «Quand je suis arrivé, j'étais encore un petit jeune, et vous m'avez ouvert les portes de votre maison. Vous étiez les premiers et les seuls à m'accorder votre confiance. Mes débuts n'ont pas été simples, mais au fil des années, avec un dur labeur et des sacrifices, j'ai intégré l'équipe première. Grâce à votre soutien inconditionnel, j'ai réussi à jouer en Liga. Aujourd'hui, je vous remercie pour tout, pour m'avoir fait grandir, pour m'avoir appris toutes ces choses et pour avoir réalisé mon rêve : celui de vivre de ma passion qu'est le football. Je voudrais tous vous remercier, mais on en aurait pour toute la nuit, alors je remercie déjà tous les coachs qui m'ont témoigné leur confiance et m'ont poussé. Merci à tous les membres de l'encadrement, à tout le staff, aux médecins. Merci aussi aux journalistes pour leurs commentaires. Merci à mes coéquipiers et mes anciens collègues, qui m'ont permis de croire à un véritable projet, que ce soit en dehors du terrain ou sur les prés, et de ne pas tomber dans la facilité. Et, bien sûr, merci à vous les supporteurs pour votre soutien sans faille chaque jour. Après avoir réalisé tous mes rêves grâce à ce club, joué en première division et joué la Ligue des champions, j'avais besoin d'un nouveau défi, de nouvelles difficultés à affronter. L'Atlético Madrid m'a offert cette opportunité. C'est une occasion que j'ai voulu saisir, je n'ai pas pu dire non. Oui, je ne porterai plus le maillot *txuri-urdin*, je ne vivrai plus à Saint-Sébastien, mais je n'oublierai jamais tout ce que j'y ai vécu ! » Je concluais en basque : « *Eskerrikasko bihotzez emandako animo bakoitzarengatik.* » Soit : « Je vous remercie sincèrement pour chaque encouragement. » J'étais profondément sincère. Arrivé avant quatorze ans à Saint-Sébastien, j'aurai joué cinq saisons avec l'équipe première, inscrivant 53 buts en 202 matchs. Neuf ans dans le Pays basque ne s'effacent pas d'un coup de plume.

9

Une Griezmann de plus dans la famille

J'aimerais avoir trois enfants et que ceux-ci aient peu d'écart en âge. Mais, ce jour-là, quand Erika me demande de l'accompagner chez le médecin, un projet de bébé n'est absolument pas à l'ordre du jour. J'estime avoir le temps, je n'y pense pas. La semaine est classique, chargée comme à l'ordinaire, avec séances d'entraînement quotidiennes, *shooting* photo et rendez-vous avec la presse.

Après la session du matin avec l'Atlético, Erika souhaite que je vienne avec elle. Elle a rendez-vous avec le médecin pour un point de routine. D'habitude, j'évite d'y aller. L'entraînement terminé, je préfère me reposer à la maison. Chez le docteur, je vais attendre, croiser du monde, signer des autographes et poser pour des photos. Si je peux éviter et privilégier ma récupération... Cette fois, j'obtempère. Nous entrons dans le cabinet de la gynécologue. Les tests sont normaux. Avant que nous partions, elle lui suggère de faire une prise de sang. Rebelote : je viens avec elle.

Le résultat de l'analyse sera communiqué une semaine plus tard.

Comme prévu, le médecin la prévient qu'elle peut aller chercher les résultats à l'hôpital. Nous étions en train de nous promener à Madrid, alors nous nous y sommes rendus ensemble. La gynécologue d'Erika lui tend l'enveloppe et lui annonce : « Tu es enceinte ! » Grand silence. Nous nous sommes regardés une bonne minute sans pouvoir prononcer le moindre mot. Émus, oui, mais aussi sans savoir quoi en penser. « Merci beaucoup, Docteur, à la prochaine », lui dit-on avant de prendre congé.

Sitôt dans la voiture, les questions fusent. Erika craint la réaction de mes parents. « Que vont-ils dire ? Et comment va-t-on faire ? » Elle n'arrête pas de poser des questions. « Tu en penses quoi, toi ? Comment tu te sens ? » Je n'ai pas l'ombre d'un doute : « *Gordi* – c'est le surnom que je lui donne –, que mes parents ou les tiens ne soient pas d'accord ou pas contents, c'est leur problème. Moi, je vais bien me préparer. Et on sera prêts à temps. » J'essaie de la rassurer comme je peux.

Nous avons attendu trois mois avant de prévenir nos parents, soit le temps d'être sûrs que le fœtus se développe bien et que la grossesse ira à son terme. Cette certitude acquise, Erika profite d'un match de l'Atlético à l'extérieur pour revenir chez elle, à Bera Vera de Bidasoa, un village du Pays basque tout près de la frontière française. Elle est impatiente de leur annoncer qu'elle est enceinte. Ses parents ont été particulièrement émus, son père ne parvenant pas à retenir ses larmes.

Il ne manquait plus que de prévenir les miens. Heureusement, j'ai deux jours de repos. L'occasion de rentrer à Mâcon avec Erika, qui voulait être présente lorsque j'allais leur révéler qu'ils allaient être grands-parents ! J'avoue que je stressais un peu. J'arrive à la maison, je pose mes bagages et je leur demande, ainsi qu'à mon frère Théo, de m'attendre dans le salon. Ils sont tous réunis sans en connaître la raison. À chacun, je tends une enveloppe. « Tenez, un petit cadeau pour vous... »

Ma mère s'empresse de prendre l'objet et de l'ouvrir. Elle lâche : « C'est pas vrai ? Ooooooh, je suis trop contente ! » Au tour de mon père. Il la décachette et me dit : « Tu vas être papa ! » Je ne pouvais plus retenir mes larmes. Dans l'enveloppe, j'avais placé une échographie de notre futur enfant. Ces deux jours de repos ont été radieux. Mes parents et mon frère étaient heureux d'apprendre la nouvelle. Maud n'était pas là, je lui ai annoncé peu après via l'application FaceTime tandis qu'elle était en voiture.

Au terme de neuf mois de grossesse, une petite fille a ainsi pointé le bout de son nez. Une petite princesse, plutôt. Elle est née le 8 avril 2016. Ma sœur, elle, était arrivée un 7 avril. L'expérience a été particulière pour moi, difficile à vivre. L'accouchement s'est produit par césarienne. Grâce à la sage-femme, j'ai pu être présent auprès d'Erika, qui tremblait de peur et était nerveuse, ce qui est bien légitime. Elle craignait qu'il lui arrive quelque chose, ainsi qu'au bébé. Je me rappelle encore des moniteurs, à ma droite, indiquant les pulsations cardiaques d'Erika. Je n'arrêtais pas de les regarder, désemparé.

C'est alors qu'une infirmière m'a lancé : «Parle à ta femme, dis-lui des mots doux.

— Déjà que je ne suis pas très bavard, alors imagine maintenant comment je suis!» ai-je répondu. J'avais tellement peur, moi aussi, que je me suis focalisé sur les moniteurs. Au bout de quelques minutes, le bébé a poussé son premier cri. C'était tellement beau et intense. Nous l'avons posé sur Erika, afin qu'ils fassent connaissance. Le personnel hospitalier, qui a été formidable, m'a ensuite confié Mia le temps de s'occuper d'Erika. J'étais donc seul avec MA fille! Je lui ai chuchoté des petits mots qui resteront entre elle et moi, désolé!

Nous avions d'abord songé à l'appeler «Alba», puis «Mia» s'est imposé. Dès que nous l'avons entendu, nous avons adoré. Depuis cette paternité, qui me comble de joie, je n'ai qu'une hâte sitôt achevé l'entraînement : rentrer à la maison et profiter de ma fille. J'écourte même les massages. Je veux jouir de chaque moment car ça passe tellement vite, surtout que nous jouons tous les trois jours ou presque. Je ne tiens pas à exposer ma femme et ma fille dans la presse. Je publie quelques rares photos sur Twitter pour partager avec mon public, mais je n'en abuse pas et, si j'ai montré Mia, on ne voyait pas son visage. Pendant plusieurs mois, je n'ai d'ailleurs pas révélé publiquement son prénom. Ma vie privée doit le rester. Je fais attention à ce que je dis. Je veille aussi à ce que mes parents et même ma sœur et mon frère ne donnent pas trop d'interviews. J'ai passé le message à mes potes d'enfance. Mia est déjà venue me voir jouer. Je lui ai fait un petit coucou quand j'ai marqué. Comme Erika, Mia m'a transformé.

10

Le modèle NBA

J'ai fait bâtir un petit terrain de basket devant la maison à Madrid. Je m'y entraîne parfois pour me détendre, me défouler. Je joue aussi au basket sur la Xbox. Sur la console ou devant chez moi, la plupart du temps, je porte la tunique de l'équipe des Chicago Bulls. Un hommage au joueur que je préfère, le meneur Derrick Rose, aujourd'hui aux Knicks de New York. Double champion du monde avec les États-Unis, *rookie* de l'année en 2009, il a été désigné meilleur joueur deux ans plus tard, à vingt-deux ans seulement.

Le basket, j'y suis venu sur le tard. C'est Carlos Vela, recruté à la Real Sociedad à l'été 2011, qui m'y a incité. Lorsque j'arrivais aux entraînements, il parlait très souvent de la NBA, le championnat américain, en compagnie de Gorka Elustondo. J'avais beaucoup d'affinités avec eux deux. Alors, pour entrer dans la conversation, je m'y suis mis. Je n'y connaissais pas grand-chose et je n'avais pas la culture basket.

À la maison, j'ai commencé à regarder des vidéos sur YouTube. J'ai décortiqué les actions de pas mal de joueurs et puis je suis tombé sur Derrick Rose. Ce fut comme un coup de foudre. J'ai épluché toutes ses performances disponibles, j'ai dû en regarder des dizaines en un après-midi.

De Rose, j'apprécie le fort caractère, sa capacité à revenir malgré de nombreuses blessures, notamment au genou. Il aurait pu sombrer, il s'est constamment relevé. C'est un joueur explosif, qui attaque le cercle avec autorité, bouscule les défenses. Je pourrais en parler des heures. Dès qu'il a la balle, je suis en tension. En décembre 2015, durant les vacances, je suis même allé à Chicago spécialement pour lui ! J'avais pu assister à un entraînement des Bulls, grâce au pivot Nikola Mirotić. Le Monténégrin de naissance, perché à 2,08 mètres, a été déclaré citoyen espagnol en 2011. Il a joué quatre saisons au Real Madrid, c'est là où je l'ai connu. J'ai même pu effectuer des shoots sur le parquet. Mais, hélas pour moi, Derrick Rose était déjà parti. J'étais déçu. En le découvrant durant le match, j'étais comme dans un rêve, en plus dans cette salle mythique de l'United Center, là où Michael Jordan a claqué tant de dunks et été champion NBA. Face à Rose, je me suis dit : « Enfin, je te vois ! » Je m'étais rendu dans l'Illinois avec mon frère et ma sœur. Nous aurions pu appeler ce voyage « Les frangins à Chicago ». Les Bulls se sont inclinés contre les Nets de Brooklyn. Apparemment, Maud et Théo portent la poisse !

Il y a deux ans, j'avais également assisté à des matchs de NBA, de play-offs cette fois. Avec Maud, nous étions allés à Houston voir les Rockets de James Harden, puis à San Francisco pour les Golden State Warriors de Stephen Curry. J'avais adoré l'ambiance. En plus, lors des play-offs, tout le stade porte le même tee-shirt. À Houston, c'était le rouge. Lorsque la caméra repère quelqu'un qui ne l'a pas sur ses épaules, l'image est diffusée sur l'écran géant et les supporteurs le huent. Idem à San Francisco, avec les tee-shirts jaunes. Dans les deux salles régnait une atmosphère magnifique, pétrie de bon esprit. Le spectacle est total. J'aime cette mentalité.

Je regrette que nous ne l'ayons pas, nous les footeux. Je trouverais ça beau, par exemple, de voir tout le stade en bleu lorsque l'équipe de France joue à domicile. La NBA devrait être une source d'inspiration. Autre exemple, selon moi, à méditer : le respect de l'arbitre. Là-bas, si on conteste ou que l'on gueule ou même que l'on parle avec l'arbitre, on écope d'une faute technique ou d'un lancer franc contre soi. On pourrait se le voir appliquer en Espagne, par exemple en étant sanctionné d'un coup franc dans les trente ou quarante derniers mètres. Je suis convaincu qu'il y aurait alors moins d'engueulades avec les arbitres.

Je me sens bien aux États-Unis. Chaque maison a son drapeau américain, façon d'afficher et de revendiquer sa fierté patriotique. J'aime la façon des Américains de voir les choses, ce mélange aussi, avec les Blacks, les Chinois, les Latinos, etc. Je pourrais très bien un jour jouer aux États-Unis. Si possible dans un club qui possède une franchise : ce serait l'idéal. Rien ne presse, j'ai le temps, pas question de se précipiter. Mais j'aimerais connaître une telle expérience, vivre à l'américaine, m'imprégner de cette culture. Je l'imagine plutôt en fin de carrière, comme un Thierry Henry. Le champion du monde espagnol David Villa joue au New York City. J'en ai parlé avec lui. Il est épanoui là-bas, sa famille est ravie.

En attendant, je suis retourné aux États-Unis en décembre 2016. Le 21, j'étais à Cleveland, dans l'Ohio. Cette fois, Erika m'accompagnait. Mia était trop petite pour un aussi long trajet et un tel décalage horaire. Notre fille est donc restée avec mes beaux-parents. Nous avons souvent du monde à la maison, parce que nous adorons recevoir, cela nous a fait du bien de nous retrouver enfin tous les deux. J'étais ravi de montrer à Erika ce qui me fascine dans ce pays et la NBA. Elle allait enfin pouvoir le découvrir en vrai. À Cleveland, nous avons assisté au match contre les Bucks de Milwaukee. J'en ai encore pris plein les yeux. L'ambiance était exceptionnelle, d'autant que l'équipe qui recevait l'a emporté. Le lendemain, de nouveau dans l'avion, direction New York. Promenade et shopping l'après-midi, match au Madison Square Garden le soir. Sur la scène, les Knicks de New York de Derrick Rose. Je suis encore revenu pour lui !

Je suis footballeur professionnel, je porte le maillot de l'équipe de France, je joue pour l'Atlético Madrid, mais je conserve ce côté gamin émerveillé, vertu que je ne veux pas voir disparaître. Face à Rose, j'étais comme un enfant de dix ans qui découvre son idole en chair et en os. Les Knicks ont été super. Ils ont fait en sorte que je puisse le rencontrer, ainsi que d'autres joueurs, tel Joakim Noah. La NBA a également été exemplaire, prenant soin d'Erika et moi durant le séjour. Maillot du club sur le dos, j'ai assisté à la réception du Magic d'Orlando depuis le premier rang. Les organisateurs m'avaient demandé avant si j'étais d'accord pour qu'ils me filment. Je ne me suis pas fait prier. Bien sûr que j'en avais envie. La caméra s'est braquée sur moi, l'image a été projetée sur l'écran géant, le speaker a annoncé mon nom et la foule a applaudi. J'étais surpris d'une telle ovation. Je ne savais pas trop quoi faire ni comment réagir, alors j'ai dégainé ma célébration, mon «Hotline Bling», bien sûr... Je n'avais que ça en tête à ce moment-là. J'étais gêné et intimidé, mais j'ai tellement kiffé le Madison Square Garden.

J'ai posé sur le parquet aux côtés de Derrick Rose, moi avec un maillot blanc Griezmann des Knicks et le numéro 7, lui avec la tunique de l'Atlético Madrid floquée à son nom et son numéro 25. Est-ce qu'il aime le football? Je ne sais pas. Mais moi, en tout cas, j'aime Rose. Aller à Chicago puis New York juste pour le voir montre ce que je peux ressentir en le regardant. Et je compte continuer à aller l'applaudir. Le lendemain matin, Erika et moi sommes rentrés passer Noël en famille. À Madrid, je regarde des matchs de NBA. J'arrête à deux jours de nos rencontres car ils ont lieu la nuit.

Tony Parker m'a invité à lui rendre visite à San Antonio pour les play-offs. J'ai envie d'y aller, de mieux le connaître puisque jusque-là nous avons seulement échangé par téléphone. En septembre 2014, à Madrid, l'équipe de France de basket avait battu l'Espagne en quarts de finale des championnats du monde. J'étais dans la salle et, après leur victoire, j'étais allé féliciter les joueurs dans le vestiaire. Quand les Bleus jouent, quel que soit le sport, je suis cocardier. Je respecte tous les athlètes français. J'ai eu le plaisir, le 29 janvier 2017, d'être en tribune à Bercy pour la finale du Mondial de handball que les Experts ont remporté devant la Norvège. Là encore, j'ai vibré. Je connaissais mal ce sport, que je trouvais parfois ennuyeux quand je tombais dessus à la télévision. Mais, au stade, j'étais à fond, le public était survolté, je célébrais à l'unisson les buts et les parades du gardien.

Je n'ai pas eu le temps de dire bravo à Nikola Karabatic et aux autres car je devais rentrer aussitôt à Madrid. J'ai apprécié ce dimanche-là, qui avait commencé par la quatre-vingt-seizième édition du Prix d'Amérique, la grande épreuve de trot, à l'hippodrome de Vincennes. Il y avait certes des caméras partout quand, avant la course, mon père et moi avons fait une photo avec le cheval Bold Eagle, tenant du titre et favori, mais c'est le jeu. Mon père est fan des courses hippiques, alors j'étais content de lui offrir ce souvenir.

11

Une suspension comme une prise de conscience

L'instinct d'un père ne trompe pas ; il est redoutable d'acuité. Lorsque le quotidien *L'Équipe* a révélé que cinq joueurs de l'équipe de France Espoirs avaient fait le mur à Paris après une victoire contre la Norvège au Havre en match de barrages de l'Euro 2013, publiant l'information dans les heures qui ont suivi notre élimination au retour près d'Oslo, l'identité de tous les « coupables » n'avait pas été dévoilée. Notamment la mienne... Mais mon père a compris tout de suite. Du moins deviné. Il me connaît, il me sentait à fleur de peau.

Un petit retour en arrière s'impose sur cette affaire dont je me serais bien passé. Ses conséquences ont été cruciales : alors aux portes des Bleus, j'ai été suspendu des sélections nationales jusqu'au 31 décembre 2013 par la commission de discipline de la Fédération française. J'avais vingt et un ans. J'ai été atteint en plein cœur, blessé. Mais j'ai assumé. Cela m'a aussi permis de mûrir, de mieux saisir les devoirs et les exigences d'un footballeur de haut niveau. Ce n'est pas une tache dans mon parcours mais une étape importante. Depuis, je suis devenu encore plus professionnel, faisant attention au moindre détail. Oui, depuis cet épisode, je suis devenu une autre personne, un autre joueur. Un autre homme, tout simplement. Ce fut, paradoxalement, un mal pour un bien.

Rembobinons le film... Vendredi 12 octobre 2012, au stade Océane du Havre. Une enceinte moderne de 25 000 places, inaugurée trois mois plus tôt. Afin de nous qualifier pour la phase finale de l'Euro Espoirs qui aura lieu en Israël au mois de juin suivant, il ne reste plus qu'une marche à franchir : éliminer, en deux matchs, l'équipe de Norvège. L'obstacle ne semble pas insurmontable d'autant que notre parcours a, jusque-là, été exemplaire : première place du groupe 9 avec sept victoires et une seule défaite. Et dire que la France, championne d'Europe de la catégorie en 1988, n'a plus participé à la compétition depuis 2006...

Notre génération est armée pour y parvenir. Dans les buts, Ali Ahamada, la défense est composée du capitaine Sébastien Corchia, de Raphaël Varane, de Chris Mavinga et d'Eliaquim Mangala. Au milieu de terrain, Yann M'Vila, qui évolue d'ordinaire avec les A et compte déjà vingt-deux sélections, Rémy Cabella, Vincent Pajot et Clément Grenier, tandis que Wissam Ben Yedder et Anthony Knockaert sont positionnés devant. Je ne suis pas titulaire, alors que j'avais plutôt l'habitude de l'être. Je figure sur le banc aux côtés d'Alexandre Lacazette, Josuha Guilavogui,

Benjamin Stambouli et Yacine Brahimi. Le coup d'envoi est donné à 18h45, sous une légère pluie. À la 22e minute, Varane, qui est déjà au Real Madrid, reprend de la tête un corner de Knockaert. Ce sera l'unique but d'une rencontre interrompue après l'heure de jeu, quand six manifestants pro-palestiniens, appelant au boycott du tournoi, ont déboulé sur le terrain avant d'être expulsés par les stadiers (1-0) ! Notre sélectionneur Erick Mombaerts a attendu la 77e minute pour me lancer, à la place de Cabella. Les Bleuets sont en position de force avant le retour. Même une défaite 1-2 nous qualifierait. La seconde manche est programmée quatre jours plus tard à Drammen, une ville de soixante cinq mille habitants à l'extrémité d'un fjord, dans le comté de Buskerud. Le légendaire Ole Einar Bjørndalen, huit fois champion olympique de biathlon, en est originaire.

Si la France semble en position idéale avant le retour, je n'étais, sur le coup, pas heureux. J'étais en colère, frustré de ne pas avoir commencé le match. Le coach avait décidé de miser sur Knockaert. L'ailier de Leicester City a disputé un bon match, là n'est pas le problème. Mais ne pas jouer m'avait énervé, c'est tout.

Le samedi soir, à l'hôtel où nous étions rassemblés, nous nous sommes retrouvés à quelques-uns dans une chambre pour discuter après le dîner. Il y avait là Yann M'Vila, Chris Mavinga, Wissam Ben Yedder et M'Baye Niang. Chris aime bien danser, alors, pour se détendre et penser à autre chose, il a enclenché la musique. Nous refaisions le monde, échangeant sur nos situations dans nos clubs ou en équipe de France

Espoirs, sur nos ambitions. Alors qu'il était minuit passé, l'un de nous a reçu un coup de téléphone. Un copain le prévenait qu'il y avait une fête en ce moment à Paris, à laquelle participaient pas mal de joueurs. Nous nous sommes tous regardés. « Alors, qu'est-ce qu'on fait ? On y va ou pas ? » L'envie était présente. Les questions ont fusé : « Ce serait cool d'y aller, mais nous sommes loin... Comment faire pour nous y rendre ? », « C'est à combien de temps en voiture du Havre ? », « Imagine, si le coach l'apprend ? » Nous avons finalement décidé de nous lancer dans cette virée parisienne, espérant ne pas nous faire repérer par le staff... Nous cinq, au lendemain de la victoire contre la Norvège, sommes ainsi montés aussi discrètement que possible en voiture. Direction la capitale, à cent quatre-vingts kilomètres du Havre. Au volant, l'ami d'un joueur qui avait assisté au match. Le temps du trajet, l'ambiance était franchement guillerette. Les chants résonnaient dans l'habitacle. Les nôtres et ceux de l'autoradio. Les kilomètres ont été vite avalés.

Il était très tard lorsque nous sommes arrivés à la soirée, qui avait lieu au Crystal Lounge, une boîte de nuit branchée à deux pas des Champs-Élysées. Nous nous sommes attardés sur place à peine une heure. Il convenait, d'une certaine façon, de rester raisonnable. Puis nous sommes repartis le dimanche à l'aube, demandant au chauffeur de rentrer au plus vite au Havre, histoire de dormir une poignée d'heures... et surtout de ne pas se faire griller. Au retour, revenu dans ma chambre, la pression était retombée, j'étais calmé. Et j'ai senti que je venais de commettre une bêtise. Une grosse bêtise. Oui, j'avais fait le con.

Pour l'heure, personne n'était au courant. Ni les coachs, ni le grand public. La nuit a été très courte. Nous avons eu une séance dans la matinée au centre d'entraînement du HAC, puis nous nous sommes envolés pour la Norvège dans l'après-midi, à quarante-huit heures du match retour. Dans l'avion, déjà, la rumeur, dont j'ignore l'origine, commençait à bruisser. On murmurait que, la veille, des joueurs étaient sortis. Aucun nom n'était avancé. Une fois arrivés à l'hôtel à Drammen, le capitaine Sébastien Corchia et le vice-capitaine Raphaël Varane ont suggéré qu'ils savaient que Yann M'Vila et M'Baye Niang en faisaient partie. Avec trois autres joueurs. Chris Mavinga est allé trouver l'entraîneur Erick Mombaerts pour l'avertir qu'il avait participé à l'aventure. Le sélectionneur a fait savoir par les capitaines qu'il voulait que les deux autres se dénoncent et a mené sa propre enquête, contactant le veilleur de nuit de l'hôtel Mercure du Havre. Puis son staff et lui ont appris que Wissam Ben Yedder y était également. Il ne manquait plus que moi... Pour être honnête, j'attendais de voir si ça allait passer. Bien sûr, si le coach venait à me demander si j'y étais, je ne mentirais pas. Mais je ne tenais pas à me dénoncer et je me doutais que les autres ne livreraient pas mon nom.

Finalement, quelques heures plus tard, Mombaerts m'a demandé de le rejoindre dans le salon de l'hôtel. « Est-ce que tu étais avec les autres ? » m'a-t-il interrogé. Quelqu'un avait dû vendre la mèche ou alors il a bluffé. Je ne me suis pas dérobé et j'ai dit la vérité. « Oui, j'y étais. » Il a exprimé sa vive déception, affirmant qu'il ne pensait pas que j'étais capable de commettre une telle erreur. Il était accompagné de son adjoint, Patrick Gonfalone, dont la voix porte fort. « Oui, je sais, c'était une connerie, ai-je ajouté. J'étais énervé, je me suis comporté comme un enfant gâté, qui boude. Je suis désolé... » Certes, j'avais contrevenu aux règles et fait une connerie, mais pas besoin d'insister en me répétant en boucle que j'avais commis une boulette. En tout cas, même s'il nous avait tous identifiés, il a décidé ne pas nous sanctionner, du moins pas avant le match décisif. Priorité à la qualification pour l'Euro Espoirs.

La concentration devait être maximale. Mais notre match en Norvège a viré au cauchemar. La même équipe ou presque qu'à l'aller était alignée. Seules nouveautés : les titularisations de Josuha Guilavogui et d'Alexandre Lacazette. Pour ma part, je restais cantonné au banc de touche, alors que Wissam Ben Yedder était en tribune. Très vite, les Bleus ont pris l'eau. Chris Mavinga a rapidement écopé d'un carton jaune, commis deux erreurs qui se sont transformées en autant de buts. Nous étions menés 0-3 au bout de vingt-sept minutes ! Si Guilavogui a fait croire au miracle avant la mi-temps, Yann M'Vila était à côté de la plaque. Il a perdu un ballon, qui a profité à la Norvège, laquelle a ajouté un cinquième but après une mauvaise sortie du gardien. Le coach a lancé Henri Saivet et M'Baye Niang à l'heure de jeu. Les conditions de jeu n'aidaient pas : une pelouse synthétique,

Oui, c'est bien moi ! J'ai quatre ans et je prends la pose avec mon père Alain, footballeur à l'ASPTT Mâcon et entraîneur bénévole.

Je viens d'apprendre à marcher et suis ravi de le montrer à tout le monde devant la maison de ma grand-mère Carolina, à Mâcon.

J'ai été nourri au biberon du football. C'est la fête du quartier, je célèbre à ma façon notre victoire à la Coupe du monde 1998.

Au camping de Vias, dans l'Hérault, je lâche exceptionnellement le ballon pour faire le malin à la pétanque, un jeu dont je suis devenu un vrai malade.

Avec mes parents, Isabelle et Alain, ma sœur Maud et mon petit frère Théo en poussette, nous sommes en vacances à Sète, comme tous les étés de mon adolescence.

La famille au complet, en 2014, devant notre maison d'enfance à Mâcon, où l'on se réunit tous les ans à Noël. Ma fiancée Erika a intégré la famille ! Elle est au deuxième rang, deuxième en partant de la droite.

En 2001, je passe un test de détection à l'Olympique lyonnais (OL) avec notamment mon copain Stéphane avec qui j'ai joué à l'Union football mâconnais (UFM). Malheureusement,une fois de plus, je ne serai pas retenu.

Je vais très souvent à Gerland voir les matches de Lyon. Mes joueurs préférés sont tous deux brésiliens : Juninho, et ses coups francs merveilleux, et Sonny Anderson, dont le sens du but est un régal. Je pose ici avec l'attaquant lors d'une mise au vert de l'OL.

En 2002, avec ma grand-mère, ma sœur et mon frère dans la cuisine. Je porte encore le maillot de l'OL…

J'ai dix ans, je suis – en bas à droite – aux côtés de mes coéquipiers de l'UFM. Nous sommes les terreurs de la région. Mâcon est le seul club français pour lequel j'ai joué !

En 2005, grâce à Éric Olhats qui m'a repéré, je rejoins la Real Sociedad, à Saint-Sébastien. Je vis chez Éric à Bayonne, mais je reçois parfois la visite de la famille, comme ici mes parents avec mes cousins Magalie et Pitou.

En 2009, lors d'une séance d'entraînement, à la poursuite de mon partenaire et ami Emilio Nsue.

© Martin Alex/Presse Sports

Mon ciseau acrobatique à Gerland avec la Real Sociedad contre l'OL en barrages aller du tour qualificatif pour la Ligue des champions. Un geste qui nous permet de gagner (2-0) et de me faire connaître en France !

En mai 2016, je prends de vitesse Cristiano Ronaldo en finale de la Ligue des champions. Mais, hélas, le Real Madrid l'emporte contre l'Atlético Madrid (1-1, 5 tab à 3). Un mois plus tard, CR7 s'impose de nouveau en finale de l'Euro, le Portugal battant la France (1-0 ap).

© Miguel Lopez/Cordon/Presse Sports

Devant un public marseillais bouillant, les Bleus éliminent l'Allemagne en demi-finales de l'Euro 2016. J'ai marqué les deux buts du match et je fête notre victoire avec mon grand ami Paul Pogba. Toutes ces ondes positives… Je n'oublierai jamais.

Il n'y a pas que le foot dans la vie ! Je suis fan de basket, j'ai un terrain à la maison, sur lequel je me défoule, et l'une de mes idoles est Derrick Rose, le meneur des New York Knicks. C'est d'ailleurs pour le voir jouer l'hiver dernier au Madison Square Garden que j'ai emmené Erika, celle qui va bientôt devenir ma femme.

un terrain gras et gorgé d'eau, la pluie qui tombait non-stop depuis le début de l'après-midi.

J'ai pénétré sur la pelouse à la 64e minute, en remplacement de Guilavogui. Vingt minutes plus tard, Alex Lacazette a réduit le score puis s'est fait expulser. À mon tour, à la 87e minute, d'une frappe croisée, j'ai entretenu l'espoir. Encore un but et nous étions qualifiés. Nous avons fait le siège de la cage adverse. Nous poussions, poussions. Mais rien ne sera plus marqué. L'arbitre a sifflé la fin de la rencontre. La Norvège s'est imposée (5-3), validant son billet pour Israël.

La désillusion était immense. La tristesse aussi. Notre génération avait du talent mais elle est passée à côté. Aucune excuse. J'ai aussi compris, à ce moment-là, que ça allait péter. Que notre escapade du Havre allait fuiter. La presse commençait à être insistante, essayait de recouper ses infos concernant ceux qui étaient sortis. Il fallait des coupables. L'équipe de France était, à cette époque, percluse de doutes et la cible de polémiques. Deux ans plus tôt, en 2010, il y avait eu Knysna en Afrique du Sud, la grève de l'entraînement et les joueurs retranchés dans le bus, le tout conjugué à l'élimination au premier tour de la Coupe du monde. Puis, en 2012, il y avait aussi eu l'Euro en Pologne et en Ukraine. Les Bleus de Laurent Blanc s'étaient inclinés en quarts de finale contre le futur vainqueur espagnol mais le public avait surtout retenu le geste de Samir Nasri posant son index sur sa bouche comme pour dire à ses détracteurs, dont la presse, de se taire, après son but contre l'Angleterre, ou certaines attitudes individualistes dans le vestiaire. Bref, nous devions être irréprochables et nous ne l'avons pas été. Sportivement et d'un point de vue moral.

Dans mon for intérieur, je me suis dit : « On va prendre cher. » Il est évident que, si nous avions battu la Norvège, comme nous aurions dû le faire, cette affaire n'aurait pas eu la même ampleur. Elle ne serait d'ailleurs peut-être même pas sortie. Toujours est-il que nos noms ont été brandis à la une.

Avant que le mien ne le soit, mon père a donc deviné. J'ai culpabilisé. Je n'avais pas pris en compte les mises en garde que j'avais reçues, notamment celles d'Éric Olhats. Je n'avais pas suffisamment mesuré ce que mon statut de footballeur professionnel et international Espoirs engendrait. Je n'avais pas assez conscience du fait que j'étais devenu un personnage public et, à cet égard, que je ne pouvais pas me comporter comme je le voulais. J'avais des devoirs, en club comme en sélection, où je représente mon pays. Oui, j'ai pris une claque. Une grosse claque. La meilleure de ma vie ! Elle a été salutaire, m'a fait du bien.

Éric n'était pas content, mes parents non plus. J'éprouvais beaucoup de colère en moi. Je savais que j'avais fait du mal à ma famille. Il me fallait changer tout cela... Mon père, entraîneur de jeunes footballeurs, et ma mère m'ont engueulé. Je les sentais énervés. Éric et mon père m'ont recadré lors d'une « réunion de crise » improvisée chez moi à Saint-Sébastien, où ils m'ont rappelé combien l'image compte pour un footballeur et qu'il n'était pas question d'esquinter le nom des Griezmann. Puis, au fil des jours, ils m'ont encouragé, permis de remonter la pente. Ils ont compris que j'avais fait une bêtise, que j'étais dépité. Ma sœur et mon frère m'ont également soutenu. Cet environnement protecteur m'a permis d'oublier et de rebondir, de me concentrer uniquement sur le football.

À la différence des autres fautifs, sauf M'Baye Niang, qui venait de rejoindre le Milan AC, je n'évoluais pas dans le championnat de France. De retour en Espagne, j'ai été choyé par la Real Sociedad. Ils m'ont franchement aidé à passer ce cap difficile. Philippe Montanier, l'entraîneur, a même essayé de plaisanter pour me redonner le sourire. Car je m'étais recroquevillé sur moi-même. Le capitaine de l'équipe a tenu des paroles réconfortantes, m'assurant : « Ici, tu es tranquille. On fera attention à toi. » Il a aussi répété à la presse : « Nous avons besoin d'Antoine. » Les partenaires m'ont poussé vers l'avant. Cela m'a remotivé au plus haut point, donné encore plus la rage et l'envie de me surpasser. J'ai redoublé d'efforts à l'entraînement.

Les critiques, c'est logique, ne nous ont pas épargnés. Le défenseur Sébastien Corchia avait tenu des propos durs. Après l'élimination face à la Norvège, il nous avait fracassés dans les journaux et à la radio. Cela m'avait fait mal. C'était quand même notre capitaine. Bien sûr, nous avions fait une connerie. Mais nous n'avions pas besoin que celui qui portait le brassard nous enfonce publiquement. J'avais en revanche apprécié la réponse de Raphaël Varane qui, au lieu de nous pointer du doigt, avait eu le ton juste sur le thème : « Oui, ils ont fait une bêtise. Ils le savent, il faut savoir pardonner. »

Mais je n'étais pas sorti d'affaire. Le 18 octobre, deux jours après le match à Drammen, la commission de discipline de la Fédération française a été saisie. Nous allions être convoqués et, comme l'indiquait le communiqué, « répondre de nos actes » quant à notre sortie nocturne pendant le rassemblement des Bleuets. La presse s'est déchaînée. Yann M'Vila a été encore plus dans l'œil du cyclone puisqu'il avait déjà été « rappelé à l'ordre » par cette même commission pour avoir refusé de serrer la main du sélectionneur et de son remplaçant lorsqu'il est sorti du terrain en quarts de finale de l'Euro avec les A. Ma chance a été de vivre en Espagne et d'être moins exposé.

Début novembre, en matinée, nous sommes passés devant un jury au siège de la Fédération française de football, boulevard de Grenelle dans le XVe arrondissement à Paris. Yann, Chris, M'Baye, Wissam et moi étions là. Erick Mombaerts aussi. Il n'était plus l'entraîneur de l'équipe de France Espoirs, ayant démissionné dans la foulée de notre piteuse élimination. Face à nous, des huiles de la Fédération. Nous étions accompagnés d'un membre de notre club ou, pour d'autres, de leur agent. Preuve que la Real Sociedad était avec moi dans cette épreuve et affichait une solidarité bienvenue : le vice-président en personne de l'équipe a fait le voyage jusqu'à Paris. Chacun s'est exprimé à tour de rôle. Cette audition ressemblait à un tribunal, nous étions debout face à une grande table, arrondie sur les côtés, où siégeaient des cadres fédéraux.

Lorsque la parole m'a été donnée pour que je m'explique et me défende, je me suis tourné vers le coach. « Je sais qu'on a fait une connerie. J'en suis vraiment désolé. Mais voilà... » Je ne savais pas trop quoi ajouter. C'était trop tard pour les regrets. Il fallait se taire et accepter la sanction.

L'adjoint d'Erick Mombaerts nous a jugés très sévèrement, comme si nous étions des petits cons, laissant entendre que c'était à cause de nous si le sélectionneur avait perdu son poste. C'était mérité, même si ce fut difficile à entendre et à accepter. Je suis évidemment triste pour Mombaerts mais est-ce seulement à cause de nous si la France a été éliminée ? Je ne sais pas. Nous avons très mal démarré le match en Norvège, nous nous sommes fait marcher dessus par une formation disciplinée et bien organisée. Nous avons encaissé des buts évitables et nous avons plongé mentalement, réagissant beaucoup trop tardivement. Encore une fois, j'assume nos erreurs.

D'ailleurs, si certains joueurs ont fait appel de leur sanction, ce ne fut pas mon cas. Mon raisonnement : « Tu fermes ta bouche, tu fais profil bas. Tu vas au bout de ta suspension et puis voilà... » La peine a été sévère. Peut-être que la FFF, sur les brisées de Knysna et de l'Euro 2012, a voulu montrer l'exemple. Le message était clair : tolérance zéro. Pas de cadeau, les joueurs, on les met au pas ! L'institution avait besoin de réaffirmer son autorité à un mois des élections à la présidence.

Le verdict de la commission de discipline a été le plus radical avec Yann M'Vila, suspendu jusqu'au

30 juin 2014, ce qui signifiait adieu au Mondial brésilien. À peine plus âgé que nous – il avait vingt-deux ans – mais surtout plus expérimenté, il était considéré comme l'instigateur de la virée. Il est vrai qu'il avait été remis à la disposition des Espoirs afin de nous encadrer et de nous guider vers la qualification. Mais, j'insiste, nous sommes tous coupables. Pas plus Yann que les autres. Il n'y avait pas un meneur et des suiveurs. Les torts sont partagés. Nous n'avons pas été sous influence. Si, par exemple, Yann n'était pas allé à Paris, les quatre autres s'y seraient quand même rendus. Nous avions envie de nous amuser. Nous n'avions plus de cerveau ! Nous avions besoin d'évacuer et nous l'avons fait au plus mauvais moment.

Pour Chris, M'Baye, Wissam et moi, la sanction a été la même : « suspendus de toute sélection en équipes nationales à compter du lundi 12 novembre 2012 jusqu'au mardi 31 décembre 2013 », précisait le communiqué. Nous ne nous sommes jamais revus. Wissam joue depuis cette saison en Liga, à Séville. Comme pour les autres, je prendrais plaisir à le retrouver. Même si nous avons fait une connerie, nous restons potes.

Sébastien Corchia, qui joue maintenant à Lille, a été convoqué pour la première fois en équipe de France en août 2016. Il a obtenu ses premières minutes en Bleu en novembre suivant, en amical. Nous n'en avons pas reparlé. Je ne suis pas rancunier même si, lorsqu'il a débarqué à Clairefontaine avec les A, ça m'a fait quelque chose. Au début, j'étais un peu distant, puis cela a très vite été oublié. Cette sanction aurait pu être fatale. J'ai su la transformer en du positif. Je me suis donné à fond à la Real Sociedad, j'ai changé mon comportement. La récompense est arrivée alors que ma « punition » touchait à son terme, quand Didier Deschamps m'a téléphoné pour me dire qu'il suivait mes prestations, que j'aurai peut-être ma chance. Cela m'a boosté.

Quand j'ai été banni des sélections pour treize mois, j'ai trouvé la peine sévère, un peu disproportionnée. Aujourd'hui que je suis un joueur important de l'équipe de France, je comprends mieux. Et, si un partenaire commettait une telle faute, faisait comme nous le mur pendant un rassemblement pour partir en cachette en soirée, je réclamerais moi aussi une sanction exemplaire. Avec les A et dès que l'on porte le maillot bleu, on ne peut pas se permettre la moindre incartade en dehors du terrain.

12

Culture maté

Je me sens proche de la mentalité sud-américaine, j'ai cette fibre-là ancrée en moi. Côtoyer à la Real Sociedad et à l'Atlético Madrid des partenaires uruguayens ou argentins laisse des traces. Je me sens bien en leur compagnie. J'aime ces peuples, leur façon de vivre, d'être positif en toutes circonstances, leur générosité, leur état d'esprit, leur solidarité. Du genre à tout te donner pour que tu sois heureux, à ne jamais se plaindre alors que, dans leur pays, on ne roule pas sur l'or. Je vis à l'heure sud-américaine. Je partage souvent un maté dans le vestiaire avant l'entraînement, sur fond de musique. Et là on parle, de tout et n'importe quoi, dans la bonne humeur et la simplicité. C'est un vrai moment de convivialité entre amis.

Le maté, j'y suis accro. C'est la boisson traditionnelle sud-américaine, héritée de la culture du peuple amérindien des Guaranis. Il y a de la caféine dans cette infusion de feuilles de *yerba mate* aux vertus stimulantes. Et, en plus, c'est bon pour la santé... Elle se consomme dans une calebasse à l'aide d'une *bombilla*, une sorte de paille en métal pour aspirer.

C'est grâce à Carlos Bueno que j'ai découvert ce breuvage contenant des vitamines et des minéraux. J'ai commencé avec lui. Il en buvait beaucoup. J'étais seul à Saint-Sébastien, si bien que je le suivais partout. Je dormais même souvent chez lui. Je n'avais pas le permis de conduire, nous allions à l'entraînement ensemble. Je le regardais préparer son maté. Lorsqu'il faisait la sieste, j'en buvais en regardant la télévision. Au début, je n'aimais pas du tout ça. Il m'a fallu un peu de temps pour m'habituer aux sensations. C'est une boisson chaude, amère, qui n'a pas véritablement de goût. Je me suis contenté de l'imiter avant de m'y mettre. Aujourd'hui, je ne peux plus me passer du maté. Cela me booste, comme le café. J'ai tout le matériel à la maison. Diego Godín, plus de cent sélections avec l'Uruguay dont il est le capitaine, m'a offert le pack complet. Souvent, c'est moi qui apporte le maté aux entraînements. Il m'accompagne aussi en déplacement et à Clairefontaine. Même durant un *shooting* photo, quand la séance s'éternise, ça me détend de tremper mes lèvres dans la calebasse à mon nom. Je suis devenu un spécialiste, meilleur encore que Godín ! Il faut veiller à ne pas le noyer, comme pour le pastis, à ne pas brûler l'herbe au fond. Chacun a sa technique et ce n'est pas évident. Entre autres bénéfices, le maté nettoie ton corps, t'aide à mieux t'hydrater. Je suis capable d'en prendre avant un match. À Mâcon, j'en bois également. Mon frère s'y est mis, Erika en prend sauf quand c'est trop bouillant. Quand le froid règne dehors, c'est encore meilleur car ça se boit très chaud. J'en achète par paquets dans une grande surface ou alors je demande à Nico Gaitán et Godín, qui ont leurs adresses. Attention, ce n'est pas une drogue. J'en prends deux ou trois par jour et, quand il m'arrive dans une journée de ne pas en boire, je le supporte très bien...

Je dois beaucoup à Carlos Bueno, et pas seulement pour le maté. Il n'est resté qu'une saison à la Real Sociedad, arrivé un été sous forme de prêt du club Penarol, en Uruguay, son pays. Auparavant, il avait joué au Paris Saint-Germain, gagnant la Coupe de France en 2006. Au Pays basque, il a inscrit douze buts et nous a aidés à devenir champions de deuxième division. Carlos est mon aîné de onze ans, si bien que je le surnommais Papi. J'avais dix-huit ans, il était un peu mon papa. Il m'a pris sous son aile et abreuvé de conseils. Je l'ai beaucoup observé, dans sa façon d'évoluer dos au but, la qualité de son jeu de tête alors qu'il ne mesure que 1,78 mètre. Carlos est le coéquipier le plus important que j'aie eu, celui qui m'a le plus aidé sur et en dehors du terrain. J'ai appris plein de choses grâce à lui. Il m'a rendu meilleur devant la cage, plus malin, plus opportuniste. J'appréciais ses mouvements en attaque. Toute la saison, nous avons été supercomplices. Il m'a donné des buts, je lui en ai donné. Chaque fois, nous nous cherchions. Il était plus tueur que moi dans la surface, moins technique mais animé d'une volonté de fer, glissant des tacles, ne rechignant pas à aller au contact. Je lui ai piqué son jeu de tête et je suis fier du résultat. Quand la balle arrivait sur son crâne, c'était but à chaque fois. Je m'en suis inspiré et l'ai perfectionné. Aujourd'hui, j'adore jouer de la tête. Le sens du timing pour mieux reprendre le ballon ne vient pas forcément de lui car je sautais déjà bien. C'est davantage dans l'art de la finition qu'il a été précieux, dans les déplacements au sein de la zone de vérité. Il m'a montré comment faire. J'ai disséqué son travail, la manière dont il attaquait la balle. J'ai commencé à le reproduire lors d'exercices de tennis-ballon, puis en match. À trente-six ans, il n'a pas raccroché. Il joue en Uruguay, au Liverpool Fútbol Club. Et il marque encore.

Mon tropisme sud-américain induit également un goût prononcé pour les barbecues. Les Argentins ont probablement la meilleure viande au monde et la technique de l'*asado* – la grillade – est un art de vivre. Je ne suis pas mauvais à ce jeu-là. J'ai fait installer un espace spécifique pour le barbecue à la maison. J'adore y recevoir des amis. Diego Godín lui aussi nous accueille. Il reste le boss dans le domaine. Je l'ai invité car je sais qu'il aime le préparer ; j'en profite pour l'observer de plus près, pour voir comment il place la viande pratiquement à plat, laissant le feu sur un côté. L'ambiance décontractée qui règne dans ces moments me plaît : tu regardes cuire ta viande, tu discutes, tu échanges debout, un verre à la main. Les femmes sont là, des petits groupes se forment. Personne n'a son téléphone. Des instants hors du temps, privilégiés.

Depuis mes débuts chez les pros, chaque année j'ai eu un partenaire uruguayen. Je me sens bien en leur présence. Ils ont tout le temps le sourire, instillent la bonne humeur. Je ne suis encore jamais allé dans ce pays. J'en ai envie. Pour l'instant, en vacances, j'opte pour les États-Unis, surtout pour assister à des matchs de NBA. Mais j'irai un jour, forcément. J'aime aussi la ferveur des Uruguayens, leur passion. Leur simplicité, aussi. Diego Godín m'a raconté ses parties de chasse au sanglier, avec son père. Ils partent ensemble toute une journée, avec du maté dans le Thermos. Le soir, ils rapportent le gibier et le font au barbecue. Ça donne envie... J'ai le drapeau de l'Uruguay en avatar dans mon groupe *WhatsApp*, je connais les chants de supporteurs du Penarol car Carlos Bueno y a joué. J'ai appris les hymnes sur YouTube. Uruguay encore avec Martin Lasarte, l'entraîneur de la Real Sociedad qui m'a lancé dans le grand bain. Lui aussi m'a fourni des conseils utiles et pas seulement rayon football. Généreux, sans sa famille restée au pays, il m'a souvent invité chez lui à partager un plat de pâtes. Il m'a montré des matchs de Copa Libertadores, pour que je mesure l'engagement incroyable des joueurs, la férocité des duels. Ils étaient agressifs, comme nous le sommes avec l'Atlético, où ça court, attaque et défend à tout-va. L'intensité est totale. Gonzalo Castro, qu'on appelle tous « Chori », a été un partenaire pour qui je nourris de l'affection. Trois fois champion d'Uruguay avec le Nacional Montevideo, il joue à Málaga. Comme ses compatriotes, s'il était plus âgé que moi, il restait jeune dans sa tête, chambrait, tout en travaillant pour l'équipe. Sa joie de vivre à la Real Sociedad était permanente. C'est également pour cela que je m'entends si bien avec Paul Pogba : ensemble, nous rigolons constamment.

L'équipe d'Uruguay, la Céleste, compte dans ses rangs l'un de mes attaquants préférés : Edinson Cavani. Je n'ai pas attendu qu'il brille au PSG pour l'applaudir. C'est un vrai numéro 9, un tueur devant le but, qui en plus aime défendre et presser. La qualité de ses appels de balle est remarquable, il parvient à être toujours bien placé, même s'il rate parfois la cible. Le nombre d'occasions qu'il se procure est impressionnant. C'est le plus important dans le football. Quand je le regarde jouer, je fais attention à ses gestes, pour apprendre. Je m'inspire de lui. Et puis j'aime sa personnalité. Je ne le connais pas mais, via Twitter, il m'a invité à consommer un maté avec lui. Comme tout Uruguayen, il possède une mentalité exemplaire, bosse pour le collectif et ne se départ pas de son sourire. En sélection, il évolue devant avec Luis Suarez. Il a moins le sang chaud que l'attaquant du Barça, qui avait mordu un défenseur italien en Coupe du monde.

Si j'ai la *grinta*, je m'énerve rarement sur un terrain. Je n'ai jamais reçu de carton rouge, même quand je jouais à Mâcon. J'ai bien écopé de quelques jaunes mais ils sont rares. Chacun son caractère. Je peux m'agacer – par exemple quand je suis sifflé hors jeu par l'arbitre de touche alors que je sais pertinemment que je ne le suis pas – mais les fois où cela s'est passé se comptent sur les doigts d'une main. Tout dépend du scénario du match. En tout cas, plus l'enjeu est important et plus je suis tranquille. Parfois, le défenseur adversaire essaie de me faire dégoupiller, verse dans la provocation. Mais, voyant que je ne cède pas, il se décourage... Si je râle peu, je ne supporte pas de perdre, comme tout sportif de haut niveau. Je ne supporte pas non plus le manque d'envie et le fait de ne pas tout donner sur le terrain. Lors de la préparation d'avant-saison avec l'Atlético, j'ai ainsi recadré un jeune à l'entraînement. Il était tout juste arrivé en équipe première et pensait que le plus dur était derrière lui. Je lui ai fait comprendre qu'il se trompait. Le voir se comporter en dilettante alors que moi qui ai moins à prouver que lui me livrais à fond m'avait mis hors de moi. Eh oui, je peux avoir le sang chaud ! Depuis tout petit, sur un terrain, j'ai la hargne. Comme un vrai Sud-Américain...

13

Bleu comme l'espoir

Les larmes du désenchantement ont mis du temps à sécher. Spontanément, ces gouttes d'eau salées ont perlé sur mon visage dévasté. Elles matérialisaient mon désarroi et mon émotion tout en évacuant le stress. Les applaudissements nourris des 74 000 spectateurs du mythique stade Maracana, à Rio de Janeiro, ne suffisaient pas, loin de là, à me consoler. Ce vendredi 4 juillet 2014, l'équipe de France a été éliminée par l'Allemagne en quarts de finale de la Coupe du monde. Le rêve d'être couronné roi de la planète au pays du football s'est envolé d'un coup sec, fracassé par le réalisme clinique de la Mannschaft. Alors les nerfs ont lâché et le désespoir s'est exprimé. La frustration était telle que je n'ai pu faire autrement que d'éclater en sanglots quand, au bout de cinq minutes de temps additionnel, l'arbitre argentin Nestor Pitana a sifflé la fin de la formidable aventure. Les larmes soulagent mais, en plus d'être une promesse d'avenir, racontent des choses. Quand j'errais comme une âme en peine au centre du terrain une fois le fatal verdict prononcé, Rio Mavuba a tenté de me réconforter. D'autres partenaires s'y sont essayés à leur tour mais la déception était si puissante qu'il m'était naturel de me lamenter dans leurs bras. Ce liquide lacrymal impossible à réfréner était ma manière d'illustrer la cruauté de cette issue. J'étais ravagé. Tous, nous étions abattus.

Dans le vestiaire, tandis que nos regards étaient tournés vers le sol, le sélectionneur a pris la parole. D'ordinaire, depuis le début de l'épreuve, ses discours étaient ponctués d'applaudissements. Pas cette fois. Envolé, ce que nous lancions après les interventions de Didier Deschamps : « On est bien ici. On ne rentre pas à la maison. On est chez nous au Brésil, on est chez nous... » Nous ne voulions pas revenir, nous étions tellement bien ici, dans ce cocon... C'était horrible. Tard dans la soirée, j'ai résumé mon sentiment d'un tweet : « Grande tristesse, mais fier de notre Coupe du monde... On reviendra encore plus fort », allusion à l'Euro 2016. J'ai conscience que nous avons fait vibrer les Français, que l'euphorie gagnait de l'ampleur, en témoignent les photos et les vidéos que nous recevions. L'occasion, à des milliers de kilomètres de distance, de contempler les gens dans les rues qui regardaient les matchs sur les écrans géants et manifestaient leur joie. Quarts-de-finalistes, le contrat était rempli mais j'espérais encore plus. Nous étions avides de prolonger le plaisir. C'était cruel. Sur ce match, durant lequel nous nous sommes procuré de nombreuses occasions, nous ne méritions pas de céder. Ce Mondial se terminait sur un goût désagréable d'inachevé. Quitter notre camp de base de Ribeirao Preto, dans l'État de São Paulo, où nous étions installés et choyés depuis le 9 juin par le personnel de l'hôtel, allait être un crève-cœur.

J'aime le maillot bleu, les valeurs qu'il représente. Porter cette tunique constitue un honneur. J'ai eu l'occasion d'honorer pour la première fois les couleurs nationales à dix-neuf jours de mon dix-neuvième anniversaire. J'évoluais en seconde division, à la Real Sociedad. Désormais titulaire, je commençais à enchaîner les buts. Le 2 mars 2010, à l'occasion d'un match amical à Saint-Jean-de-Braye, dans le Loiret, le sélectionneur Francis Smerecki m'a aligné d'emblée contre l'Ukraine en équipe de France des U19. Nous avons joué au complexe sportif du Petit Bois, ça ne s'oublie pas, et l'entrée était gratuite. Une formation plutôt offensive puisque, devant, je faisais équipe avec Yannis Tafer, pas loin de Gilles Sunu, notre capitaine. Malgré tout, ce match amical a été vierge de buts. J'ai disputé l'intégralité de la rencontre, seul petit nouveau avec le gardien Abdoulaye Diallo. Deux jours plus tard, face aux mêmes adversaires, toujours dans le Loiret mais à Saint-Denis-de-l'Hôtel, nous les avons battus 2 à 1. J'ai démarré la rencontre sur le banc de touche, d'où je me suis extirpé à la 69e minute afin de suppléer Alexandre Lacazette, qui avait ouvert le score. Dix-neuf minutes plus tard, d'une frappe plein axe, j'ai offert la victoire aux Bleuets. La préparation idéale en vue d'aborder le championnat d'Europe des U19, organisé par la France, en Basse-Normandie. J'ai participé à nos cinq matchs. Sans réussite pour notre entrée en lice face aux Pays-Bas (4-1), je suis l'auteur d'un doublé face à l'Autriche (5-0). Remplaçant pour l'ultime match de poule contre l'Angleterre (1-1), j'ai joué le dernier quart d'heure. Je n'ai pas raté une minute de la demi-finale contre la Croatie (2-1) et j'ai été de nouveau titulaire pour la finale, le 30 juillet, au stade Michel-d'Ornano de Caen, face à l'Espagne. Devant un peu plus de 20000 spectateurs, nous avons décroché le titre continental. Un succès 2 à 1, grâce à des buts de Gilles Sunu et d'Alexandre Lacazette. Une joie, évidemment, mais teintée d'une légère amertume : dès mon premier ballon, je me suis fait une entorse. La cheville a gonflé, et le coach, prudemment, m'a sorti à la mi-temps. J'avais retrouvé des couleurs quand il a fallu aider Gueïda Fofana[1] et son brassard à soulever le trophée.

Cette génération née en 1991 avait fière allure. Du costaud, avec en défense Loïc Négo ou Timothée Kolodziejczak, Francis Coquelin et Fofana au milieu, Lacazette, Cédric Bakambu devant. Mais celui qui m'impressionnant le plus était Gaël Kakuta, milieu offensif mesurant deux centimètres de moins que moi.

1. Le 18 janvier 2017, après presque trois années à lutter contre des problèmes à sa cheville droite, il a mis un terme à sa carrière, à vingt-cinq ans seulement. L'OL, où il a signé après le Mondial des U20, lui a proposé une reconversion au sein du club. À l'annonce de son retrait pour «inaptitude à la pratique du football», Antoine Griezmann a tweeté : «Une grosse pensée pour mon capitaine des Bleuets Gueïda Fofana. Je te souhaite le meilleur pour la suite.»

À Chelsea depuis l'âge de seize ans après être passé par Lens, il avait été lancé en Premier League en novembre 2009 en remplaçant Nicolas Anelka contre Wolverhampton. Son entraîneur, l'Italien Carlo Ancelotti, avait admis dans la foulée : « Il a beaucoup de talent et possède un excellent caractère. À cet âge-là, je n'ai jamais vu un joueur de ce talent. Il n'est pas très puissant mais, techniquement, il est prêt à jouer. » Je partageais son sentiment. J'ai rarement vu un joueur aussi fort, capable de produire une telle différence sur une accélération, un mouvement. Il évolue depuis janvier 2017 en Espagne, au Deportivo La Corogne, prêté jusqu'à la fin de saison par le Hebei China Fortune FC. Il est également passé par Fulham, Bolton Wanderers, Dijon, Vitesse Arnhem, la Lazio Rome, le Rayo Vallecano et Séville ! Quel dommage qu'il n'ait pas connu la réussite qu'il méritait dans les nombreux clubs par lesquels il est passé. J'ai eu la chance de m'épanouir à la Real Sociedad, il n'a pas connu un tel bonheur. Gaël est un joueur différent des autres. Il était l'un des leaders de l'équipe de France des U20 qui a disputé, à l'été 2011, le Mondial de la catégorie en Colombie. Pour le match d'ouverture, le 30 juillet à Bogotá, devant 42 000 spectateurs, nous nous sommes lourdement inclinés contre le pays hôte : 1-4, dont un but de leur capitaine, James Rodriguez, qui sera recruté par le Real Madrid pour 80 millions d'euros après un Mondial 2014 tonitruant ponctué de six buts.

Trois jours plus tard, toujours à Bogotá, nous avons disposé de la Corée du Sud 3 à 1. Comme au match précédent, j'ai joué les 83 premières minutes. Le 5 août suivant, à Cali, nous avons battu le Mali 2-0, validant notre ticket pour les huitièmes de finale. Sorti à l'heure de jeu, je n'avais toujours pas marqué. Pas de quoi gâcher mon moral. L'ambiance dans le groupe était excellente. Nous nous connaissions pratiquement tous, et la victoire l'année précédente au championnat d'Europe des moins de dix-neuf ans avait renforcé nos liens. Les éclats de rire étaient fréquents, nous possédions les mêmes délires. Cela n'empêchait pas la discipline de régner. Avec le coach, Francis Smerecki, qui avait rejoint la direction technique nationale (DTN) en 2004, nous marchions droit, un peu comme à l'armée. Déjà en Colombie, à quelques jours du coup d'envoi de ce Mondial, alors que je partageais ma chambre avec Lacazette, nous nous étions invités un soir dans celle de Kakuta et Négo. La discussion filait, ça rigolait sévère. Sauf que le sélectionneur occupait la chambre voisine. Et que l'écho de nos délires résonnait dans tout l'étage. Alors Smerecki a commencé à s'impatienter puis s'est levé et a tapé à la porte. Alex est allé ouvrir tandis que, d'un bond, par réflexe, Gaël a plongé pour se cacher sous le lit. « Allez, sortez de la chambre », a-t-il demandé. Il était minuit passé. Le staff a réveillé toute l'équipe pour lui demander de sortir. Les joueurs, certains tirés de leur sommeil, se sont exécutés. Nous étions tous alignés devant nos portes, dans le long couloir de l'hôtel. Le coach a pris la parole, sur un ton martial : « Maintenant, tout le monde retourne dans sa chambre. Nous avons une compétition à préparer, une compétition importante. Allez donc vous coucher et, je le répète, vous n'avez plus le droit d'aller dans la chambre des autres. » Pour être honnête, nous n'avons pas toujours respecté cette consigne...

Cette bonne humeur contagieuse et la conscience d'être parmi les favoris de cette Coupe du monde nous ont aidés à faire de ce séjour une superbe entreprise collective. En huitièmes de finale, à Carthagène des Indes, nous avons éliminé l'Équateur. À la 75e minute, sur une ouverture de Fofana, j'ai dévié le ballon du gauche au second poteau, m'y prenant à deux fois pour marquer de près. L'unique but du match. Une minute plus tard, je suis sorti. À Cali, pour les quarts de finale, c'est le Nigeria qui a cédé, 2-3, après prolongations. La Coupe du monde des moins de vingt ans existe depuis 1977 et c'était la première fois que la France atteignait le dernier carré. Malheureusement, le Portugal nous a fait chuter en demi-finales. Nous avons perdu 0-2 ce 17 août 2011 sous la chaleur écrasante de Medellín, devant plus de 40 000 personnes. Comme au tour précédent, j'ai disputé l'intégralité de la rencontre. Une rencontre hachée, tendue, marquée par la distribution de sept cartons jaunes. Même si Lacazette a ouvert le score dans la « petite finale » à Bogotá, face au Mexique, nous avons perdu 1-3 et donc échoué à la quatrième place. Avec cinq buts, Alex a terminé Soulier de bronze de la compétition. J'adorais jouer avec lui. À l'entraînement comme en match, on se cherchait tout le temps. Un peu trop sans doute. En plein milieu d'une séance, Gilles Sunu a un jour craqué et lancé : « Putain, vous faites chier à jouer tout le temps entre vous ! Faites des passes aux autres... » Voir ce grand gaillard s'énerver et bouder nous avait fait bien rire, même s'il avait raison. D'autres partenaires pensaient comme lui et risquaient de prendre ombrage de notre complicité. Je ne garde que de bons souvenirs des U20. Nous n'avions rien laissé au hasard, notamment dans la préparation. Pour nous habituer à l'altitude, au sommeil et à l'alimentation de la Colombie, nous avons joué quelques parties amicales au Pérou, dans la foulée d'un stage intense en juillet à Tignes, au pied des montagnes. En Savoie, à 2 100 mètres, nous avions sué sur les terrains mais aussi lors de sorties à vélo ou au pas de course autour du lac.

Après cette épopée, j'ai repris le train de l'équipe de France Espoirs. J'avais grimpé dedans une première fois en novembre 2010. Un match amical au Mans contre la Russie auquel m'avait convoqué Erick Mombaerts, à la tête de la sélection depuis 2008 et le départ de René Girard. Je ne connaissais pas grand monde mais c'était une façon de prendre date. J'avais été lancé à la 62e minute, en même temps qu'Emmanuel Rivière et Eliaquim Mangala. Dans cette large revue d'effectif, avec pour capitaine Moussa Sissoko, nous avions perdu 0-1. J'avais été rappelé trois mois plus tard, encore en amical, à Reims, contre l'Espagne. J'étais titulaire lors de cette victoire 3 à 2. J'ai renoué avec les Espoirs au sortir du Mondial en Colombie, en octobre, à Clermont-Ferrand. Un succès contre le Kazakhstan précieux dans l'optique de la qualification pour le championnat d'Europe, où j'ai remplacé

Gaël Kakuta à vingt minutes de la fin. Je n'étais pas indiscutable mais je faisais de mon mieux, marquant et délivrant par exemple une passe décisive à Astana, au Kazakhstan. Avant de se qualifier pour l'Euro de l'été 2013 en Israël, il convenait encore de faire trébucher la Norvège en match de barrages. L'adversaire paraissait à notre portée. Ni à l'aller au Havre, où Raphaël Varane a inscrit le seul but, ni au retour quatre jours plus tard à Drammen, je n'ai commencé la partie. Cette élimination en octobre 2012 a fait tache et les conséquences de notre sortie nocturne entre les deux rencontres a été l'un des tournants de ma vie professionnelle. La commission de discipline de la Fédération française, après convocation des cinq fautifs, m'a suspendu de toute sélection en équipe nationale jusqu'au 31 décembre 2013.

La sanction a été d'autant plus sévère que je me rapprochais de l'étage supérieur, le must du must : les A. À l'institut national du football de Clairefontaine, avec les Espoirs, j'avais eu un aperçu des installations, avec le château et les infrastructures. Mon objectif était d'intégrer les Bleus. Au sortir d'une séance, j'étais allé les épier au terrain Michel-Platini, qui leur est dédié. Laurent Blanc était le sélectionneur et je savais qu'il avait un œil sur moi puisqu'il m'avait déjà pré-convoqué au sein d'une liste élargie de cinquante noms. J'observais Karim Benzema travailler devant le but. Chaque frappe se terminait au fond des filets. J'étais impressionné. « Ah ouais, quand même, ai-je pensé. Il faut encore bosser, je suis loin du compte et de leur niveau. » Pendant ma suspension, j'ai cravaché dur avec la Real Sociedad. J'avais la Coupe du monde au Brésil dans un coin de la tête, sans trop y croire mais quand même. Les Bleus de Didier Deschamps avaient arraché leur ticket en dominant l'Ukraine, renversant le scénario au retour au Stade de France. Le match suivant, le premier de l'année 2014, voyait les Pays-Bas se dresser dans l'arène de Saint-Denis pour un test amical. J'étais susceptible d'être convoqué. Les médias parlaient de moi, je marquais de plus en plus en Liga – j'étais troisième meilleur buteur du championnat avec quinze buts, derrière Diego Costa et Cristiano Ronaldo –, j'avais connu la Ligue des champions. Éric Olhats m'avait laissé entendre que je pourrais en être. Quelques jours avant que la liste ne soit communiquée, il m'a demandé de surveiller mon téléphone, me précisant avoir donné à sa demande mon numéro à Didier Deschamps, qu'il connaît bien. J'ai scruté toute la journée l'appareil. Puis il a appelé. J'étais en voiture, je me suis arrêté sur le bas-côté et j'ai mis les warnings. J'avais besoin d'être au calme pour une telle conversation. Le sélectionneur a eu des mots réconfortants et m'a confirmé qu'il me suivait. J'étais touché. Même s'il ne m'avait rien promis, j'étais comme un fou. J'ai prévenu mes parents et mes potes. Le week-end, boosté par son appel, j'avais encore davantage envie de briller sur les pelouses.

Mon club a reçu la convocation et l'a confiée à Éric, lui disant de ne pas me la remettre afin de ne pas me perturber. Il m'a naturellement prévenu. Les choses commençaient à devenir concrètes. Mais cela ne suffisait pas : il me fallait encore voir mon nom à l'écran. Le jour de l'annonce de la liste, le 27 février 2014, je suis vite revenu de l'entraînement. Scotché sur le canapé de la maison, à l'heure du déjeuner, j'ai vu Didier Deschamps, depuis le siège parisien de la FFF, commencer à égrener, par poste et par ordre alphabétique, les noms des joueurs retenus pour affronter la Hollande le 5 mars. Pour les attaquants, il a commencé par Karim Benzema et Olivier Giroud. Du classique. En théorie, je devais être le suivant. Je l'ai été, précédent Dimitri Payet, Loïc Rémy, Franck Ribéry et Mathieu Valbuena. « Il est très efficace avec son club, il marque beaucoup de buts et en fait marquer. Il évolue sur plusieurs positions en attaque, il est à l'aise sur les côtés et dans l'axe. Il a beaucoup de justesse technique », a glissé le sélectionneur au moment de justifier mon apparition parmi les vingt-quatre. Quand mon nom s'est affiché sur le téléviseur, j'ai crié. Crié très fort. J'ai immédiatement appelé mes parents. Ma mère était à l'autre bout du téléphone et j'étais tellement heureux que je balbutiais : je ne savais pas quoi dire. Je pleurais, mais des pleurs de joie. Je n'arrivais pas à prononcer la moindre parole. Aucun son ne sortait de ma bouche. J'étais envahi par l'émotion. « Enfin, j'y suis arrivé » résumait mon état. J'en avais chié, souffert des commentaires sur moi, à Mâcon et ailleurs. Mes parents avaient entendu des remarques, j'avais lu des choses qui m'avaient déplu, des commentaires sur Internet assurant que je ne pensais qu'à sortir, que je ne méritais pas les Bleus. Cette première sélection s'avérait être une récompense.

Mais certainement pas une fin une soi. Pas question de lâcher. Ce n'était qu'un début, le plus dur allait commencer. Je comptais bien m'accrocher comme un chien pour ne pas rater le bon wagon et ne plus sortir de l'équipe de France.

À Clairefontaine, j'étais dans la chambre avec l'autre nouveau, Lucas Digne. Chacun notre petit lit. J'ai donné ma première conférence de presse depuis l'estrade, plutôt détendu. J'étais cool, je pensais juste à ne pas trop dire de bêtises en français, moi qui parle le plus souvent espagnol, langue dans laquelle ma conversation est plus fluide et naturelle. J'ai répondu avec spontanéité. Philippe Tournon, le chef de presse, n'a pas eu besoin de me briefer : je n'ai pas eu de question piège. J'avais rappelé mon bonheur d'être là, jurant que je ne me mettais aucune pression et que la suspension m'avait fait du bien, que j'étais devenu une autre personne. Sur mon positionnement, plutôt à gauche à la Real, il m'avait été souligné que c'était le poste occupé par Franck Ribéry en sélection. J'avais répondu n'avoir aucun problème à jouer là où le coach l'entendait, même comme gardien si tel était son souhait... J'avais ajouté que, en club, j'allais souvent à droite et dans l'axe, que j'étais un joueur très collectif, songeant d'abord à privilégier l'équipe, du genre à ne pas hésiter à délivrer une passe plutôt que d'essayer de marquer à tout prix. Lors du premier entraînement, je retrouvai ceux que j'avais l'habitude de regarder à la télévision : Franck Ribéry, Hugo Lloris, Karim Benzema, Patrice Evra. C'était impressionnant. Tout était neuf pour moi. Je ne rigolais pas, comme j'en ai l'habitude. J'étais concentré à l'extrême, soucieux de bien faire, de m'adapter. L'entraînement était au top niveau, tout allait plus vite. J'aimais ça. J'étais constamment à fond, un peu crispé aussi, veillant à ne pas commettre d'impair, à faire attention à ce que je disais, y compris dans le vestiaire. J'ai été bien accueilli, ça chambrait pas mal. Je rigolais aux blagues des leaders mais je ne lançais pas de vannes. J'étais encore intimidé.

Avant les Pays-Bas, j'avais une autre épreuve à surmonter. Un test pour moi presque plus dur, plus impressionnant que de jouer devant 50000 spectateurs : chanter un morceau debout sur la chaise durant le premier dîner, comme il est de tradition pour les néophytes en équipe de France. Ce bizutage bon enfant, avec les serviettes blanches des partenaires qui tournoient à la fin, me faisait peur. Chanter même une poignée de paroles n'est pas, loin de là, l'exercice que je préfère. Mais on ne peut pas s'y soustraire. J'avais choisi « La Bamba », en me disant que personne n'allait comprendre si je butais sur un mot ou en oubliait un. J'ai appris plus tard qu'Edinson Cavani, dont j'apprécie le jeu, avait lui aussi choisi cette chanson lors de sa signature au Paris Saint-Germain. Cet air traditionnel mexicain très ancien a été remis au goût du jour par le groupe Los Lobos lors de la sortie du film *La Bamba* en 1987, inspiré de la vie de Ritchie Valens. C'est lui qui avait fait de ce titre un tube international en 1959. Il avait dix-sept ans et allait mourir quelques mois plus tard dans un accident d'avion qui coûtera également la vie à deux autres musiciens partis avec lui en tournée : Buddy Holly et Big Bopper. Mais, en arrivant au dîner, ce n'est pas à cette tragédie que je pensais ! À table, je n'étais pas dans mon assiette. Chanter devant Evra, Ribéry ou Benzema : je savais que c'était un mauvais moment à passer. J'étais assis entre Hugo Lloris et Raphaël Varane quand, à l'approche du dessert, les cuillères ont commencé à tapoter contre les verres ; le signal indiquant que les nouveaux devaient se lancer. Des gouttes de sueur ont coulé sur mon visage. Je n'ai pas laissé Lucas Digne démarrer, je voulais m'en débarrasser au plus vite. Je sentais que je rougissais. Je me suis mis debout sur la chaise, j'ai tendu la bouteille sous mon nez en guise de micro et c'était parti. « *Para bailar la bamba se necesita / Una poca de gracia y otra cosita / Ay arriba y arriba, Y arriba y arriba, arriba iré / Yo no soy marinero por tí seré / Para subir al cielo se necesita / Una escalera grande y otra chiquita / Yo no soy marinero, soy capitán...* »

Ces trente secondes environ m'ont paru une éternité. Pour m'aider, le staff technique et médical a chanté un peu avec moi sur la fin. Puis des applaudissements ont retenti. Ouf. Quand c'est totalement raté, il peut arriver de recevoir des sifflets ou que les serviettes soient jetées par terre. La pression est retombée d'un coup. Le soir, dans mon lit, j'étais bien, tranquille. Tout est ensuite devenu plus cool. Ce rituel qui paraît anodin compte vraiment, marque le début d'une carrière internationale. À la lueur de mon expérience, je peux maintenant chambrer les nouveaux, fixant pendant le dîner ceux qui doivent se lancer, histoire de les mettre mal à l'aise. Ma manière de me venger de ce que j'ai subi. Ces instants conviviaux, où tu figures au centre de toutes les attentions, se déroulent dans la bonne humeur. Ce n'est qu'un mauvais moment à passer ! Certains sont tétanisés. Encore une fois, impossible d'y échapper. Même le sélectionneur te rappelle à tes devoirs, glissant insidieusement : « Ce soir, tu vas chanter. Alors il faut bien te préparer... » D'autres joueurs ont d'étonnantes facilités dans le domaine. Ousmane Dembélé, par exemple. Il avait seulement dix-neuf ans quand il a été convoqué fin août 2016 pour les matchs en Italie et celui en Biélorussie comptant pour les qualifications au Mondial. Pour son bizutage, il a chanté le générique d'*Olive et Tom*, la série animée japonaise dont le héros est un jeune footballeur. Très à l'aise, il a démarré l'exercice debout avant de faire le tour des tables en courant.

Bien chanter, c'est une chose, bien jouer, c'est encore mieux. Face aux Pays-Bas, le 5 mars 2014, le jour de l'anniversaire de ma compagne Erika, je suis titulaire, ce qui n'est pas fréquent chez les novices. Cela démontre que j'ai la confiance du sélectionneur. « La Marseillaise » a fait vibrer mon cœur. J'étais au bord des larmes quand elle a retenti. Au moment des hymnes, d'ailleurs, pour ne pas pleurer et chasser l'émotion, j'ai regardé en l'air. Pas question de fixer mes parents, que j'avais repérés à l'échauffement dans les tribunes du Stade de France, rempli à ras bord. J'ai abordé la rencontre sans stress particulier. J'ai essayé de faire de mon mieux, je n'ai pas couru dans tous les sens pour ne pas me disperser. À la mi-temps, les Bleus menaient 2 à 0, grâce à Karim Benzema et Blaise Matuidi. J'ai eu une occasion mais j'ai raté mon contrôle alors que j'aurais pu me présenter seul devant la cage de Jasper Cillessen. Je suis sorti à la 68e minute, remplacé par Loïc Rémy. J'ai joué six minutes seulement avec Franck Ribéry, qui, lui, venait de succéder sur la pelouse à Mathieu Valbuena. Une première sélection à seize jours de mes vingt-trois ans et à la date de l'anniversaire d'Erika : une sacrée belle journée. J'étais content de ma prestation, eu égard aux attentes. J'ai commis peu de « déchets » et tout donné. *L'Équipe* m'a donné cinq sur dix avec ce commentaire : « Peut mieux faire. » Je ne lis jamais les notes dans les journaux. Je sais très bien quand je fais un bon match ou une prestation ordinaire.

J'espérais avoir marqué des points car il s'agissait de l'ultime match avant que Deschamps ne dévoile sa liste pour le Brésil. « Elle n'est pas fermée, mais ceux qui sont là pour ce match ont de bonnes chances d'en être », nous avait-il expliqué avant la rencontre. Il m'avait aussi demandé de d'abord penser à prendre du plaisir, de jouer comme en club et rien de plus. Au fil des minutes, je m'étais d'ailleurs senti de mieux en mieux. J'avais hâte de goûter de nouveau aux Bleus. Je ne disputais pas mes meilleurs matchs avec la Real Sociedad, les supporteurs commençaient à montrer quelques griefs à mon égard, suggérant que j'en gardais sous la semelle pour la sélection. Je ne voulais pas baisser de pied, je ne fonctionne pas ainsi. Je n'étais plus le même joueur, j'étais différent. Je m'étais mis énormément de pression pour y arriver alors peut-être, même si physiquement je me sentais bien, que je me suis un peu relâché sur le plan mental. J'attendais tellement de savoir si je figurais dans les vingt-trois ! J'ai eu un léger coup de moins bien mais j'ai toujours tout donné pour le club. Éric Olhats pensait que j'avais gagné mon billet. « Normalement, tu en feras partie », m'avait-il dit, m'encourageant à continuer à bosser. Je savais que Deschamps allait dévoiler une liste élargie mais je voulais être dans les vingt-trois et pas parmi les réservistes. J'ai été exaucé. Le 13 mai, le sélectionneur a communiqué ses choix. J'étais à la maison, devant ma télévision, et le rythme des battements de mon cœur s'est accéléré. Quand j'ai vu mon nom et ma photo s'afficher sur l'écran parmi les six attaquants, là encore, j'ai exulté. J'étais à la fois fier et soulagé. Trente noms avaient été avancés, les sept derniers en soutien des autres et nous accompagnant dans la préparation au Mondial. Ça y était : j'allais découvrir le Brésil, où je n'étais encore jamais allé. J'étais impatient de donner raison au sélectionneur.

Avant de voguer vers l'Amérique du Sud, nous avions trois matchs amicaux à effectuer afin de parfaire les réglages : face à la Norvège le 27 mai 2014 au Stade de France, contre le Paraguay à Nice le 1er juin et enfin la Jamaïque le 8 juin à Lille. Pour la première opposition, j'étais de nouveau titulaire, cédant ma place à la 64e minute à Loïc Rémy, qui allait marquer le troisième de nos quatre buts. Cinq jours plus tard, direction l'Allianz Riviera devant 35 200 spectateurs, record d'affluence de la nouvelle enceinte. Cette fois, mon numéro 11 et moi avons démarré sur le banc. Je suis rentré à la 64e minute, décidément, à la place de Loïc Rémy, décidément bis. Dix-huit minutes plus tard, ça y était : j'ai inscris mon premier but en tant que Bleu. Tout est parti d'un corner côté droit, qu'Olivier Giroud a repris d'une tête piquée au point de penalty. Laurent Koscielny s'est jeté pour me la remettre en retrait. Depuis l'angle gauche de la surface, j'ai contrôlé du droit, mon mauvais pied, et enveloppé ma frappe. Elle a lobé toute la défense paraguayenne pour rentrer dans le petit filet. Sur l'action, mon pied d'appui est parti en arrière, si bien que j'ai mis moins de force que d'habitude dans mon tir. Peu importe, il a terminé sa course au fond. La joie a été énorme. J'ai glissé sur les genoux pour mieux profiter du moment et communier avec le public, lâchant des «*Vamos, vamos...*» («Allez, allez»). L'égalisation de la tête de Victor Caceres en toute fin de match n'a pas atténué ma joie. Dans le vestiaire, je n'avais qu'une envie : retourner sur le terrain. Il n'y avait pas à patienter longtemps puisque la Jamaïque se dressait au stade Pierre-Mauroy de Villeneuve-d'Ascq. Un véritable festival offensif, auquel j'ai contribué. Lorsque je suis rentré à la 71e minute à la place d'Olivier Giroud, le score était déjà de 6 à 0. J'ai clôturé la démonstration par deux nouveaux buts : le premier sur un service de Karim Benzema, le second d'une talonnade à la Madjer à la réception d'un centre de Moussa Sissoko.

Il nous a fallu quinze heures de vol et une escale pour rejoindre Ribeirao Preto. C'est dans cette ville de six cent mille habitants, à 300 kilomètres au nord-est de São Paulo, que l'équipe de France avait installé son camp de base. L'hôtel JP – prononcer « Jotapé », à la brésilienne – a été entièrement privatisé pour nous. L'établissement, décoré aux couleurs bleu-blanc-rouge, s'est avéré confortable et agréable. Le personnel était aux petits soins, nous réservant une haie d'honneur et nous applaudissant chaque fois que l'on rentrait. Les journées s'étiraient dans la bonne humeur, l'entraînement ayant lieu en général dans l'après-midi, vers 16 heures. Nous avons passé beaucoup de temps en salle de kiné, avec les masseurs. L'occasion de discuter, de rigoler, également de suivre les matchs. Pour passer le temps, j'avais pris ma console Xbox et emmené des séries à glisser dans le lecteur DVD. Nous avons aussi organisé, à l'approche du coup d'envoi de l'épreuve, un grand tournoi sur le jeu Fifa, sur deux télévisions, avec des poules. Chacun possédait son équipe, ça criait abondamment, souvent tard le soir, si bien qu'un jour le coach nous a demandé d'arrêter car ça prenait trop d'ampleur et pouvait pomper de l'énergie. Il faut dire que nous gueulions fort...

Nous étions dans notre bulle, détendus et ambitieux. Didier Deschamps m'a prévenu la veille de notre entrée en lice que je serai titulaire contre le Honduras. J'étais nerveux. D'ordinaire, je m'endors facilement. Cette fois, je suis allé demander au docteur un cachet permettant de bien se reposer. J'ai passé une excellente nuit. Le lendemain, je me suis réveillé tout excité. Ce 15 juin 2014, sur la pelouse du stade Beira-Rio de Porto Alegre, je suis donc positionné devant avec Karim Benzema. Le match démarre par un couac : notre « Marseillaise » n'a pas été jouée. Nous nous sommes tous regardés, interloqués. La sono est restée bloquée quand il a fallu envoyer les hymnes nationaux. Le coup de la panne ! Un détail peut-être mais qui faisait bizarre et, pour tout dire, a gâché un peu le plaisir. Heureusement, le « Allons, enfants de la patrie » a rejailli des tribunes, lancé par nos supporteurs. J'ai donc eu ma « Marseillaise » ! J'ai touché un premier ballon, puis un deuxième, puis un troisième. J'étais en confiance, dans le rythme, et je crois avoir réussi mon entame dans ce Mondial. J'ai disputé la totalité de la rencontre, remportée 3 à 0 grâce à un doublé de Benzema et un autre but d'un joueur hondurien contre son camp.

La suite nous a mis aux prises, cinq jours plus tard à Salvador, avec la Suisse, qui partageait avec nous la tête du groupe E. La France a mené 5 à 0, puis les Suisses ont réduit le score à la 81e ; je suis rentré une minute plus tard pour remplacer Mathieu Valbuena. Avec six points en deux matchs, nous étions déjà qualifiés pour les huitièmes de finale. J'ai encore grappillé 79 minutes de jeu contre l'Équateur au Maracana de Rio, une partie conclue sans but. J'ai bien eu l'occasion d'ouvrir la marque d'une reprise de l'extérieur du gauche mais elle a été repoussée sur le poteau par le gardien. Mes parents étaient au Brésil, assistant à chaque rencontre des Bleus et profitant également de l'expédition pour jouer les touristes. Ils sont rentrés en France comme prévu après le dernier match de poule. J'ai eu le temps de les apercevoir juste avant la confrontation contre les Sud-Américains. Didier Deschamps n'apprécie pas trop, en pleine compétition, que l'on retrouve nos familles. «Nous sommes en bas, si tu as le temps de passer nous saluer...», m'avaient-ils prévenu par texto avant que nous ne grimpions dans le bus, en costume, pour rejoindre le stade. Les retrouvailles n'ont duré qu'une poignée de secondes, juste le temps d'un regard, mais cela m'a fait du bien de les voir, plongés au milieu des supporteurs tricolores.

Place, alors, au Nigeria. En cas de défaite, nous sommes dehors, c'est retour à la maison. Le match a lieu à Brasília, dans un stade ultramoderne de 70 000 places, construit pour le Mondial. Lorsque nous sommes arrivés près de l'enceinte, elle a surgi presque au milieu de nulle part, sur un énorme axe, au détour d'une aire d'autoroute. Plus on se rapprochait du stade, plus il paraissait imposant. Son architecture était belle, en plus il était fermé, ce qui le rendait plus impressionnant encore. Il était 18 heures au coup d'envoi, il régnait une grosse chaleur, l'air était particulièrement humide. À l'échauffement, Karim Benzema est venu parler à quelques joueurs. Des paroles d'encouragement, martelées avec passion : «Si on veut gagner, il faut tout donner...» Karim est réservé et plutôt taiseux. Il peut dégager une impression de froideur, comme si les autres ne l'intéressaient pas, mais ce n'est pas la réalité. S'il s'exprime peu devant le groupe, il le fait auprès de ses partenaires quand il en éprouve le besoin. Karim est un type cool, qui aime rigoler, écouter de la musique. C'est aussi un monstre de travail, que ce soit à l'entraînement ou à la salle de gym. Il peaufine sans cesse sa finition. Il est un modèle, un très grand attaquant, auprès de qui j'ai picoré le plus de conseils possibles même si le regarder dans une séance est déjà en soi instructif. Karim, c'est celui que je regardais avec admiration quand j'allais à Gerland et, sur le terrain comme dans la vie de groupe, j'étais souvent avec lui. J'aime combiner avec lui, cela rend les choses plus faciles. Je ne peux pas le faire d'entrée de jeu dans ce huitième de finale car je débute sur le banc. La rencontre est tendue. Je le suis aussi et commente le match avec deux joueurs qui ont la même attitude que moi : Mickaël Landreau et Morgan Schneiderlin, assis à mes côtés. Je vis le match à fond, me lève dès que se présente une action chaude. Le score reste vierge et le sélectionneur, via son adjoint Guy Stephan, me demande de m'échauffer. L'atmosphère est électrique, le public brésilien encourage clairement le Nigeria.

Je poursuis mes accélérations le long de la ligne de touche, levant le crâne vers le banc pour vérifier si Didier Deschamps a besoin de moi. Ce n'est pas encore le cas, alors je continue. Puis j'aperçois un signe de Guy Stephan : mon heure est venue. Mon rythme cardiaque s'accélère. J'enlève vite mon tee-shirt et succède à Olivier Giroud à la 62e minute. Sur l'un de mes premiers ballons, je décroche une belle frappe, que Vincent Enyeama détourne parfaitement en corner. Mon match est lancé. À la 79e minute, enfin la délivrance survient quand Paul Pogba reprend de la tête dans le but vide un corner de Mathieu Valbuena mal renvoyé. Cinq minutes plus tard, je me procure une belle occasion dans le dos de la défense nigériane mais, sur mon tir du gauche, le gardien la repousse de la main droite. Il est en revanche impuissant alors qu'on aborde le temps additionnel. Valbuena et Benzema jouent vite un corner à deux puis le premier adresse un centre à ras de terre au premier poteau. Je veux couper la trajectoire mais c'est leur défenseur du Nigeria Joseph Yobo, sur qui j'avais pris le meilleur, qui touche finalement le ballon et trompe son propre coéquipier. Nous sommes en quarts de finale, l'objectif annoncé par le président de la Fédération. Nous sommes allés remercier nos supporteurs. Le rêve continuait. Prochain adversaire : l'Allemagne. Un épouvantail. Dans le groupe, nous sommes convaincus que, si nous parvenons à les éliminer, nous irons au bout.

Le Maracana – quand nous approchions avec le bus, j'avais pu apercevoir au loin la grande statue du Christ Rédempteur en haut du mont du Corcovado, ce fut tout pour le tourisme ! – est peut-être un bel endroit pour mourir mais nous n'en avons aucunement l'intention. Nous sommes confiants dans notre jeu et notre talent. Je suis préféré à Olivier Giroud en attaque. À 0-0, je reçois un bon ballon mais, au lieu de tirer, je cherche à servir Benzema. Aujourd'hui, avec mon vécu, quand j'ai ce type d'occasion, je ne me pose plus de questions : je tire. La veille du match, Didier Deschamps nous avait rappelé de faire attention aux coups de pied arrêtés, insistant sur le fait que les Allemands sont très efficaces dans ce domaine. Nous le savions, n'empêche que, à la 13e minute, sur un coup franc excentré côté gauche, Toni Kroos trouve la tête de Mats Hummels, qui précède Raphaël Varane et prend Hugo Lloris à défaut. Tout de suite, nous avons conscience que revenir va s'avérer complexe. Nous ne ménageons pas nos efforts, nous procurant pas mal d'opportunités. La défense des Allemands tient le coup et leur gardien, Manuel Neuer, comme depuis le début du Mondial, est colossal. Il stoppe tout. L'impression que la partie pourrait durer des heures sans que l'on parvienne à marquer. Je multiplie les appels en profondeur, prend la diagonale. Mais rien n'y fait. Dans les arrêts de jeu, Benzema a beau être aux six mètres, dans un angle fermé, Neuer bloque sa tentative, pourtant puissante, d'une manchette qui nous laisse pantois et sans même donner l'impression de bouger. Proprement écœurant. Nous aurions mérité d'égaliser. Mais, voilà, les Allemands vont en demi-finales. Je ne peux pas retenir mes larmes. Des sanglots libérateurs. Je n'ai pas marqué durant ce Mondial, jouant côté gauche comme en club, et donc trop loin de la cage. Mais j'ai pris un plaisir fou à faire ce que je sais faire, à savoir jouer le une-deux ou les intervalles, toujours en mouvement, plutôt que de déborder et centrer.

Quitter les copains va être délicat. Nous avons vécu de merveilleux moments ensemble, sincèrement. L'ambiance était idyllique. Je ne compte pas le nombre de fois où nous avons refait le monde après le dîner. Je ne me souviens pas d'une seule engueulade. Les seules tensions qui régnaient émanaient de ceux qui avaient perdu aux petits jeux à l'entraînement.

Chacun y a mis du sien. Nous écoutions les leaders, Lloris et Evra. Hugo, le capitaine, peut sembler lisse mais il ne faut pas se fier aux apparences. Il parle rarement mais, quand il prend la parole, tout le monde écoute. Patrice, lui, est plus du genre chambreur. C'est le ciment du groupe. Il parle tout le temps, nous pique un peu lors des échauffements. Pat a dix ans de plus que moi, il a démarré en Bleu en 2004. Lorsque j'ai débarqué, je nourrissais quelques appréhensions. Comme beaucoup, j'avais l'image de quelqu'un qui se prend très au sérieux, qui peut perturber un groupe. Une étiquette née de son capitanat en Afrique du Sud lors de la Coupe du monde précédente. Le Patrice Evra que j'ai côtoyé n'a rien à voir. Dans le vestiaire, il envoie des vannes constamment, instille la bonne humeur. J'étais à côté de lui à Clairefontaine et souvent concerné par ses blagues. Mais il redevenait sérieux sur le terrain et il était le premier à me donner des conseils sur mon positionnement. Une vraie bonne surprise. Et puis quelle carrière ! Son humour est redoutable et il donne des surnoms à chacun. Grizou, c'est lui qui m'a appelé ainsi, et c'est resté.

Question de génération, j'étais aussi souvent avec Paul Pogba et Raphaël Varane. Raph est plus jeune que moi mais il est très mature et tranquille. Lors de mes premiers pas chez les Bleus, il s'est montré protecteur à mon égard, rassurant. Nous échangions souvent et, lors du travail à deux durant les séances, nous étions régulièrement ensemble. Paul est comme moi, il aime rigoler et déconner, mais aussi chanter et danser ; là, en revanche, je suis moins à l'aise. Je suis plus PlayStation, lui pas trop. Au fil du temps, Paul est devenu un véritable ami. Je lui ai dit que, s'il avait un jour ou deux de libres à Manchester, il pourrait me rendre visite à Madrid, faire connaissance avec Erika et la petite, dont je lui parle souvent. Il fait partie de la famille. Lui aussi, au Brésil, a été touché par cet échec contre l'Allemagne. Nous n'avions pas envie de rentrer mais il le fallait. Les premiers jours, je ressassais sans cesse le scénario du match, surtout que l'on ne parlait que des Bleus à la télévision. J'ai regardé nos bourreaux battre l'Argentine en finale, à Mâcon, puis je suis parti avec mes proches en vacances en Turquie. J'ai essayé de déconnecter mais ce n'était pas facile, d'autant que se négociait mon transfert à l'Atlético Madrid. Bref, des vacances pas totalement reposantes, avec plein de questions à l'esprit.

Si pour beaucoup d'observateurs j'étais considéré comme la révélation française de cette Coupe du monde parce que j'y ai apporté ma fraîcheur, je n'avais pas ce sentiment. Je ne me sentais pas encore important dans cette équipe. Je jouais souvent une heure et j'étais fréquemment le premier à sortir. Je prenais tout ce que le coach me donnait et essayais de m'illustrer aux entraînements. J'étais en manque de repères car, pour mes premières prestations à l'Atlético, je me contentais de bouts de matchs. Je voulais hausser mon niveau de jeu parce que je n'étais pas encore au maximum. Je n'étais pour l'instant indiscutable ni en club, ni en sélection. Le 4 septembre 2014, dix jours après avoir donné la passe décisive à Mario Mandzukic pour le but du titre en

Supercoupe d'Espagne contre le Real Madrid, j'ai honoré ma dixième sélection face à l'Espagne, que nous n'avions plus dominée depuis huit ans. Le Stade de France était plein à craquer. C'était notre première apparition après le quart de finale au Mondial. J'étais titulaire mais je suis resté sur la pelouse moins d'une heure. Loïc Rémy m'a remplacé et a marqué l'unique but de la rencontre. Jouer contre l'Espagne, qui m'a adopté depuis que j'ai quatorze ans, une nation championne du monde quatre ans plus tôt, aurait dû me motiver. Mais je n'y étais pas. Face à la Roja, qui alignait Sergio Ramos, Sergio Busquets ou Cesc Fabregas, je n'ai pas touché un ballon ou presque. J'étais hors du coup alors que, quatre jours plus tard, nous devions disputer un nouveau match amical à Belgrade. Nous avions prévu de rejoindre la Serbie le lendemain de la victoire contre l'Espagne, après un dernier entraînement au Stade de France.

À l'issue de cette séance, Didier Deschamps m'a invité à passer le voir dans le vestiaire. Il voulait avoir une petite discussion. D'emblée, il m'a lancé : « Alors, qu'est-ce que tu as ? Tu ne veux pas jouer ? Tu ne veux pas venir en équipe de France ? » Puis il a poursuivi : « Dis-le moi, s'il y a quelque chose avec le groupe ou avec moi, parce que, je vais te le dire cash, hier tu as été nul ! » J'ai encaissé et répondu : « Coach, je n'ai pas besoin que vous me le rappeliez. Je sais que j'ai été nul, ce n'était pas moi sur le terrain ! J'ai touché zéro ballon, je n'attaquais pas, je ne défendais pas. » La conversation a été franche. Le sélectionneur a insisté et m'a mis en garde : « Antoine, si ça continue comme ça, tu vas très peu jouer. » Je l'ai rassuré en lui affirmant que cela ne se reproduirait plus et que je ferai de mon mieux pour être à la hauteur de ses exigences et de mes propres attentes. Deschamps a eu raison de crever l'abcès, de jouer la carte de la vérité, même si ce n'était pas agréable à entendre. Il était dans son rôle. J'avais conscience de toute façon de ne pas être dans le rythme.

J'ai apprécié notre échange, plutôt qu'il me laisse cirer le banc sans explication. Pour être certain que le message soit enregistré, la rencontre sur le stade du Partizan Belgrade a été la seconde piqûre de rappel. J'étais remplaçant, et le coach a modifié les deux tiers de son équipe. À l'heure de jeu, j'ai commencé à m'échauffer. Karim Benzema venait de succéder à Loïc Rémy. Je n'étais pas dans les trois premiers à l'échauffement, dans mon esprit je ne jouerai pas. Mais j'ai poursuivi les mouvements. Rémy Cabella est sorti pour Alexandre Lacazette, puis Blaise Matuidi pour Paul Pogba. Nous n'étions plus que deux à nous échauffer. À la 82e minute, Mathieu Valbuena est rentré à la place de Moussa Sissoko, deux minutes après l'égalisation sur coup franc du défenseur de Manchester City Aleksandar Kolarov. Je me suis rassis. Ce que j'ai assimilé à une punition était implacable. Je comprenais ses choix. Je ne traversais pas ma meilleure période, je n'étais sans doute pas assez concentré en Bleu. L'attitude et les mots de Deschamps m'ont fait réfléchir. Et remis sur les bons rails. Il le fallait : l'Euro à la maison était en point de mire.

14

Le pire ennemi du footballeur

Je suis imperméable à la pression. Au contraire, je m'en nourris pour mieux m'en affranchir. Je ne prête pas attention à tout ce qui constitue le décorum de mon sport. Les commentaires glissent sur moi, les enjeux ne me paralysent pas. La seule pression, je l'ai connue à la naissance de ma Mia. Erika ayant dû accoucher par césarienne, j'ai eu peur pour elle et pour le bébé. Je ne savais pas quoi faire, j'étais impuissant. Ce n'est pas le cas sur le terrain ! Le ballon, je le connais depuis que je suis tout petit, et il ne va rien m'apprendre ni me surprendre. Le football reste un jeu. Un jeu auquel je m'ingénie à prendre du plaisir. Un jeu qui, vu des tribunes, paraît simple et facile. Lequel d'entre nous, dans un stade ou devant son téléviseur, n'a pas lancé, après le raté d'un attaquant : « Mais pourquoi il ne l'a pas mise au fond ? Pourquoi il n'a pas mis le plat du pied ? Pourquoi il ne lui a pas donné au lieu de tirer ? » Et encore, je suis poli ! Je les connais toutes, ces sentences que l'on jette spontanément, parce que moi-même, devant mon écran, je suis un supporteur du beau jeu et des buts. Je suis le premier à dire quel geste aurait été le meilleur.

Ce qu'on ignore, en revanche, c'est la manière dont l'attaquant a été amené à rater le but « tout fait ». J'ai traversé ce genre de zones de turbulences en fin d'année 2016. La preuve : je n'ai pas marqué en Liga pendant 843 minutes ! C'était long, beaucoup trop long. Muet en championnat depuis début octobre et neuf journées consécutives, j'ai enfin retrouvé le chemin des filets le 7 janvier 2017 sur la pelouse d'Eibar. J'avais marqué quatre jours plus tôt, mais en Coupe du Roi, contre Las Palmas. Le mental est le pire ennemi du footballeur. Je parle en connaissance de cause. J'étais en pleine période d'incertitudes et de passage à vide devant la cage, au début du mois de décembre, quand se présentait le Bayern Munich en Ligue des champions. Fin septembre, dans ce groupe D, nous l'avions battu 1-0, Yannick Ferreira Carrasco inscrivant le but de la victoire sur l'un de mes services tandis que j'expédiais un peu plus tard un penalty sur la barre transversale. L'enjeu de ce match en Bavière du 6 décembre était inexistant : nous étions assurés de finir premiers de la poule et le Bayern sûr de sa deuxième place.

La veille, nous étions à l'hôtel à Munich. Je ne savais pas si j'allais être aligné compte tenu du fait que la rencontre ne modifierait pas le classement, même si la fierté de s'imposer au Bayern et de pouvoir terminer la phase de poule invaincue existe.

Ce soir-là, une réunion est programmée à 22 h 30, après le repas. J'imagine que ce sera entre joueurs, car nous ne sommes pas dans les meilleures dispositions en championnat. J'arrive à la salle à 22 h 29. J'ai déjà un peu de stress. Je pense : « Merde, je vais être le dernier et ils vont m'attendre. » Ce n'est pas de ma faute mais de celle du jeu vidéo *Football Manager* ! Lorsque j'entre, je constate que nous ne sommes pas seuls. Le staff technique est là également, de l'entraîneur Diego Simeone que l'on appelle tous El Cholo à son adjoint German Burgos, de l'entraîneur des gardiens Pablo Vercellone au préparateur physique Oscar Ortega, sans oublier le deuxième adjoint de Simeone, Juan Vizcaíno, ancien joueur de l'Atlético Madrid. Je cherche du regard où sont placés « mes » Sud-Américains. Je les trouve et prends place à côté d'Angel Correa et de Miguel Moyà. La réunion démarre.

Le coach prend la parole en premier. C'est ensuite au tour de Diego Godín. Suivent Fernando Torres, Koke et Nico Gaitán. Je me demandais quand Diego Simeone allait lancer : « Et toi, Antoine, qu'est-ce que tu ressens ? » Après quelques minutes d'attente, mon tour survient. Je n'ai plus marqué depuis six matchs en Liga, j'ai conscience que je n'aide pas mon équipe à gagner. Je commence par un : « Je vais parler personnellement de ce que je ressens. » Je suis lancé. « Je ne suis pas heureux sur le terrain, je ne prends pas de plaisir. » Ce que je viens d'annoncer est fort. Sur ce, Cholo m'arrête et me demande : « Mais sais-tu pourquoi ? » Il répond à ma place. « Tu te mets trop de choses dans la tête.» Ce à quoi je rétorque : «Je pense que je suis en train de jouer ou de penser égoïstement alors que je déteste ça. Quand tu me dis de jouer à droite, je m'énerve. Quand tu me dis de jouer près de la surface, je m'énerve.» Et je prends l'exemple suivant : «L'autre jour, je suis descendu pour toucher le ballon et Gabi m'a dit : "Non, ne descends pas aussi bas, reste en haut." Et je l'ai envoyé chier en lui disant de me laisser libre de faire ce que je voulais. J'accomplis ce que tu me demandes, je prends la profondeur et je suis près de la cage. Mais, de temps en temps, j'ai besoin de redescendre. Je crois que c'est juste mental pour moi, voilà. Je vais continuer à travailler et à tout donner, comme à chaque fois.» J'ai vidé mon sac. Tout le monde a lancé son petit truc, la façon dont chacun percevait la situation. Il était important d'échanger, de connaître l'opinion de tous, de ne pas être envahi de non-dits.

J'évoque cet épisode car il permet de se rendre compte qu'un attaquant avec un peu moins de confiance en lui ne parviendrait pas nécessairement à marquer. Que, rongé par le doute, il va la mettre sur le poteau alors qu'il est libre de tout marquage et le gardien déjà au sol, implorant : «S'il te plaît, marque!» J'ai apprécié cette réunion, où l'on s'est dit les choses franchement. Bien sûr, le lendemain, nous avons perdu 0-1 contre le Bayern. Mais j'étais heureux d'avoir mis des mots sur mes maux, d'avoir transmis ce que je ressentais, d'être revenu sur mon manque d'efficacité ponctuel. Trois jours avant Munich, en championnat, nous avions accouché d'un triste 0-0 contre l'Espanyol Barcelone à la maison. En amont de la rencontre, l'Uruguayen Oscar Ortega, le préparateur physique, qu'on appelle *El Profe* («le professeur»), avait effectué un petit entraînement spécial pour les attaquants. L'exercice : huit frappes dans l'axe, quatre en angle fermé à gauche et quatre en angle fermé à droite. Résultat pour moi : un joli sept sur huit dans l'axe, un deux sur quatre côté gauche, un un sur quatre côté droit. Bref, j'étais *on fire* ! Je me suis même permis de chambrer notre gardien, le Slovène Jan Oblak, très susceptible. Avec Kevin Gameiro, nous l'avons gentiment taquiné.

Sauf que, contre l'Espanyol, j'ai bénéficié de trois occasions nettes et je n'ai pas marqué. J'ai été marqué, justement ! J'aurais pu et dû faire gagner mon équipe. Mais ça ne voulait pas rentrer, pour quelle raison ? Seuls les joueurs peuvent le comprendre. Mentalement, je n'étais pas dans le match. Je ne me trouvais pas à cent pour cent de concentration. En réalité, j'étais énervé car le coach m'avait mis à droite. Énervé car Gabi m'avait demandé de ne pas décrocher. Je me rendais compte que je n'étais pas en train de m'amuser mais que je boudais. C'est un peu ce que j'ai raconté à la réunion de Munich. Face à l'Espanyol, quand je reçois la balle de Gaitán et que je me trouve seul face au but, je ne suis pas dans la bonne disposition d'esprit pour marquer. Je suis simplement prêt à frapper et à attendre de voir ce que ça donne. Ce n'est pas ça, mon jeu. Non, je ne suis pas prêt à tirer et à «tuer» le gardien, comme je devrais l'être. Du coup, je frappe de l'intérieur du pied, un tir mou, que Diego López arrête sans forcer. En général, tu me mets la même occasion quand je m'amuse sur le terrain, et je suis déjà en train de faire mon « Hotline Bling » afin de célébrer le but ! Le football, c'est les jambes, mais surtout la tête...

15

Un Euro sous pression

J'ai mis du temps à me faire ma place en équipe de France. La Coupe du monde 2014 au Brésil, bien qu'enrichissante, n'a pas été un blanc-seing. Dans la foulée, après ma sortie précoce face à l'Espagne sanctionnant une prestation médiocre et le fait de ne pas avoir quitté le banc de touche en Serbie, j'ai retrouvé une place de titulaire au mois d'octobre 2014 au Stade de France, contre le Portugal. Morgan Schneiderlin m'a remplacé à six minutes du terme de ce succès de prestige. Trois jours plus tard, le 14, à Erevan, les Bleus se sont imposés 3-0, toujours en amical ; ce sera le cas jusqu'à l'Euro, dont la France est l'organisatrice et à ce titre qualifiée d'office. En Arménie, je suis entré à la pause. À la 84e minute, contrôlant une passe en profondeur dans l'axe d'André-Pierre Gignac, j'ai effacé le gardien d'un double contact avant de marquer dans le but vide. De quoi restaurer la confiance. Mais nous n'avons pas eu le temps de souffler : à la mi-novembre, l'Albanie nous a rendu visite à Rennes.

L'adversaire s'est montré coriace et menait à la mi-temps. Didier Deschamps m'a lancé juste avant l'heure de jeu, en remplacement de Yohan Cabaye. À la 73e minute, décalé par Christophe Jallet sur la droite, j'ai perforé la défense et déclenché une frappe puissante du gauche à ras de terre. Le gardien n'a pas pu l'arrêter. L'année 2014 s'est achevée au Vélodrome de Marseille par une courte victoire contre la Suède de Zlatan Ibrahimovic, lequel, blessé, devra déclarer forfait. À Marseille, Raphaël Varane, promu capitaine d'un soir, a inscrit de la tête, sur un corner que j'ai tiré de la gauche, le but de la victoire. J'ai disputé l'intégralité de la rencontre. Cela portait mon total à quatorze sélections en neuf mois. Et à cinq réalisations. Le ratio s'avérait plus qu'honorable – j'étais par exemple en avance sur les temps de passage de Thierry Henry et David Trezeguet –, surtout que j'évoluais la plupart du temps sur un côté.

La curiosité résidait dans le fait que mes cinq buts avaient été réussis après que je fus entré en jeu. L'adversaire était un peu fatigué, j'en profitais alors, même si forcément je manquais de rythme, pour apporter ma vivacité et ma percussion. De là à être considéré comme un joker... C'est simple : sur les neufs matchs entamés jusque-là, je n'avais pas inscrit de but en 698 minutes tandis que, sorti du banc, j'en avais planté cinq en 142 minutes passées sur la pelouse, soit un but toutes les 28,4 minutes ! Le risque existait d'être réduit au rôle de joker de luxe, celui qu'on extirpe de sa boîte quand la situation l'exige. Ce n'est pas ce que je recherchais. Chambreur, le coach m'avait titillé sur le thème : « Si tu continues comme ça, tu ne seras plus titulaire mais tout le temps notre remplaçant. » C'était dit avec le sourire car je me montrais efficace quand j'étais lancé, mais ce n'est pas ce dont j'avais envie. Mon ambition était de m'inscrire dans le onze de départ, de devenir l'un des hommes forts du groupe. J'avais à cœur de montrer que je n'étais pas un simple joker. Moi qui aime toucher beaucoup le ballon et revendiquer ma liberté, je me cherchais, d'autant que, chez les Bleus, l'axe revenait à Karim Benzema alors que, à l'Atlético Madrid, Diego Simeone me demandait de figurer en pointe. Je donnais tout en sélection, je faisais de mon mieux. Mais je n'avais pas encore réalisé mon match-référence.

L'entame internationale de 2015 n'a, de ce point de vue, pas constitué une avancée. Les Bleus se sont inclinés 1-3 au Stade de France en mars contre le Brésil de Neymar et de Thiago Silva. Si Didier Deschamps m'a fait démarrer la partie, il m'a sorti à un quart d'heure de la fin. Ma performance n'a pas été transcendante, c'était d'autant plus dommage que, avec l'Atlético, j'en étais déjà à quatorze buts en Liga. Trois jours plus tard, le 29 mars à Saint-Étienne, contre le Danemark, j'ai disputé la première heure, sur mon côté gauche. Avant l'été, j'ai été sorti à la mi-temps au Stade de France face à la Belgique, qui nous en a mis quatre (3-4), puis je suis resté sur la pelouse une heure, une semaine plus tard, à Tirana (Albanie). Malgré ces deux défaites, l'ambiance restait conviviale. Dès le début, je me suis particulièrement bien entendu avec Paul Pogba. En sélection, nous sommes tout le temps ensemble. Dans la saison, nous échangeons beaucoup, nous nous envoyons des photos par Snapchat. Lui aussi est très famille, avec une maman omniprésente et deux frères également footballeurs. Lui aussi aime rigoler et mettre l'ambiance. Lui aussi est parti très jeune de chez lui : originaire de Seine-et-Marne, il a rejoint Le Havre à quatorze ans, puis Manchester deux ans plus tard. Paul est un mec extra. Du fait de sa surmédiatisation, du montant de son transfert et de son jeu spectaculaire, chacune de ses attitudes est scrutée. Il attire toutes les lumières. La presse est très exigeante avec lui, parfois trop sévère à mon goût. Il peut donner le sentiment que tout glisse sur lui mais ce n'est pas le cas. Je lui ai suggéré de ne pas faire trop attention à tout ce qu'il se dit et de travailler. C'est un gros bosseur, un joueur remarquable. Et qui a besoin d'amour. Les médias, même s'ils font leur boulot, devraient davantage l'encourager. Il ne faut pas oublier qu'il a seulement vingt-trois ans. Il n'est pas reconnu à sa juste valeur. Paul a le potentiel pour un jour remporter le Ballon d'or. Cristiano Ronaldo et Messi ne sont pas éternels...

À Lisbonne, sur la pelouse du stade José-Alvalade, le 4 septembre 2015, j'ai débuté sur la touche contre le Portugal de CR7, justement. Mais je suis rentré plus tôt que prévu : à la 14e minute, Nabil Fekir a été touché aux ligaments croisés du genou. Il s'est écroulé après s'être blessé tout seul, ce qui l'éloignera de longs mois des terrains. J'ai jailli du banc pour lui succéder et participer à cette victoire encourageante.

J'étais triste pour Nabil, que j'apprécie. D'ailleurs, en octobre 2016, quand il reviendra chez les Bleus, je poserai en photo dans le vestiaire à côté de lui, portant son maillot numéro 12. Trois jours après Lisbonne, nous avons accueilli la Serbie à Bordeaux. Blaise Matuidi a inscrit nos deux buts et j'ai disputé toute la rencontre ou presque : le coach m'a sorti à la 90e minute. La montée en puissance vers l'Euro s'est poursuivie le 8 octobre à Nice contre l'Arménie. J'y avais déjà marqué contre le Paraguay. J'ai récidivé à l'Allianz Riviera. À la 35e minute, à la suite d'un une-deux avec Karim Benzema, j'ai frappé fort du droit dans la surface. Le ballon est passé entre les jambes du gardien. Il s'agissait de mon premier but en tant que Bleu depuis plus d'un an, le premier aussi comme titulaire. Il était temps, après vingt et une sélections ! Trois jours plus tard, à Copenhague, nous nous sommes imposés 2-1 contre le Danemark, sur un doublé d'Olivier Giroud. Mathieu Valbuena m'a remplacé à douze minutes du terme. Deux rendez-vous de gala se profilaient le mois suivant : la visite des champions du monde allemands et un déplacement à Wembley contre l'Angleterre.

Ce 13 novembre 2015, le Stade de France constituait un bel écrin pour recevoir l'Allemagne. Mes parents se trouvaient en tribune. J'étais aligné d'entrée – ça commençait à devenir une habitude – aux côtés d'Olivier Giroud et d'Anthony Martial. La pelouse n'était pas en très bon état. Alors, bien sûr, les Bleus enchaîneront une cinquième victoire consécutive et je jouerai quatre-vingts minutes, jusqu'à ce qu'Hatem Ben Arfa me remplace. Mais que pèse ce match au regard du terrible drame qui se nouait au même moment autour du stade et au Bataclan? Rien, évidemment. Sur les images, un peu après le quart de jeu, on voit Patrice Evra qui écarquille les yeux au moment d'effectuer une passe en retrait, comme s'il se demandait ce qui se passait. Il était positionné près de la tribune Est et a entendu une sorte d'explosion. Mais, comme tout le monde, il imaginait qu'il s'agissait d'une bombe agricole ou de gros pétards. Il y avait des fumigènes, l'ambiance était chaleureuse. Nous n'entendions pas l'agitation autour ni les sirènes de police. À la mi-temps, nous avons regagné le vestiaire normalement. Le flou le plus total régnait. La consigne avait été donnée de ne pas nous informer. Nous ne savions pas, par exemple, que le président de la République, alerté des multiples fusillades au cœur de Paris, avait été exfiltré du Stade de France. Comme je ne prêterai pas attention à l'hélicoptère qui survolera l'enceinte.

À la fin du match, le speaker a parlé d'un «incident» à l'extérieur. En empruntant le tunnel, nous avons aperçu quelques images sur l'écran, où il était question de prise d'otages. Nous avons pris d'un coup conscience de la situation, même si ce n'était pas encore prégnant. Mais, très vite, l'effroi a gagné au fur et à mesure que nous regardions les chaînes d'info en direct, quand nous pouvions en capter des bouts. Les conférences de presse et le passage en zone mixte ont, naturellement, été annulés. Nous n'avions pas le droit de sortir. Je savais que Maud, fondue de musique, assistait à un concert dans Paris. Mais j'ignorais à quel endroit. J'ai appelé ma mère, qui était dans les tribunes avec mon père. « Où est Maud ? » ai-je demandé. « À un concert de je ne sais plus qui mais ce n'est pas au Bataclan », a-t-elle répondu avec assurance. J'ai insisté, comme si j'avais un pressentiment : « Donne-moi le nom du groupe, je suis sûr qu'elle est là-bas. Donne-moi le nom du groupe... » « Il s'agit d'un groupe de rock », réplique ma mère. Aussi sec, j'ai répondu : « Je la connais : je sais que c'est le groupe qui jouait au Bataclan », en l'occurrence Eagles of Death Metal. J'ai cherché à la joindre. Elle ne répondait pas. J'ai laissé des messages. Je suis allé à la douche. Dans le vestiaire, la télévision était éteinte. J'ai rapidement rejoint mes parents dans le salon des joueurs. Ils m'ont confirmé que ma sœur était au Bataclan, avec un ami. Nous avons eu très très peur. L'angoisse était puissante. Impossible de savoir si elle allait bien.

Elle a fini par décrocher. Maud parlait à voix basse. Puis la conversation a été coupée. De nouveau, son téléphone ne répondait plus. Très tard dans la nuit, elle a pu appeler ma mère en lui expliquant qu'elle était sortie après l'intervention des forces de l'ordre. Elle s'était réfugiée dans un restaurant, avec d'autres survivants, alors que la police continuait les opérations à l'intérieur. Le soulagement a été extrême. Je remercie celui qui est en haut... La soirée a été dure, interminable. Maud était saine et sauve, tous les Griezmann aussi. Quand elle a pu quitter le Bataclan, elle a couru à toutes jambes, enlevant ses chaussures pour aller plus vite encore. Il était près de deux heures du matin. Elle a voulu prendre un taxi mais ils ne se sont pas arrêtés. Ils refusaient de l'embarquer car elle était couverte de sang, celui des blessés et des cadavres, et ils ne tenaient pas à ce que leur banquette soit tachée. Elle a pu finalement en attraper un, place de la République. Une fois chez elle, elle s'est longuement douchée. Nous, les joueurs, avons été évacués un peu avant trois heures du matin, direction Clairefontaine. Sur place, avec Hugo Lloris, Dimitri Payet et les autres, nous nous sommes rués sur les télés. C'est là où nous avons véritablement pris conscience des scènes de guerre qui avaient marqué Paris. Sous le choc, les Allemands ont préféré passer la nuit dans le vestiaire, puis regagner directement l'aéroport. Je suis pudique et je n'ai pas trop reparlé avec Maud de la tragique soirée du 13 novembre. Elle aussi s'est montrée discrète[1], ce que je comprends

1. Maud Griezmann a fait une exception pour le *New York Times* et pour *L'Équipe*, confiant dans ce dernier : « En fait, le 13 novembre est le jour que j'aimerais qu'il oublie, lui. Lui et tous les autres membres de ma famille. Jusque-là, personne n'était au courant qu'il avait une sœur, ce qui ne m'embêtait absolument pas, au contraire. J'avais ma vie et lui la sienne. (...) Quand Antoine m'a revue pour la première fois, un peu moins d'une semaine après, il m'a dit : "J'ai l'impression qu'il ne t'est rien arrivé." En fait, je ne voulais pas montrer que j'étais affectée. Pour moi, je n'étais pas une victime, parce que je n'étais ni blessée ni morte. Donc il fallait aller de l'avant. (...) Je suis quand même restée plus d'une heure et demie coincée à l'intérieur. Je sais qu'au début, mes parents et mes frères se sont fait beaucoup de souci. Par la suite, ils ont compris que je faisais ma propre thérapie tout seule en faisant la "con" et en parlant ouvertement aux potes. »

parfaitement. On pense toujours que ce genre d'événement n'arrive qu'aux autres. Ce n'est pas le cas. Elle aurait pu y passer. Il a fallu se reconstruire. Maud a ensuite passé quelques jours à la maison à Madrid, mes parents aussi.

Je ne me suis pas étendu sur le sujet. J'ai toutefois tweeté, afin de rassurer tout le monde : « Grâce à Dieu, ma sœur a pu sortir du Bataclan. Toutes mes prières vont aux victimes et à leurs familles. » Ces attentats revendiqués par Daech ont été les plus sanglants de l'histoire de France avec cent trente morts et des centaines de blessés. Parmi les victimes, Asta Diakité, alors qu'elle se trouvait dans sa voiture. C'était la cousine de Lassana Diarra, qui au même moment était sur la pelouse du Stade de France contre l'Allemagne. Il a partagé sa tristesse sur les réseaux sociaux et tenu à lui rendre hommage. Dans un message émouvant et pertinent, Lass a écrit : « À la suite des événements dramatiques survenus hier à Paris et à Saint-Denis, c'est avec le cœur lourd que je prends la parole aujourd'hui. Comme vous l'avez peut-être lu, j'ai été personnellement touché par ces attentats. Ma cousine, Asta Diakité, figure parmi les victimes de l'une des fusillades ayant eu lieu hier, comme des centaines d'autres Français innocents. Elle a été pour moi un repère, un soutien, une grande sœur. Dans ce climat de terreur, il est important pour nous tous, qui sommes représentants de notre pays et de sa diversité, de prendre la parole et de rester unis face à une horreur qui n'a ni couleur ni religion. Défendons ensemble l'amour, le respect et la paix. Merci à tous pour vos témoignages et vos messages, prenez soin de vous et des vôtres, et que nos victimes reposent en paix. »

Autant dire que, quatre jours après une telle onde de choc, nous n'avions aucune envie de fouler le temple de Wembley. « Pourquoi jouer au foot dans cette période ? Ça ne sert à rien... » Tel était l'état de ma réflexion. J'aurais préféré être avec ma sœur plutôt qu'avec les Bleus. Il a été décidé par la Fédération que la partie devait être maintenue. Pour l'occasion, si je puis dire, l'hymne « God Save the Queen » a résonné avant le nôtre. « La Marseillaise » ayant suivi a été particulièrement émouvante, chantée ensemble par les supporteurs français et anglais. Puis les quatre-vingt-dix mille spectateurs ont respecté avec pudeur la minute de silence précédant le coup d'envoi. J'ai repensé à Maud et à toutes les victimes. Ce 17 novembre n'était pas un jour de football... Pour l'anecdote, à Londres, l'équipe de France s'est inclinée et je suis rentré à la 67e minute. Lassana Diarra m'a précédé de dix minutes. Il a été digne. Durant le rassemblement, il était en colère mais ne s'est jamais départi de son calme. Devant nous, il ne s'est pas épanché.

La vie a repris ses droits, tant bien que mal. Sur un plan beaucoup plus égoïste, je n'étais pas à plaindre. Lors du match suivant de l'équipe de France, le 25 mars 2016 à Amsterdam, je suis arrivé en pleine confiance. Je flambais avec l'Atlético Madrid, notamment en Ligue des champions, et Erika était enceinte. Pour moi, qui ai besoin d'être heureux dans mon quotidien pour être performant sur le terrain, c'était parfait. Très sollicité en club, je n'ai joué que la première période. Suffisant pour inscrire mon huitième but en Bleu, dès la 6e minute, transformant un coup franc que j'avais obtenu. J'étais à un peu plus de vingt mètres des cages, à droite de la surface, et ma frappe du gauche s'est logée dans la lucarne opposée. J'ai opté pour une autre célébration, m'inspirant de celle de mon partenaire madrilène Fernando Torres. Mon but a glacé l'atmosphère d'une Arena émue par la disparition la veille de l'icône du football, le Néerlandais Johan Cruyff. Quatre jours plus tard, c'est la Russie qui se présentait au Stade de France, une arène que nous n'avions plus fréquentée depuis les attentats de novembre. Il s'agissait du dernier match avant la liste de l'Euro. J'y ai participé une bonne heure, le temps de distiller une passe décisive à N'Golo Kanté et une autre à André-Pierre Gignac. La victoire 4-2 a démontré si besoin était l'étendue de notre potentiel offensif.

En avril, je suis devenu un homme comblé avec la naissance de ma fille Mia. Ce même mois, Karim Benzema sera moins en veine. Le 13, il a annoncé lui-même via un tweet : « Malheureusement pour moi et pour tous ceux qui m'ont toujours soutenu et supporté, je ne serai pas sélectionné pour notre Euro en France.... » La Fédération française le confirmera par un communiqué[1]. J'étais déçu pour Karim. Le feuilleton judiciaire, auquel le monde politique a contribué à donner de l'ampleur, a été largement commenté, trop. Cette agitation n'a pas perturbé les Bleus. Bien sûr, le fait que deux coéquipiers soient concernés n'était pas facile à supporter. J'aurais été ravi que Karim et Mathieu (Valbuena) participent à la compétition mais, et c'est bien normal, les joueurs n'ont pas été consultés. Pour être honnête, je pensais surtout à moi, à arriver au top pour l'Euro et, en attendant, à continuer d'avancer en Ligue des champions. J'étais entièrement focalisé sur mon jeu et rien d'autre. Compte tenu de l'aura médiatique de Karim et de son statut, j'avais conscience que son absence ajouterait de la pression sur les épaules de Paul Pogba et les miennes. Le mois suivant, Didier Deschamps a dévoilé sa liste pour l'Euro. Il n'existait plus me concernant le même suspense que pour le Mondial 2014. Cette fois, je savais que j'en serais. Parmi les autres attaquants, Dimitri Payet, Anthony Martial, Kingsley Coman, Olivier Giroud et André-Pierre

1. « Le président et le sélectionneur tiennent à rappeler que la performance sportive est un critère important mais pas exclusif pour décider de la sélection au sein de l'équipe de France. La capacité des joueurs à œuvrer dans le sens de l'unité, au sein et autour du groupe, l'exemplarité et la préservation du groupe sont également prises en compte par l'ensemble des sélectionneurs de la Fédération. Il en résulte que Noël Le Graët et Didier Deschamps ont décidé que Karim Benzema ne pourra pas participer à l'Euro 2016. » Benzema a payé sa mise en examen depuis novembre 2015 pour « complicité de tentative de chantage » et « participation à une association de malfaiteurs » dans le cadre de l'affaire du chantage présumé à la *sextape* à l'encontre de Mathieu Valbuena.

Gignac. Aux vingt-trois élus, le coach a ajouté huit réservistes : Alphonse Areola, Hatem Ben Arfa, Kevin Gameiro, Alexandre Lacazette, Adrien Rabiot, Morgan Schneiderlin, Djibril Sidibé et Samuel Umtiti. Finale de C1 oblige, j'ai rejoint le groupe directement lors du stage en Autriche, à dix jours seulement du match d'ouverture. À Metz, le 4 juin, le temps d'une mi-temps contre l'Écosse, j'ai renoué avec mes partenaires, qui s'étaient imposés sans moi à Nantes contre le Cameroun. Une bonne phase d'échauffement.

En phase d'abordage de l'Euro, il a beaucoup été question de mon état de fatigue à l'instant de rejoindre les Bleus. J'avais en effet disputé une saison à rallonge, participant à 54 matchs avec mon club, à 63 au total, chiffre dont je comprends qu'il puisse impressionner. Certains s'étaient même amusés à calculer le nombre de mes kilomètres courus en Ligue des champions : plus de 142 en treize matchs, second total de l'épreuve derrière mon capitaine à l'Atlético, Gabi. Je ne me sentais pas spécialement épuisé et j'ai soigné ma récupération pour démarrer au mieux. J'avais hâte que ça commence. La veille du match d'ouverture, nous avons dormi non pas à Clairefontaine, notre camp de base, mais dans un hôtel à Bercy, le règlement de l'UEFA stipulant qu'avant une rencontre de ce type nous ne pouvions pas nous trouver à plus de soixante kilomètres du stade. La télévision diffusait un grand show au pied de la tour Eiffel pour lancer l'événement. Nous l'avons suivi ensemble devant l'écran et avons kiffé. J'ai d'ailleurs tweeté : « Tu peux baisser la musique, David Guetta, je n'arrive pas à dormir. #ShowEnorme. » J'avais envie de jouer et je gardais le sourire, même si naturellement, je n'avais pas digéré la perte quelques jours plus tôt d'une finale de Ligue des champions et l'envoi d'un penalty sur la transversale. Alors que je devais me projeter sur la Roumanie, je ne pouvais faire autrement que ressasser tout cela. Je revoyais la balle, repoussée par la barre, ne pas franchir la ligne et repartir de l'autre côté. J'étais à deux doigts de toucher la Coupe... J'avais des idées noires à chasser.

J'ai débuté comme titulaire contre la Roumanie. Le match d'ouverture au Stade de France n'a pas été flamboyant. Dimitri Payet a arraché la victoire sur le fil ce 10 juin. J'ai observé sa superbe frappe du gauche depuis le banc. Je ne figurais plus sur la pelouse : j'ai été le premier Bleu sorti par Didier Deschamps à la 66e minute. Au quart d'heure, j'ai eu l'opportunité d'ouvrir la marque sur un centre de Bacary Sagna mais ma tête, effectuée après un rebond, a terminé sur le poteau. Cette tête à bout portant sur le montant illustre que, mentalement, je n'étais pas au top. Normalement, ce genre de ballon, ça va au fond... J'étais content pour Dim, qui n'a pas pu retenir ses larmes après son but. Nous avons souffert, mais l'essentiel était la victoire. Il y a eu du suspense et de l'engagement ; le scénario idéal pour entraîner tout le monde et chauffer le public !

À Clairefontaine, nous étions dans un cocon. En dehors des entraînements, nous regardions les autres matchs sur le grand écran de la salle de vidéo, je faisais du gainage au niveau des jambes pour le renforcement musculaire. Certains préféraient rester tranquille en chambre, d'autres jouaient au Perudo, un jeu de dés d'inspiration chilienne. Je ne prends pas de petit déjeuner. Mais, le 13 juin, en rejoignant la salle, j'ai vu comme chaque matin la presse, étalée sous le miroir d'en face. À la une, un gros titre : « L'inquiétude Griezmann. » Sur la photo, maillot avec le coq sur les épaules, j'étais accroupi, le regard dans le vide. Il était écrit, pour annoncer les deux pages à l'intérieur consacrées au « dossier » : « Leader annoncé de l'équipe de France, l'attaquant de l'Atlético de Madrid s'est montré très effacé contre la Roumanie (2-1), vendredi dernier. Faut-il s'en soucier ? » Je l'ai très mal pris. J'ai pensé : « Ah, les enfoirés ! » Je n'avais pas besoin de ça. Pas à ce moment, après la Roumanie, après une finale de Ligue des champions perdue et une saison à plus de soixante matchs. Je donnais tout pour mon pays et voilà comment j'étais traité en retour... Il est impossible de rester blindé face à cela. Mon père, qui lit tous les journaux, a été atteint. Et moi aussi, par ricochet.

J'avais bien conscience d'avoir raté mon entrée dans l'Euro. J'avais le regard tourné vers notre prochain adversaire, l'Albanie, au stade Vélodrome à Marseille, le 15 juin. Je tenais à me rattraper, à me venger. La veille du match, ou peut-être le matin même, je ne m'en souviens plus, le coach a débarqué dans ma chambre. Il m'a annoncé avoir procédé à un choix, m'expliquant que j'allais débuter sur le banc. Il m'a prévenu que ce n'était pas une sanction, que j'allais certainement rentrer en jeu. Ma première réaction a consisté à aller trouver Paul Pogba afin de l'en informer. Ce à quoi il m'a répondu : « C'est pareil pour moi ! » Le rôle de Didier Deschamps consiste à trancher, à trouver la meilleure formule dans un groupe de vingt-trois. Forcément, il y a à chaque fois des déçus. Il était dans son rôle. Savoir que Paul et moi n'allions pas jouer d'entrée a été une déception. J'ai eu quelque part le sentiment que les journalistes de *L'Équipe* ne nous avaient pas aidés, mais plutôt enfoncés, même. Ils sont tombés sur nous. C'était dur à avaler même si nous imaginions que nous allions rentrer en cours de match. Je ne prétends pas que le coach ait cédé à la pression médiatique mais disons que cette une n'a rien arrangé, comme l'attention quasi uniquement focalisée sur Paul et moi par les télés. La situation était un peu pénible. Mais l'issue a été belle pour nous deux. Il a été lancé à la mi-temps, moi à la 68e minute, à la place de Kingsley Coman alors que le score était de 0-0. Et c'est moi qui ai libéré les Bleus – et je me suis libéré – à la 90e minute, reprenant d'une tête piquée décroisée un centre de la droite envoyé par Adil Rami. Quel pied ! Mon premier but dans un Euro, moi qui n'avait pas marqué lors du Mondial ! J'étais fou de joie. Au bout des arrêts de jeu, Dimitri Payet, d'une frappe enroulée, a donné plus de relief à notre victoire, très longue à se dessiner. Ce deuxième succès en autant de rencontres nous qualifiait pour les huitièmes de finale.

Pour que la première place de la poule soit garantie, encore fallait-il ne pas perdre contre la Suisse, le 19 juin au stade Pierre-Mauroy de Villeneuve-d'Ascq.

Paul et moi étions de nouveau titulaires pour ce drôle de match, riche en occasions. Il a disputé toute la rencontre et envoyé un tir sur la barre. Quant à moi, je suis sorti à la 77e minute, remplacé par Blaise Matuidi. J'aurais pu ouvrir la marque mais le gardien aussi a bien arrêté ma tentative du droit, née d'un une-deux avec André-Pierre Gignac : j'avais trop frappé au milieu. Nous nous sommes séparés bons amis, sur un score nul et vierge. Aucun blessé n'a été à déplorer et nous n'avions pas laissé trop d'énergie : bilan parfait. J'ai éprouvé de bonnes sensations, je savais que je montais en puissance.

Il faudra attendre afin de connaître notre adversaire. Nous pensions que ce serait l'Irlande du Nord. Ce sera finalement la République d'Irlande, qui en battant l'Italie a terminé troisième de son groupe derrière l'Allemagne et la Pologne. Le choc était programmé à Lyon, dans le nouveau Parc OL. Autant dire que nous étions favoris face à une équipe dont tous les joueurs évoluent en Angleterre, excepté leur vétéran Robbie Keane, qui sévissait en Australie. Olivier Giroud s'est retrouvé naturellement en pointe, j'étais derrière sur les côtés, à droite, avec Dimitri Payet en face. Le coup d'envoi a été donné le dimanche 26 juin à 15 heures, sous un beau soleil. Sauf que, très vite, le temps a tourné à l'orage. À la deuxième minute, Paul Pogba a commis une faute dans la surface sur Shane Long, l'attaquant de Southampton. Quand l'arbitre a désigné le point de penalty, je me suis dit : « Putain, pas maintenant ! S'il marque, ça va être dur de revenir. » Robbie Brady l'a mise au fond. Nous avons été cueillis à froid et peinions à réagir. Nous n'arrivions pas à créer le danger. Aucune occasion franche à se mettre sous la dent, tandis que la chaleur augmentait. J'ignorais encore que, à la mi-temps, Didier Deschamps allait prendre une décision radicale. Une décision qui se révélerait décisive pour mon Euro et ma carrière en Bleu, prouvant que je pouvais devenir le joueur que je voulais être.

16

Dans l'histoire de l'Atlético Madrid

Je fais attention à chacun de mes faits et gestes, n'oubliant jamais d'adresser un sourire aux fans. Il ne s'agit pas de la seule raison pour expliquer ma popularité auprès des jeunes[1]. Reste que cela fait partie du job. Et que, surtout, j'aime ça. Il arrive pourtant, parfois, que je m'en exonérerais bien, notamment en vacances. Ainsi, à l'été 2014, après notre élimination au Brésil en quarts de finale du Mondial, je suis parti avec toute ma famille en Turquie, au Club Med. J'aspirais à décompresser, me reposer, profiter des miens. J'ai pu mesurer que je commençais réellement à être (re) connu en dehors de l'Espagne. Les demandes, toujours bienveillantes, étaient incessantes. Elles devenaient fatigantes car j'étais au repos et, mortifié par notre défaite face à l'Allemagne (0-1), j'avais envie de tout oublier.

---

1. En mars 2017, *Le Journal de Mickey* a dressé la liste des cinquante personnalités préférées des sept-quatorze ans. Le sondage indique qu'Antoine Griezmann est le deuxième du classement, derrière le rappeur Soprano.

Je savais par ailleurs que mon futur était en train de se dessiner. Je voulais en effet partir de la Real Sociedad. J'estimais avoir fait le tour de la question. J'éprouvais le besoin de vivre autre chose, de me sentir en danger, de me battre toutes les semaines pour gagner ma place, de disputer la Ligue des champions et le haut du tableau chaque saison. À Éric Olhats de s'occuper du volet sportif de cette prochaine destination. Il commençait à y avoir urgence car, deux semaines plus tard, j'étais convoqué à la reprise de l'entraînement, à Zubieta. Bien sûr, je pouvais partir alors que la présaison avait démarré mais je souhaitais que le transfert soit bouclé avant. Je ne m'imaginais pas m'entraîner avec une équipe que je tenais à quitter.

Je me trouvais toujours en Turquie quand Éric a appelé. Ma clause libératoire avait été fixée par la Real Sociedad à 30 millions d'euros. « Antoine, on a Tottenham qui est intéressé. Ils sont prêts à verser 20 millions de livres, soit environ 25 millions d'euros. Mais je ne sais pas si le président de la Real va accepter... Ils sont en train d'en discuter ensemble. Et toi, tu aimerais y aller ou tu préfères patienter ? » m'a-t-il interrogé. Les Spurs de Tottenham, l'un des clubs de Londres, désormais entraînés par l'Argentin Mauricio Pochettino. Je ne voulais pas me précipiter ni m'emballer. « Attendons déjà qu'ils se mettent d'accord. On verra ensuite... », ai-je répondu.

Chaque jour qui passait, un nouveau club se montrait intéressé. Mais aucun d'eux ne formulait une bonne offre. Ou, pour être plus précis, aucun ne faisait véritablement une offre. Je continuais de bronzer quand le téléphone a de nouveau retenti. C'était Éric. «Allô, Antoine, ça va? J'ai reçu un appel de l'Atlético Madrid... Et, là, c'est très sérieux. Ils sont très chauds. Tu en penses quoi?» J'étais enthousiaste. Mais j'avais une crainte : Diego Simeone. Du moins le caractère éruptif de l'entraîneur. «Ça peut le faire mais, le coach, il est fou, non?» ai-je demandé à Éric. J'étais très tenté. J'ai ajouté : «J'aime bien l'équipe, ça joue la Ligue des champions et ils vont continuer à regarder vers le haut! Il faut qu'on fonce, que l'Atlético fasse une proposition à la Real Sociedad. Si le club accepte, je les rencontre.» Je m'en suis ouvert à Erika. «Niveau football, je te laisse gérer, bien sûr, et j'ai confiance. Quant à la ville, je pense que je vais aimer. Madrid, c'est la capitale et j'ai une amie là-bas, donc ne t'inquiète pas pour moi.» Mais quelque chose la tracassait. «En revanche, je crains la réaction des supporteurs de la Real.» Je partageais ses doutes. J'ai beaucoup de respect pour eux, ils m'ont toujours encouragé et jamais sifflé. J'espérais qu'ils comprendraient ma décision.

Après ma discussion avec Erika, j'ai contacté mon partenaire à la Real, l'Uruguayen «Chori», comme on le surnomme tous – de son vrai nom Gonzalo Castro Irizábal –, pour lui demander le numéro de téléphone de son compatriote Godín. Diego Godín, le défenseur central de l'Atlético depuis 2010 qui, lui aussi, venait de disputer le Mondial, marquant contre l'Italie le but qui envoyait les siens en huitièmes de finale. Un sacré joueur et une tête bien faite : avant la Coupe du monde, il avait inscrit de cette manière le but qui offrait à l'Atlético son dixième titre de champion d'Espagne lors de la dernière journée de Liga au Camp Nou, puis celui de l'ouverture du score en finale de Ligue des champions contre le Real Madrid. Chori m'a envoyé son numéro et j'ai appelé Godín.

« Diego, c'est Antoine. Ça va ?! Dis-moi, je voulais savoir un peu comment était le vestiaire, le coach, le club...

— Antoine, ça va, et toi ? Ne t'inquiète pas, ici le vestiaire est très cool. On est comme une famille, vraiment. On est ensemble, on se serre les coudes toute l'année. En plus, les supporteurs sont top avec nous. Le club est très ambitieux et vise le haut de l'affiche. Viens, ne fais pas le con. Allez, viens... »

Il a terminé dans un éclat de rire, en disant : « Je ne sais pas si on va gagner mais on va bien se marrer... »

Après cet échange et les paroles rassurantes de Godín, je n'avais plus d'hésitation. Deux heures plus tard, Éric m'a relancé. Il voulait savoir quand je rentrais de Turquie, les dirigeants de l'Atlético étant prêts à me rencontrer dans un restaurant de Lyon. Je m'imaginais déjà portant le maillot de Madrid. Je commençais à prendre conscience du fait que les supporteurs de la Real Sociedad n'apprécieraient sans doute pas, compte tenu de la rivalité avec l'Atlético, mais je voulais y aller. Je leur demanderais juste de respecter mon choix. Mais nous n'en étions pas encore là.

Au rendez-vous lyonnais, mon père m'a accompagné. Il n'allait pas tout comprendre, les discussions ayant lieu en espagnol, mais je trouvais judicieux qu'à ce moment-là, il soit à mes côtés. Le repas s'est déroulé en présence de Miguel Ángel Gil Marín, actionnaire majoritaire de l'Atlético et directeur général, d'Andrea Berta, directeur sportif, ainsi que d'autres membres du club. Ils avaient effectué le déplacement rien que pour moi. Autant dire qu'ils marquaient des points... C'est au cours de cette réunion que mon transfert s'est décidé. Miguel Ángel Gil a commencé par les présentations, dévoilant l'histoire du club et ses ambitions, ce qu'il pensait de l'équipe. Je l'écoutais, naturellement, mais la question cruciale à mes yeux était de savoir à quel poste j'allais évoluer, le système de jeu, la confiance du coach et les objectifs. La durée du contrat, le salaire et les clauses : tout cela pour moi était relégué au second plan.

Devant mon insistance, il a avancé l'argument suivant, qui a fait mouche : « Tu sais que l'on joue en 4-4-2 la plupart du temps. Nous, on te voit comme deuxième attaquant, aux côtés de Mario Mandzukic. Et, de temps en temps, côte gauche. Et toi, comment tu te sens devant, dans l'axe ? »

Ah, voilà, on y était ! Ma réponse ne l'a pas déçu : « Depuis tout petit, je jouais dans l'axe. C'est lorsque je suis arrivé chez les professionnels que l'on m'a mis à gauche. Mais, après quelques entraînement et matchs, les automatismes vont revenir rapidement.

— Notre objectif est de nous battre avec le Barça et le Real Madrid en Liga, a insisté Miguel Ángel Gil. Et, en Ligue des champions, on veut passer les huitièmes de finale. On verra ensuite jusqu'où on peut arriver. Nous, on aimerait t'avoir parce que l'on sait que tu es le joueur idéal pour atteindre ces ambitions. »

Deuxième très bon point ! Je jetais de temps en temps un regard à mon père. Même s'il ne maîtrisait pas tout, langue oblige, il se montrait attentif à chaque détail. Arrivés au dessert, nous avons trinqué à mon transfert. Dans mon esprit, j'étais un nouveau *colchonero*, le surnom des joueurs, qui signifie « matelassier », en référence aux couleurs de la tunique, rouge et blanc, dans lesquelles étaient fabriqués les matelas en Espagne. Je m'identifiais déjà à l'Atlético, ce club fondé en 1903 par des étudiants basques de l'École des mines de Madrid.

En reprenant la route vers Mâcon, nous avons refait le match avec mon père. Nous étions heureux. Nous avons appelé ma mère, aux anges également. Elle nous attendait à la maison avec une bouteille de champagne pour fêter l'événement. Erika, elle aussi, était ravie. Elle savait qu'il était important pour moi de partir afin de continuer à progresser. Et elle ne serait pas trop dépaysée, en se rapprochant de l'une de ses proches amies à Madrid. Il fallait juste espérer une bonne acclimatation.

C'est ainsi que je suis reparti de zéro ou presque, l'Atlético s'étant acquitté du montant de ma clause libératoire. J'ai pu conserver mon numéro 7. J'ai vite garni mon étagère à trophées en remportant la Supercoupe d'Espagne contre le Real Madrid, offrant une passe décisive à Mandzukic. J'ai marqué en Ligue des champions contre l'Olympiakos, un doublé en championnat contre Cordoue.

Mais tout ne fonctionnait pas aussi bien que je l'imaginais. Je devais digérer une nouvelle tactique en 4-4-2, avec un pressing permanent, me positionner dans l'axe quand le jeu penchait à droite, aller presser quand ça se développait côté gauche. Il me fallait comprendre ce système alors que, à la Real Sociedad, nous étions moins accros à la tactique. Le plus déroutant était qu'il m'arrivait de marquer et de me retrouver sur le banc de touche au match suivant ! Je ne comprenais pas. Je pensais qu'un truc n'allait pas. Pourtant, je donnais tout, je ne ménageais pas ma peine. Le coach n'était pas bavard. J'étais aussi surpris qu'El Cholo, son surnom, me demande durant les séances de tirer au lieu de faire des passes.

Diego Godín m'a aidé à mieux me sentir dans le groupe. Il m'a intégré aux barbecues qu'il organisait régulièrement avec les autres joueurs, tradition qui perdure. Avec Erika, nous nous sommes installés dans le quartier résidentiel et tranquille de la Finca, pas très loin du centre d'entraînement. De nombreux joueurs de l'Atlético et du Real Madrid y vivent. Parmi eux, Cristiano Ronaldo, Gareth Bale, Toni Kroos, mon coach... ou encore l'actionnaire majoritaire du club ! Une centaine d'appartements privés composent le lieu. L'endroit est ultrasécurisé. Nous l'avons notamment choisi pour cette raison. Je ne voulais pas me soucier, quand je partais aux mises au vert ou autre, d'un éventuel cambriolage. Il fallait protéger Erika et Mia de toute intrusion. La maison que nous occupons à la Finca permet également que notre vie privée et notre intimité soient préservées. Une fois dans mon refuge, je sors rarement, excepté pour promener dans le grand parc mon chien, Hooki, un bouledogue français, dont les grandes oreilles et le museau m'amusent. Je suis très casanier, encore plus depuis la naissance de ma fille. À part quelques sorties au restaurant et au cinéma, je reste tranquille chez moi.

J'étais heureux sur le terrain, je m'amusais aux entraînements. Il n'empêche que, de retour à la maison, je ruminais. Par instants, j'étais même dégoûté. Je ne suivais pas la logique du coach. Je confiais à Erika : « Je ne comprends pas. Il n'est pas content de moi alors que j'essaie de bien faire. »

Le 1er octobre 2014, par exemple, nous recevions à Vicente-Calderón la Juventus Turin en Ligue des champions, en match de poule. Pendant toute la semaine, je figurais dans l'équipe des titulaires à l'entraînement. La veille de la rencontre, Diego Simeone n'a pas dévoilé les onze qui allaient débuter... Le matin de la partie, lors de la séance vidéo, toujours pas d'équipe annoncée. Je sentais que je n'allais pas démarrer. Quand nous sommes arrivés dans le vestiaire, j'ai constaté que mon intuition était bonne. Avant le coup d'envoi, j'ai échangé quelques mots avec les deux Français de la Juve, Paul Pogba et « Tonton Pat' », Patrice Evra. Je me suis ouvert à eux de ma situation : « C'est dur, car j'étais toute la semaine titulaire. » Ils m'ont encouragé à tenir bon. « Accroche-toi. T'inquiète, tu as les moyens de t'imposer. »

Ce soir-là, je suis entré en jeu à la 53e minute. Ainsi en avait décidé Diego Simeone, un monument à Madrid et ailleurs. Joueur, il a été un milieu défensif complet et volontaire, sélectionné à cent six reprises avec la formation argentine ! Je ne lui en veux même pas, au cours de la Coupe du monde 1998, l'une des trois à laquelle il a participé, d'avoir fait expulser mon idole David Beckham ! Il a gagné des titres avec l'Inter Milan et la Lazio Rome. Reconverti entraîneur à trente-six ans, il a d'abord exercé chez lui en Argentine, puis a été nommé en 2011 à la tête de l'Atlético Madrid, club qu'il connaît par cœur pour avoir été sur le terrain l'un des protagonistes du doublé Liga-Coupe en 1996. C'est un passionné, habité par son métier. Mais, même si on le voit beaucoup s'agiter sur le banc, il ne me parlait pas trop. Et jamais je n'ai demandé d'explications à un coach ; Éric Olhats m'a appris à ne pas me plaindre. Donc j'obtempérais, je restais sur le banc quand il m'y mettait, prêt à rentrer pour faire la différence.

Je n'étais plus habitué à être remplaçant. Il me fallait appréhender ce nouvel univers, cette équipe championne en titre, ce public bouillant. Il était clair que je ne bénéficiais plus du même statut qu'à la Real Sociedad. Je le savais, bien sûr, mais j'étais impatient de pouvoir démontrer mes qualités. J'en ai eu l'occasion le 21 décembre 2014, à Bilbao, profitant de la suspension de Mario Mandzukic, et je ne l'ai pas laissée filer. Pour cette seizième journée de Liga, ils étaient 46 500 dans les tribunes de San Mames à encourager les leurs. J'ai douché l'ambiance. Quarante-sixième, 73e et 81e minute : ce sont les minutes au cours desquelles j'ai marqué. Ce fut un match charnière. Déjà, quelques semaines plus tôt, contre le Celta de Vigo, lorsque le coach m'avait sorti un peu après l'heure du jeu, j'avais senti le public gronder, comme s'il ne partageait pas la décision de Diego Simeone. Cela m'avait conforté : ça prouvait que j'étais sur le bon chemin. Mais le vrai déclic a été Bilbao. Des triplés, je n'en ai pas souvent inscrits; je me souviens d'un seul autre, avec la Real Sociedad. Pourquoi ce soir-là en particulier? Je ne sais pas. Je n'avais pas modifié ma façon de jouer ni mon attitude sur le terrain, mais j'ai eu plus de réussite. Je ne suis plus jamais sorti de l'équipe... Se sentir dans la peau d'un titulaire, de quelqu'un d'important pour l'équipe, est primordial.

Ces trois buts – autant que ceux marqués au cours de mes quinze premiers matchs de championnat – sont intervenus la veille des vacances. Avant de partir, le préparateur physique, Oscar Ortega, m'avait demandé de faire attention pendant les fêtes et de ne pas revenir avec des kilos en trop. C'était aussi un message qui signifiait : tu viens de gagner ta place, alors ne gâche pas tout. Je commençais à digérer ce que me demandait le coach, à devenir plus tueur devant, à fournir plus d'efforts physiques, notamment dans le secteur défensif. À la Real Sociedad, je ne me repliais pas beaucoup...

Le travail d'Ortega était en train de payer. Celui que l'on appelle «Professeur» est l'un des pions essentiels de la réussite de l'Atlético. Cet Uruguayen collabore avec Diego Simeone depuis le début de sa carrière d'entraîneur. C'est grâce à lui que les blessés sont rares dans le club. Notre condition physique est excellente. Avant chaque match, il nous dispense dix à quinze minutes d'échauffement pour éviter les pépins musculaires. Il est toujours aux petits soins pour nous. Sa préparation d'avant-saison est redoutable. Elle s'effectue à quarante minutes de Madrid, à Los Angeles de San Rafael, pendant environ deux semaines. Dès le premier jour de la reprise, nous courons à fond, grimpant des collines sur des parcours de golf. J'ai déjà vu des jeunes du club vomir leurs tripes. Mais, grâce à ces efforts intenses, nous sommes en forme toute la saison, continuant à presser fort devant et derrière pendant quatre-vingt-dix minutes. Lors de mon arrivée, j'ai commencé après les autres puisque j'avais bénéficié de quelques jours de récupération de plus du fait de la Coupe du monde. Et j'ai vite senti que je n'étais pas au point. Le Professeur m'a fait beaucoup courir, ce que je ne pratiquais pas trop à la Real Sociedad. Rien n'est laissé au hasard, et la masse graisseuse des joueurs est scrutée chaque matin. Depuis que je suis à Madrid, je n'ai pas dépassé mon poids de forme, qui est de soixante-douze kilos.

À partir de ce triplé à Bilbao, j'ai oublié les difficultés à me familiariser avec cette préparation physique acharnée, ce système de jeu et cette exigence constante. Dès lors, tout s'est enchaîné naturellement. La preuve : j'ai terminé ma première saison à l'Atlético Madrid en inscrivant vingt-cinq buts, dont vingt-deux en Liga, mon meilleur total. Troisième du championnat, tombé en quarts de finale de la C1 contre le Real Madrid, j'ai participé à cinquante-trois matchs et décroché mon premier trophée en club avec la Supercoupe d'Espagne.

Diego Simeone a eu raison de ne me pas lâcher. Quand certains s'interrogeaient en début de saison sur mon manque d'efficacité, El Cholo avait été clair en conférence de presse, assurant que j'étais « beaucoup plus complet qu'un simple ailier ». Il disait aussi : « Plus il sera proche du but, plus il explosera en tant que footballeur. Il faudra qu'il y travaille un certain temps pour exploiter toutes ses caractéristiques : les changements de direction, les diagonales courtes, le jeu entre les lignes, le jeu dos au but et un bon tir à mi-distance. Nous espérons du jeune joueur important qu'il est qu'il commence à devenir un homme et un joueur tout aussi important. » Il avait vu juste. J'apprends au quotidien avec lui et je veux continuer à le faire. S'il était parti l'été dernier, je l'aurais peut-être imité. Tactiquement, il est aussi très fort, par exemple sur les coups de pied arrêtés. Il ne parle pas énormément aux joueurs mais, quand il a quelque chose à dire, il l'exprime en face, en vous prenant à part ou devant le groupe. Il transmet une immense confiance aux joueurs, ne va pas les sortir s'ils ne marquent pas un ou deux matchs. Il vit les rencontres avec une flamme qui peut effrayer quand on ne le connaît pas. Mais cette façon de faire corps avec nous nous pousse, nous donne la rage.

C'est grâce à Diego Simeone que je suis devenu le joueur que je suis. La confiance entre nous est réciproque. Toujours habillé en noir pendant les matchs, il a un charisme indéniable. Il dégage quelque chose de particulier, les joueurs et les supporteurs le respectent énormément. Tous savent ce qu'ils lui doivent. Il a remis l'Atlético Madrid sur le devant de la scène. Il ne nous parle jamais de sa carrière de joueur et, s'il reste affûté, il ne se mêle pas aux entraînements, sauf, à l'occasion, pour adresser des centres quand on travaille le jeu de tête devant le but. Nous échangeons sur l'équipe mais, concernant le recrutement, je ne me permettrais jamais de lui suggérer tel ou tel joueur. Ce n'est pas mon style.

Un autre Diego est essentiel : Godín. Nous sommes très complices. Il a été top avec moi d'entrée de jeu. Nous sommes tout le temps assis côte à côte durant les déplacements. En plus, nos femmes s'entendent bien. Outre Diego, Nicolás Gaitán, Ángel Correa et José Maria Giménez sont mes amis les plus proches. Ça, c'est la bande du maté ! J'ai aussi des affinités avec Koke, Gabi le capitaine, Yannick Carrasco ou encore Kevin Gameiro, qui nous a rejoints en début de saison. Nous nous trouvons instinctivement sur le terrain. Il jouait à Séville auparavant et parlait l'espagnol, ce qui a favorisé son intégration. Nous nous chambrons souvent avant les matchs, du genre « à toi de me faire une passe décisive aujourd'hui... ». Il m'en a donné plusieurs, moi aussi. Kevin nous fait du bien dans le jeu en profondeur. Depuis qu'il est à l'Atlético Madrid, il a retrouvé les Bleus après cinq ans d'absence et j'en suis ravi. Le 31 décembre dernier, il l'a passé chez nous avec sa femme.

L'Atlético est un club très familial. Le vestiaire est tranquille, comme l'était celui de la Real Sociedad. J'ai été d'abord surpris, car le club venait d'être champion et finaliste de la C1. Il ne règne aucun clan, l'atmosphère est joyeuse. Et tout le monde fait un effort quand un nouveau débarque.

Le stade Vicente-Calderón, au bord de la rivière Manzanares, dans le sud de la ville, est certes un peu vétuste mais quand les 55 000 spectateurs vibrent à l'unisson, l'ambiance est magique. J'avais pu m'en apercevoir quand nous nous y rendions avec le Real. Je l'ai vérifié lors de ma présentation : ils étaient 20 000 réunis juste pour me voir effectuer quelques «jongles» et poser avec mon nouveau maillot. C'est un stade historique, que le club va abandonner la saison prochaine pour une enceinte plus moderne et plus grande, avec 67 500 places. Ce public de passionnés et de connaisseurs nous fait du bien. Je regrette juste que nous ne fendions pas la foule avant les matchs. J'aurais aimé passer devant les supporteurs pour être encore plus galvanisé. Mais nous sortons directement du tunnel pour nous retrouver sur la pelouse, sauf pour les gros rendez-vous. Vicente-Calderón, du nom d'un ancien glorieux président du club, aime que l'on défende à onze, que l'on s'accroche pour tenir un score. Le beau jeu n'est pas la priorité, ce qui compte d'abord, c'est la victoire. Et que les joueurs donnent tout sur le terrain, que les attaquants taclent. Si l'un de nous ne mouille pas le maillot, il est sifflé. Ce stade nous a déjà fait gagner des matchs.

Cela s'est produit l'an passé en Ligue des champions. Notre parcours en phase de poule a pourtant été compliqué. En clair, nous en avions bavé ! Le démarrage a été efficace avec un succès à Istanbul, face à Galatasaray (2-0). J'ai signé le doublé en moins de dix minutes. Mais, quinze jours plus tard, nous avons cédé à domicile contre le Benfica Lisbonne. Une victoire 4-0 contre Astana puis un nul 0-0 au Kazakhstan plus tard, nous avons de nouveau dominé Galatasaray (2-0). Et j'ai encore marqué les deux buts, de la tête puis du plat du pied, sortant sous les acclamations. Pour assurer la tête du groupe C et a priori éviter un cador, il fallait l'emporter au Portugal, ce qui fut fait face au Benfica.

Nous voilà ainsi en huitièmes de finale, face au PSV Eindhoven. L'affrontement a été accroché et fermé. À l'aller, nous avons rapporté des Pays-Bas un solide 0-0. J'aurais même pu marquer. Mais, sur un ballon en profondeur, j'ai raté mon face-à-face avec leur gardien. Je voulais piquer le ballon, sauf que je portais des crampons en fer si bien que la chaussure n'a pas suffisamment bien glissé sous le cuir du ballon. Au retour, malgré de nombreuses frappes de notre part, nous n'avons pas réussi à faire la différence. Après les prolongations, il a fallu les tirs au but pour nous départager. J'ai marqué d'une frappe croisée le premier de notre série, remportée 8 à 7. C'était interminable. Le premier échec face au gardien n'est intervenu qu'à la quinzième tentative, sur la transversale ! Puis Juanfran a inscrit le sien, qui nous expédiait en quarts de finale. Cette qualification, nous sommes allés la chercher. Ce fut compliqué mais je savais que nous étions durs à battre en match aller-retour.

L'Atlético était aussi sur une bonne dynamique en championnat. Nous avons par exemple infligé au Real Madrid, à Santiago-Bernabéu, sa première défaite depuis que Zinedine Zidane en était devenu l'entraîneur. J'avais marqué le seul but du match sur une passe de Filipe Luis.

Place ensuite à Barcelone en C1. Nous nous sommes inclinés au Camp Nou sur un doublé de Luis Suarez (1-2). Un drôle de match puisque nous avions ouvert la marque par Fernando Torres, expulsé avant la mi-temps pour un second carton jaune, ce qui nous a obligés à jouer à dix durant une heure. Le Barça a insisté pour placer le troisième et se mettre à l'abri, ce qui signifiait que ses joueurs avaient peur. J'avais assuré que nous étions encore vivants. Je savais que, portés par notre public et une excellente condition physique, nous étions capables de créer l'exploit et d'éliminer le tenant du titre. À Calderón, le terrain était sec ; c'est ce qu'il faut face à Barcelone car, si la pelouse est humide, ça va trop vite ! Le scénario a été parfait. J'ai d'abord marqué d'une belle tête sur un extérieur de Saul Niguez et je n'étais pas hors jeu puisque Dani Alves me couvrait. L'occasion de constater mes progrès et de vérifier que je devenais un véritable renard des surfaces... J'ai sauté très haut pour reprendre cette tête. Puis j'ai réalisé la passe de deux sur un penalty en fin de match obtenu après une main d'Iniesta. J'ai un peu mordu ma frappe mais c'est rentré. Il s'agissait déjà de mes 28e et 29e buts de la saison. La soirée a été magique jusqu'au bout puisque le coach m'a sorti peu après le penalty et que j'ai été chaleureusement applaudi. Le Barça à terre, ça faisait un favori de moins en course. Nous étions dans l'attente du prochain adversaire. Nous sentions que, comme l'an dernier, nous allions tomber sur le Real Madrid, ce qui ne nous réjouissait pas. Nous étions à l'entraînement lorsque nous avons appris que le tirage au sort nous opposait au Bayern Munich. Encore un gros morceau! L'équipe était entraînée par Pep Guardiola, donc ils allaient faire courir le ballon, comme Barcelone, dont il a posé les bases du jeu...

À l'aller, nous avons gagné 1-0 grâce à un but énorme de Saul Niguez, concluant son slalom d'une frappe enroulée du gauche. Comme au tour précédent, nous avons évolué sur un terrain sec. Les spectateurs nous ont poussés jusqu'au bout pour tenir ce score, obtenu dès la 11e minute. Nous avons tous défendu comme des morts de faim. Notre jeu n'est pas toujours très beau à voir mais c'est très efficace.

Le retour, lui, sera épique. Xabi Alonso, sur un coup franc dévié, a égalisé sur l'ensemble des deux matchs. À la 34e minute, soit trois minutes plus tard, le Bayern a obtenu un penalty. Thomas Müller l'a frappé mais Jan Oblak a repoussé sa tentative puis celle de Xabi Alonso en embuscade. Sans doute le tournant du match. S'ils avaient mené 2-0, nous aurions probablement perdu pied. Le Bayern a disputé une première mi-temps remarquable, la meilleure de l'ère Guardiola. Ils étaient au-dessus, nous totalement à la rue... Dans le vestiaire, le coach a su trouver les mots. Il nous a demandé de tout donner, de ne pas prendre de but et a certifié que nous allions marquer.

Et que, si tel était le cas, l'Atlético allait passer. Il nous a donné la foi. Nous avons entamé la suite en partant à l'abordage. À la 54e, sur une contre-attaque, j'ai récupéré un ballon près du rond central, je l'ai remis de la tête à Fernando Torres, qui m'a lancé en profondeur. Je suis parti comme une fusée, à la limite du hors-jeu, j'ai filé droit au but devant Manuel Neuer. Lors de ce face-à-face, j'ai fait comme si j'allais ouvrir mon pied et, au dernier moment, je l'ai refermé pour tirer tout droit du gauche à ras de terre. Le ballon est rentré dans le petit filet, l'Atlético était virtuellement en finale. Il restait maintenant à tenir bon. Ce ne fut pas une mince affaire.

À la 74e minute, Robert Lewandowski a redonné de l'avance au Bayern. Nous étions toujours qualifiés, mais encore un but et les Bavarois nous éliminaient. Huit minutes plus tard, j'ai cédé ma place tandis que, à la 84e, Fernando Torres obtenait un penalty après une faute de Javi Martínez. S'il marquait, c'était plié. Hélas, Manuel Neuer l'a repoussé des poings. Là, j'avoue que j'ai tremblé. Ils étaient supérieurs. L'Atlético a livré un match de fou. J'en ai parlé aux joueurs : c'est le match sous Diego Simeone où l'équipe a le plus souffert. J'avais moi-même demandé à sortir. Nous étions dominés, il fallait lancer un homme plus frais. Le Bayern attaquait sur les côtés, un partenaire devait les bloquer et je n'étais plus capable de défendre.

D'ailleurs, et cela ne s'est pas su, j'aurais même pu ne pas disputer cette demi-finale retour. J'avais un problème musculaire que je traînais depuis un moment. Une boule derrière l'ischio me perturbait. Je n'en ai rien dit au coach. Je m'en étais ouvert simplement à Jesús Vázquez, le physiothérapeute du club, qui m'avait répondu : «Ne t'inquiète pas, on va faire un gros travail et tu seras en mesure de jouer.» Nous avons bossé mais je ne me sentais pas en confiance. Le matin du match, j'ai même songé à prévenir le coach que j'avais trop mal. Même en marchant, je souffrais. J'ai pris des anti-inflammatoires et j'ai tenu bon. J'ai offert mon maillot à Jesús. Il le méritait car il a pris soin de moi et c'est grâce à lui si j'ai pu marquer.

Nous étions au carrefour de nos ambitions car aussi en lice pour décrocher la Liga, à égalité de points avec Barcelone. Mais, lors de l'avant-dernière journée, nous avons perdu nos illusions contre Levante. Je suis entré à la mi-temps, le score était de 1-1, et ils ont marqué sur le fil. Au soir de la 38e et dernière journée de championnat, une victoire contre le Celta Vigo, où j'ai ouvert la marque, ne nous a pas permis de faire mieux que troisième, à trois points du Barça et deux du Real Madrid. Notre saison allait se jouer en finale de la Ligue des champions, contre le Real, à Milan.

Ce 28 mai 2016 au stade San Siro restera un souvenir mitigé. Il y avait plus de 70000 spectateurs mais je n'étais pas impressionné par l'ambiance. J'étais heureux de voir autant de gens au stade même si, lorsque notre bus est arrivé aux abords de l'enceinte, alors que j'écoutais de la musique, j'ai été cueilli par des supporteurs du Real qui ont lancé des canettes – lesquelles ont explosé la vitre. Quelques mètres plus loin, nous sommes passés devant les fans de l'Atlético qui, eux, nous ont encouragés, tapotant le bus en guise de « bonne chance ».

Le duel semblait équilibré. Le Real a ouvert la marque au quart d'heure de jeu grâce à Sergio Ramos sur un coup franc de Toni Kroos. Il allait falloir courir davantage. Mais je croyais en nous, je me sentais bien. Je me plaçais dans le dos de Casemiro, entre le milieu défensif brésilien et les défenseurs centraux, pour leur faire mal, créer le danger et tenter des frappes. À la mi-temps, le coach était également confiant. « Je sens qu'on va gagner et revenir au score », nous a-t-il dit.

La seconde période avait à peine débuté quand nous avons obtenu un penalty après que Fernando Torres eut été fauché par Pepe sur une passe que je lui avais donnée. Entre le moment où Mark Clattenburg a sifflé et le trajet jusqu'au point de penalty pour tirer, je n'avais qu'une idée en tête : « Tu tires au milieu et ça va rentrer. » Je n'ai pas changé d'idée. Et ma frappe a été renvoyée par la barre transversale. J'étais triste, énervé. Des tas d'événements négatifs se sont bousculés en une minute.

Mentalement, il a fallu se remotiver, essayer d'oublier. J'ai repris le plus de ballons possible tout de suite pour me remettre en confiance. Heureusement, à la 79e minute, Yannick Carrasco, entré à la pause, a égalisé. Ce fut comme une délivrance pour moi car je culpabilisais. Et je culpabilise encore aujourd'hui. Je pense que si j'avais égalisé comme prévu, nous aurions gagné le match. À la fin du temps réglementaire, aucun vainqueur n'étant désigné, nous sommes repartis pour deux prolongations de quinze minutes. Puis pour une séance de tirs au but. Je n'ai pas hésité une seconde : je voulais être le premier à tirer. « Si tu rates, me suis-je dit, tes partenaires auront quatre chances supplémentaires de réparer ton erreur. » J'espérais que Jan Oblak, notre supergardien, allait en sortir une. Sur ma tentative, j'ai attendu que Keylor Navas plonge d'un côté et j'ai tiré de l'autre en ouvrant le pied. J'ai gueulé sur mon but, d'une part parce que j'étais soulagé, d'autre part pour me marteler : « Il fallait que je fasse ça avant ! » Mais comme j'avais décidé de tirer au milieu... Juanfran, notre quatrième tireur, a tiré sur le poteau et Cristiano Ronaldo a scellé la victoire du Real Madrid, cinq tirs au but à trois. Dans le vestiaire, personne ne m'a reproché d'avoir raté mon penalty. Je n'ai pas honte de dire que j'ai pleuré. Nous avions éliminé le champion des Pays-Bas, celui d'Espagne et d'Allemagne, pour céder si près du but. Il nous a manqué un peu de chance pour soulever la Coupe. En cas de trophée, j'avais prévu une fête à la maison avec les potes. J'ai évidemment tout annulé.

Je n'ai pas trop eu le temps de ruminer ma désillusion car, deux jours après, je rejoignais l'équipe de France. L'Euro m'a aidé à passer à autre chose, même si j'y repensais les nuits suivantes. En revanche, après le match contre la Roumanie en ouverture de l'épreuve, c'était oublié. J'ai abordé ma troisième saison à l'Atlético Madrid avec appétit. La preuve : j'ai été désigné joueur du mois de septembre 2016 de la Liga, avec cinq buts et une passe décisive en quatre matchs.

Nous étions alors en tête du championnat. J'ai marqué la journée suivante contre Valence puis, pendant dix rencontres, je suis resté muet devant la cage. La machine s'est ensuite remise en route après une petite coupure salvatrice en famille durant les fêtes... J'ai d'ailleurs souvent une baisse de régime en novembre-décembre, due à la fatigue et au stress. À la mi-mars 2017, j'en étais à quatorze buts en vingt-sept matchs de championnat. L'Atlético ne gagnera pas le titre, mais l'objectif est d'accrocher la quatrième place qualificative en C1. La victoire en Ligue des champions, elle, est toujours possible. Premiers du groupe D devant le Bayern Munich, nous avons éliminé le Bayer Leverkusen en huitièmes de finale. Il s'agit, pour le club, du quatrième quart de finale consécutif. Cette compétition m'inspire, puisque j'en suis à quatre buts cette saison, série en cours avant de défier Leicester City. En inscrivant un but en Allemagne contre le Bayer le 21 février 2017, je suis devenu le meilleur buteur de l'histoire de l'Atlético en Coupe d'Europe, avec treize réalisations en vingt-neuf matchs. Je devance Luis Aragonés, record établi en 1974, il y a quarante-trois ans. Aragonés est une légende à Madrid : l'attaquant a joué une décennie à l'Atlético, décrochant trois titres de champion et deux Coupes, avant de l'entraîner plus de dix ans, auréolé d'une Liga, de trois Coupes du Roi, d'une Supercoupe et d'une Coupe internationale. Devenu sélectionneur espagnol, c'est lui qui a permis à l'Espagne de devenir championne d'Europe en 2008. J'appartiens désormais, moi aussi, à l'histoire de ce club et j'en suis fier.

17

Tueur des surfaces et apôtre du collectif

Selon les publications, je mesure 1,75 ou 1,76 mètre. Où se situe la vérité ? Je ne sais pas. Disons entre les deux... Ma taille n'a jamais présenté un handicap, même si elle s'est révélée être un frein pour les recruteurs quand je courais les essais en France. Tout a changé et a été oublié dès lors que je suis arrivé en Espagne. À la Real Sociedad, je n'entendais plus « tu es le petit » mais l'interrogation suivante, nettement plus pertinente : « Tu es bon ou tu n'es pas bon ? » J'étais en retard physiquement par rapport aux autres mais je savais que j'allais grandir, même s'il était évident que je ne culminerai jamais à 2 mètres. Je ne corresponds pas aux canons du footballeur moderne, plus haut perché et athlétique que moi. Mais je compense par d'autres atouts. Forcément, lorsque vous vous élancez pour tirer un penalty face à Manuel Neuer et son mètre quatre-vingt-treize déployant ses bras, il y a de quoi être impressionné. Les grands gabarits ne m'ont néanmoins jamais posé de problème particulier. Bien sûr, affronter un défenseur central robuste comme Pepe ou Sergio Ramos n'est pas ce que je préfère. Ce genre de joueur te colle partout, est dur à bouger. Je m'en accommode. Face à ce type d'adversaire, encore plus qu'à l'ordinaire, je joue en une ou deux touches de balle, je l'amène à droite et à gauche pour profiter d'un temps de réaction forcément moins soutenu à un moment ou un autre. Suivre les plus petits est compliqué pour les grands ! Lionel Messi est rarement arrêté. Je ne suis pas une montagne de muscles et je ne vais jamais à la musculation ; je n'aime pas ça. Pour autant, je m'escrime à m'imposer grâce à mes appuis, ma vitesse balle au pied, la ruse et l'esquive. Je suis dans l'évitement. J'ai appris à être malin, surtout dans la surface. Je déteste les coups et les contacts. Cela semble fonctionner : mes blessures sont faméliques. Je ne suis pas un joueur qui dribble et conserve le ballon. J'ai très vite compris que, les centimètres que je n'avais pas en hauteur, je devais les gagner en vitesse.

Je dois être un tueur dans la surface alors que j'ai l'amour du collectif. À moi de faire cohabiter les deux. Diego Simeone, mon entraîneur, veut que je marque, que je me rapproche de la cage. Que je sois un renard des surfaces. Plus jeune, j'adorais Filippo Inzaghi, du Milan AC. Je regardais ses matchs. Souvent, on ne le voyait pas de la partie et, finalement, il avait inscrit deux buts, pas souvent très esthétiques. Pour certains, il n'est pas un grand joueur. Pourtant, chaque entraîneur rêverait d'avoir un Pippo Inzaghi dans son équipe. Le coach n'apprécie pas trop quand je décroche pour récupérer le ballon. Pourtant, depuis tout petit, j'aime faire des passes. Je continue d'en faire. Les premiers temps à l'Atlético étaient difficiles car on me réclamait de marquer alors que je ne me considère pas comme un véritable numéro 9. Je ne suis pas obnubilé par le but. La preuve : en général, je tire au maximum deux fois par rencontre. Avec les Bleus, contre les Pays-Bas à Amsterdam, je n'ai pas décroché une seule frappe. Je n'avais pas vu la moindre opportunité dans le jeu. Cela peut apparaître frustrant mais l'essentiel était de gagner, ce qui fut fait grâce à un tir limpide de Paul Pogba. Je devrais frapper plus mais je fonctionne selon ce que ma tête me dit. Je ne cherche pas l'action individuelle à tout prix. Et je tire rarement de loin, même si selon l'inspiration, cela peut se produire, en témoigne une frappe soudaine et puissante du gauche à La Corogne pour le but de l'égalisation après avoir vu le gardien avancer. D'habitude, je tire dans la surface. Je suis dans l'économie de geste, rien n'est superflu. De mémoire, je n'ai jamais tiré plus de cinq fois au but. Cinq, c'était contre Deportivo Alavés. Cinq échecs. C'est la première fois que je ne marquais pas en autant de tirs. Je sais bien que je serai jugé sur le nombre de mes réalisations. Si je score, tant mieux, mais ce n'est pas mon objectif principal. Délivrer une passe décisive me procure la même sensation de bonheur. Vraiment, je suis aussi heureux quand je peux servir Kevin Gameiro face à la Bulgarie ou bien Yannick Carrasco contre le Bayern Munich qu'en trompant moi-même le gardien. Je peux rester trente minutes devant sans toucher de ballon. Si je vois que l'équipe a besoin que je sois plus disponible, je descends un peu, même si le coach ne va pas aimer. Ce qui m'intéresse est de faire mal à la défense et de provoquer une occasion. Je veux me sentir bien sur le terrain, qu'on me laisse tranquille. On me demande de défendre ? Aucun problème, tant qu'on me laisse faire ce que je veux devant.

Ma fierté réside dans le fait d'être un joueur complet. À la fois sur les plans défensif et offensif. Je tacle beaucoup, action peu fréquente chez les attaquants. Du dernier Euro, on va d'abord retenir mon total de réalisations. Le buteur attire la lumière. Mais, encore une fois, je ne suis pas focalisé dessus. Je ne suis pas paramétré ainsi. Ma panoplie est plus large. Plus tard, j'aimerais que les gens, en évoquant le souvenir du joueur que j'étais, assurent que le style Griezmann était celui d'un attaquant complet, qui savait tout faire, collectif tout en étant buteur. J'ai conscience que les statistiques sont importantes dans le football. Je devrais être parfois plus égoïste. Ce n'est pas mon état d'esprit. Je n'hésite jamais à mettre en valeur le travail de Koke ou de Gabi, le capitaine. Ils sont moins médiatisés, on en parle moins souvent, mais ce sont eux qui font gagner l'équipe. Je les mets naturellement en avant, d'autant que ça correspond à ma philosophie. Il s'agit en outre d'une manière de leur signifier que je pense à eux, que je sais tout ce qu'on leur doit et qu'ils doivent continuer à se sacrifier pour nous. À l'Atlético, de toute façon, tout le monde défend. Un joueur peut te faire gagner un match mais pas une compétition.

Ma force est d'anticiper les choses. Quand je reçois la balle, je sais où sont placés mes coéquipiers. J'analyse les choses en amont, pour mieux surprendre le défenseur. Je peux, pour lui faire mal, m'écarter sur les côtés ou me mettre derrière le numéro 6 en sollicitant un appel en profondeur. Je suis attentif à l'endroit où la balle va tomber, où le centre va atterrir, si je dois passer devant le défenseur ou bien attendre au second poteau. L'essentiel est de toujours se trouver là où le ballon va tomber. Je me sers également des vidéos que le club met à notre disposition. Le coach nous en montre les veilles de match. Après les rencontres, je reçois un e-mail avec mes actions regroupées. Ce travail m'aide dans l'analyse de situations, dont je ne percevais que partiellement la réalité sur le terrain. Aux entraînements, je suis concentré à l'extrême. Je fais tout à fond. J'y vois l'occasion de tenter des trucs, de peaufiner la manière de me retourner et d'attaquer. Quand je ne suis pas en confiance et qu'un gros match arrive, je redouble d'efforts. Je reste après la séance, m'adonne à des séries de tirs. Le troisième gardien de l'effectif reste, des centres au sol puissant me sont destinés, que je reprends. Je pimente en faisant des paris, en me lançant des défis à moi-même. J'assure par exemple que j'en mettrai au moins trois au fond sur les cinq prochains tirs. Ou je parie sur une série de penaltys. Si le portier l'arrête, je lui offre une bouteille de vin. Pour l'instant, je n'ai rien payé ! C'est un moment de détente mais aussi un stress salutaire, avec une dose d'adrénaline. J'ai besoin de la compétition. Et du contact avec le ballon.

Avant, quand je le recevais, je le redonnais tout de suite, y compris quand personne ne me chargeait. Je m'efforce maintenant de me retourner afin de créer des actions, de provoquer le danger. El Cholo m'a beaucoup appris. Repositionné dans l'axe, l'ailier de formation que je suis a été forcé d'évoluer. Désormais je suis en confiance, j'essaie de nouveaux gestes. Cette efficacité se peaufine aussi dans la récupération et l'hygiène de vie. Je connais mon corps, je sais quand j'ai besoin de me reposer et de dormir. Je surveille ce que je mange, même si je rêve parfois d'un McDo et d'ailleurs il m'arrive de craquer pour un burger ! Je me nourris sans excès, je m'hydrate, je bois beaucoup d'eau. À la maison, j'emploie depuis peu quelqu'un qui nous fait la cuisine, afin de manger plus équilibré tout en soulageant Erika, accaparée par Mia. Je reste malgré tout gourmand. Un bon steak haché, par exemple. Ou alors la tartiflette de ma mère. Plus le match est éloigné, plus je peux me lâcher. Au fur et à mesure que la rencontre approche, j'adapte ma consommation. L'Atlético Madrid nous pèse tous les jours et porte une attention particulière à notre masse graisseuse. La mienne ne bouge pas. Quand plusieurs joueurs sont au-dessus de leur poids de forme, le préparateur physique ou le coach alerte l'intéressé. Je vous garantis que c'est très dissuasif...

18

Dans l'axe du bien

Je n'ai pas pu m'empêcher de m'excuser. La finale de l'Euro était à peine terminée, la plaie toujours à vif. En allant chercher le Soulier d'or, trophée qui récompense le meilleur buteur de la compétition, j'ai croisé le regard de Didier Deschamps dans l'escalier menant à la tribune officielle. « Je suis vraiment désolé de ne pas avoir marqué. Mais j'ai tout donné. Voilà, je suis vraiment désolé », ai-je lancé, des trémolos dans la voix, au sélectionneur. Les mots sont venus spontanément. Aussitôt, il a apaisé ma frustration. « Tu n'as pas à être désolé, tu as fait une grande compétition. Ce n'est pas grave... » Bien sûr que j'étais content de recevoir un prix décerné par l'UEFA. Mais la fierté viendrait plus tard. Sur le moment, comme tous mes partenaires, j'étais effondré. Déçu de ne pas avoir trouvé la faille contre le Portugal, de ne pas être parvenu à marquer pour que triomphe notre collectif. Je déteste penser à moi en termes individuels. Ceux qui se comportent ainsi, sur un terrain comme dans le vestiaire, m'exaspèrent. Je raisonne d'abord sur le plan du groupe. Sur le coup, j'avais une pensée pour les plus anciens, qui disputaient sans doute leur ultime épreuve internationale. L'issue a été cruelle. Je préfère toutefois conserver les souvenirs heureux. Comme cette seconde période contre la République d'Irlande, en huitièmes de finale, qui a tout changé. Les Bleus étaient menés à Lyon, à 70 kilomètres de la maison à Mâcon. Je venais de jouer sur le côté, dans le schéma en 4-3-3 que le coach privilégiait.

Dans le vestiaire, l'atmosphère était électrique. Hugo Lloris, Steve Mandanda, Patrice Evra, bref les tauliers, ceux qui ont l'habitude de s'exprimer, ont pris la parole. « Oh, les gars, avec tout le respect qu'on a pour nos adversaires, on ne peut pas se faire sortir par l'Irlande. Ce n'est pas possible. Pas à la maison, en plus. Maintenant, il faut se réveiller, se bouger le cul ! » Pour Didier Deschamps, nous étions méconnaissables. Puis il a lâché : « On passe en 4-2-3-1 avec Antoine dans l'axe. » Là, je me suis dit que c'était bon. Que c'était à moi de jouer. Que ce devait être ma mi-temps. Certes, quarante-cinq minutes peuvent sembler courtes pour signer la différence. Mais, je le sentais, c'était le moment idoine pour apparaître. Je l'attendais, ce moment. Pouvoir jouer plus haut, comme à l'Atlético Madrid, voilà le signe que j'espérais. En regagnant la pelouse, j'étais donc passé dans l'axe, avec Olivier Giroud autour duquel je pouvais tourner, avec en soutiens Dimitri Payet et Kingsley Coman, qui remplaçait N'Golo Kanté. À moi de prendre le jeu à mon compte. J'étais convaincu que cet ajustement tactique allait me permettre d'être celui que j'aspirais à être en sélection. J'étais en confiance, mes buts en Ligue des champions contre Barcelone et le Bayern Munich m'avaient démontré que j'en avais la capacité. Encore fallait-il le confirmer maintenant, contre l'Eire...

La rage au ventre, nous avons beaucoup mieux abordé la seconde mi-temps. Une grosse action s'est développée d'entrée, décuplant notre envie. Le public nous poussait, constatait que nous avions faim. À la 58e minute, Bacary Sagna m'a adressé un bon centre de la droite, au point de penalty. J'ai sauté pour le rattraper de la tête, la balle redescendant un peu. Dans ce cas-là, il faut mettre de la force dans l'impact, sinon le gardien s'en sort. J'avais mon bon profil, le timing était impeccable et j'ai donné tout ce que j'avais. Une tête croisée que Darren Randolph a effleurée mais pas réussi à arrêter. Heureusement que j'y ai mis de la puissance. L'égalisation nous a reboostés. Je ne savais pas trop comment célébrer mon but alors je me suis dirigé vers le banc ! Trois minutes plus tard, sur une longue ouverture de Laurent Koscielny, Olivier Giroud, à la lutte avec deux défenseurs, me l'a parfaitement remise de la tête sur le côté. Lancé seul au but, je me suis enfoncé dans la surface irlandaise pour ajuster leur gardien d'une frappe croisée du gauche. En seulement cent quatre-vingts secondes, nous avions renversé la vapeur. Sur mon second but, Dimitri Payet a pris ma chaussure gauche et fait mine de l'embrasser. Ce but, je l'ai célébré par un clin d'œil à Drake, agitant mes deux mains avec le pouce et l'auriculaire tendus, comme le rappeur dans son clip « Hotline Bling ». Je l'avais déjà prévu avant mais, contre l'Albanie, saisi par l'émotion, j'avais oublié de le faire.

Cela peut paraître prétentieux mais c'est pourtant vrai : j'avais la conviction que, à ce poste en pointe, j'allais marquer. Mes coachs en sélection et en club me réclamaient la même chose. Sur le second but, le travail d'Olivier a été essentiel. Avec sa grande taille, il aimante les ballons et les défenseurs, si bien que cela me libère des espaces. C'est un point d'appui précieux, capable de jouer en pivot, et je le cherchais tout le temps afin qu'il me la remette en une touche de balle. À 2-1 pour nous, nous ne pouvions plus perdre. En plus, à la 66e minute, j'ai provoqué l'expulsion de Shane Duffy, qui m'a taclé en retard. Par deux fois, avant la fin, sur des centres de Dimitri, je n'ai pas été loin d'inscrire un triplé. Toujours est-il que je devenais le premier joueur de l'équipe de France à inscrire trois buts dans un Euro depuis Zidane en 2004. Après la rencontre, j'ai remis le ballon du match au fils du commandant de police assassiné quelques jours plus tôt à Magnanville[1]. Le garçon de onze ans avait l'écharpe et le maillot de l'équipe de France. Je lui ai

1. Le policier avait été tué de plusieurs coups de couteau alors qu'il rentrait chez lui, dans les Yvelines. L'assaillant, qui se revendiquait du groupe État islamique, a été abattu par les hommes du Raid envoyés sur place. L'épouse de la victime, fonctionnaire au ministère de l'Intérieur, a été retrouvée morte. L'un de leurs fils a été invité par le ministre de l'Intérieur au match France-Irlande et a assisté à l'entraînement des Bleus à Clairefontaine.

aussi donné le ballon du match dédicacé par les joueurs. Cela me paraissait naturel d'essayer de lui faire plaisir. Nous avons le pouvoir de donner du rêve, pourquoi s'en priver? Certains jugent parfois hâtivement les footballeurs. Mais nous ne sommes pas déconnectés. J'ai conscience qu'un sourire, un geste ou une photo sont des attentions qui peuvent toucher nos supporteurs. En plus, le jeune Hugo était en train de traverser une épreuve terrible.

Après l'Irlande, mon Euro était définitivement lancé. Comme le coach est parfois têtu, j'avais peur qu'il ne décide de revenir au 4-3-3 pour les quarts de finale. Il a d'ailleurs blagué là-dessus toute la semaine à l'entraînement. Nous en avons rigolé ensemble. Nos affinités ont commencé à se nouer à ce moment-là. Je lui parlais plus librement, ainsi qu'à son fidèle adjoint, Guy Stephan. Sans doute me sentais-je davantage légitime désormais. Dans notre esprit, le quart au Stade de France devait nous opposer à l'Angleterre. Mais l'Islande s'est imposée à la surprise générale. J'étais content d'éviter les Anglais, que j'imaginais durs à battre et très motivés face à nos joueurs évoluant dans leur championnat. Ce serait donc l'Islande, 330000 habitants et 20000 licenciés de football, qui participait à son premier grand tournoi international et dont la plupart des éléments évoluaient en Suède ou au Danemark. Si nous étions ultrafavoris, ce n'était pas gagné pour autant. Cette île volcanique a du tempérament et n'était pas à prendre à la légère : son équipe a battu deux fois les Pays-Bas lors des éliminatoires de l'Euro, a accroché au premier tour le

Portugal et la Hongrie, a battu l'Autriche et donc éliminé l'Angleterre.

Nous avons longuement étudié le jeu islandais et leur jeu long, notamment sur les touches, qui chez eux ressemblaient à des corners. Mais ce dimanche 3 juillet s'est déroulé comme dans un rêve. J'ai de nouveau été aligné dans l'axe. Nous nous sommes vite facilité la tâche. Tout est allé comme sur des roulettes. À la mi-temps, nous menions déjà 4-0 ! Olivier Giroud avait ouvert la marque et Paul Pogba corsé l'addition de la tête en reprenant l'un de mes corners. À la 43e minute, j'ai délivré une passe décisive à Dimitri Payet, qui a ajouté le troisième. Deux minutes plus tard, ce fut à mon tour de flamber : ouverture de Paul, Olivier me la dévie légèrement, je fonce vers le gardien, que je surprends d'un ballon piqué du gauche. Je me suis dirigé vers le banc afin de partager ma joie. Les autres m'ont tous dit : « On savait que tu allais faire ce geste... » Il est vrai que, à l'entraînement, quand pendant un exercice il n'y a pas de gardien, je m'amuse à la piquer. J'ai célébré ma réalisation en plongeant sur la pelouse, puis en mimant le geste de la tétine, façon de dédier mon but à ma fille. En seconde période, nous avons géré le score. Olivier a inscrit un nouveau but tandis que les Islandais ont réussi deux fois à tromper Hugo Lloris.

Quatre jours plus tard, il fallait remettre ça, à Marseille au Vélodrome, contre l'Allemagne, championne du monde en titre et qui nous avait justement éliminés en quarts sur la route du sacre au Brésil. Si les Bleus avaient battus l'Allemagne pour la troisième place au Mondial 1958, ils nous avaient, depuis, toujours vaincus dans un grand tournoi. Je n'étais pas animé d'un sentiment de vengeance particulier à l'égard de l'histoire. Nous voulions juste, ce jeudi 7 juillet, rejoindre en finale le Portugal, qui avait éliminé la veille le pays de Galles de Gareth Bale.

L'ambiance à Marseille a été exceptionnelle. J'adore ce stade, le plus beau de l'Euro. La ferveur du public nous a transcendés. Le onze de départ était le même que face à l'Islande. Une fois encore, j'étais en pointe, tournant autour d'Olivier Giroud. Que demander de plus ? L'échauffement a été de qualité mais sur une pelouse en état très moyen. Ce fut d'ailleurs l'un des points faibles de la compétition. Dès mon premier ballon, je me suis procuré une occasion : une-deux avec Blaise Matuidi puis une frappe du droit à l'entrée de sa surface, que le gardien a repoussée en se couchant. C'était bon signe. Je me sentais en confiance. Notre tactique consistait à laisser le ballon aux Allemands et à procéder par contre. Le choix s'est révélé payant. À la 45e minute, juste avant le retour aux vestiaires, après l'un de mes corners, Bastian Schweinsteiger a commis une main dans la surface lors d'un duel avec Patrice Evra. J'ai été agréablement surpris que l'arbitre siffle ! Je me suis chargé du penalty, tirant en hauteur sur la droite de Manuel Neuer. Il a été pris à contre-pied. Pourtant, je ne l'ai pas superbien tiré. Lorsque je me suis emparé du ballon pour le poser sur le point de penalty, dans ma tête, je pensais : « Rattrape-toi de la Ligue des champions. » Je n'ai pas eu peur de tenter ma chance après mon échec contre le Real Madrid un mois plus tôt. Mentalement, j'avais besoin de réessayer. « Tu ouvres ton pied, tu la mets en l'air et c'est bon... », me suis-je juré. J'ai choisi le côté ouvert et c'est rentré ; ce fut un petit soulagement. Le stade était chaud bouillant. Jusque-là, tout fonctionnait à merveille. Il ne fallait pas se relâcher. Dans le vestiaire, le mot d'ordre était : on continue de bien défendre et on n'encaisse pas de but.

Nous résistions à la pression allemande tandis que notre capitaine, Hugo Lloris, était impérial. La délivrance est survenue à la 72e minute. Sur la gauche, Paul Pogba a régalé avant de centrer. Manuel Neuer est sorti pour renvoyer le ballon de la main du bout des gants, sauf que j'avais anticipé. Je traînais en embuscade en attendant la retombée du ballon et, de la pointe du pied gauche, je l'ai poussé entre ses jambes pour conclure le travail de Paul. Je savais que, à ce moment-là, il fallait mettre la semelle. 2 à 0 pour les Bleus. J'ai eu un peu de réussite mais je me suis montré opportuniste. Le stade a explosé de bonheur. Dans les arrêts de jeu, le coach m'a fait sortir pour lancer Yohan Cabaye et récolter les applaudissements nourris de la foule. La communion avec le public a été belle. Au coup de sifflet final, nous avons fait le fameux *clapping*, comme les Islandais. Tout le monde était heureux. Nous étions comme des gamins et n'avions aucune envie de partir, désireux de prolonger le goût du plaisir. C'était vraiment le feu, les supporteurs nous ont portés du début à la fin à Marseille, ce qui n'a pas été le cas partout. Avec six réalisations, je confortais ma place de meilleur buteur du tournoi, réalisant le meilleur total dans un Euro depuis Michel Platini en 1984 et ses neuf buts. Même quand nous étions à Clairefontaine, nous ressentions plein d'ondes positives envoyées de tout le pays. Nous recevions des vidéos de gens dans la rue clamant leur amour pour les Bleus. Cette ferveur était très stimulante. La France était enfin de bonne humeur après des événements en chaîne propres à vous démoraliser ! Maintenant, il convenait de terminer le travail... Après San Siro, face au Real Madrid, me voici de nouveau en finale d'une épreuve majeure. Mais, ce dimanche 10 juillet au Stade de France, je vais hélas connaître une issue similaire.

Je n'ai jamais revu cette finale, ni aucune action. Je ne le veux pas. Elle reste toutefois ancrée dans ma mémoire. Les tournants ont été nombreux. Le premier d'entre eux est survenu lorsque nous sommes entrés sur la pelouse. Le stade était resté allumé une large partie de la nuit précédente, pour les répétitions de la cérémonie de clôture, si bien qu'il était plein de papillons dans le ciel, qui volaient sur le terrain. Il y avait des centaines et des centaines d'insectes. Ce n'était pas très agréable, certains effleurant nos yeux. Je me suis demandé si les Portugais nous avaient jetés un sort ?! Mais, une fois que le match a commencé, cela ne nous a pas perturbés. Il y a ensuite eu la sortie prématurée de leur capitaine, Cristiano Ronaldo, blessé après un choc avec Dimitri Payet. Tôt dans le match, j'aurais pu ouvrir la marque mais ma tête a été renvoyée par Rui Patricio d'une « claquette » spectaculaire.

J'ai alors exhorté le public à pousser derrière nous. Privés de leur meilleur élément, les Portugais tenaient bon. Je savais que, si nous marquions les premiers, c'était gagné. Jusque-là, rien ne rentrait. À la mi-temps, le discours était volontaire : « Les gars, il faut tout donner. Il ne reste que quarante-cinq minutes à jouer, il faut pousser. » Je le souhaitais aussi. Mais j'étais cuit, mort. Je n'avais plus de jambes, plus de jus. J'étais en plus suivi comme mon ombre par l'arrière-garde portugaise. Je n'arrivais pas à prendre le ballon. J'avais beau me balader à gauche comme à droite, j'avais tout le temps quelqu'un derrière moi. C'était logique mais ça n'en restait pas moins désagréable. En seconde période, nous avons continué à essayer de créer le danger. Les occasions étaient là mais ça ne souriait pas.

À la 66e minute, j'ai bien cru faire la différence. Sur un centre de Kinglsey Coman, qui venait de rentrer, j'ai devancé Raphaël Guerreiro pour reprendre le ballon de la tête aux six mètres. Mais je me suis positionné trop tôt devant le défenseur, si bien que je n'étais pas sur mon bon profil. Du coup, le ballon est passé au-dessus du but. J'étais à deux doigts de donner la victoire aux Bleus mais on aurait dit que ce n'était pas le moment... Et que dire de la balle de match dans les arrêts de jeu, avec le tir croisé d'André-Pierre Gignac qui a heurté le poteau alors que le gardien, pour une fois, était battu ? Je n'étais pas loin, j'aurais pu reprendre, mais je n'avais plus assez de jambes pour tendre le pied et pousser le ballon dans les filets. J'étais carbonisé. Je n'en ai pas dit un mot à

Didier Deschamps car je me savais, à tout moment, capable de faire la différence sur un centre ou sur une frappe. 0-0 à la fin du temps réglementaire. Il fallait donc en passer par les prolongations, voire les tirs au but. Je n'y étais plus. Je n'arrivais plus à suivre. Je donnais tout, je tirais les corners, mais j'étais épuisé. Mentalement, j'étais bien mais je n'avais plus de jambes. Le destin s'est noué à la 109e minute quand Eder, entré en fin de match, a placé une frappe lourde à ras de terre aux 25 mètres, sur laquelle Hugo Lloris n'a rien pu faire. C'était dur, très dur. Même s'il restait onze minutes à jouer, je me doutais que nous ne nous remettrions pas de cette claque. Nous sommes bien sûr repartis à l'assaut de leur cage, mais rien n'y a fait. Quelle désillusion. Arriver en finale est parfait mais le plus important consiste à gagner le titre. Lorsque deux échecs de ce type se produisent en six semaines, on se pose des questions : pourquoi moi ? vais-je revivre de tels moments ? Tout m'est passé par la tête.

Si j'avais pleuré à chaudes larmes après l'élimination en quarts au Brésil contre l'Allemagne, j'ai cette fois tenu bon. J'avais grandi, je devais montrer l'exemple. Et je suis allé relever certains de mes coéquipiers, montrer que nous étions là. Dédé Gignac était en pleurs, Pat Evra n'était pas très bien, tellement déçu. Je ne l'avais jamais vu comme ça. Didier Deschamps est un gagneur. Joueur, il a été champion du monde et d'Europe avec les Bleus, vainqueur de la Ligue des champions avec l'OM et la Juventus Turin. Coach, une Coupe de la Ligue et une finale de la C1 avec Monaco, un titre de Série B avec la Juve, championnat et Coupe de la Ligue avec l'OM. Cette fois, hélas, il a perdu. C'est rare. Même si notre parcours a été très beau, les mots étaient durs à trouver après une défaite à la maison en finale de l'Euro. Que dire ? Pas grand-chose. Nous avons ensuite retrouvé nos familles à l'hôtel. Cela a fait du bien de voir les nôtres. Quand Cristiano Ronaldo a décroché la C1 avec le Real, je ne l'ai pas regardé soulever le trophée. Là, j'ai voulu le voir, lui et ses partenaires. Tout en espérant que, dans quatre ans, lors du prochain Euro, ce serait à moi de faire ce geste...

Le lendemain, j'ai été élu joueur de l'Euro 2016 par un jury composé de treize observateurs techniques[1]. C'était réconfortant mais je n'avais pas l'esprit à ça. J'aurais tant voulu que les Bleus gagnent devant leur public. Je n'avais qu'une hâte après une saison aussi harassante : couper. Avant, il y avait un déjeuner à l'Élysée à honorer, à l'invitation du chef de l'État. Nous n'avions pas trop le cœur à ce type d'événement mais nous avons été bien reçus. Avec d'autres joueurs, costume bleu et chemise blanche pour tout le monde, je suis allé voir les cuisines, observer la manière dont cela se passait. Eh bien, il y a du monde dans les cuisines de l'Élysée ! Je leur ai d'ailleurs demandé comment ils faisaient pour tous tenir, d'autant qu'il faisait

1. Le directeur technique de l'UEFA, le Roumain Ioan Lupescu, qui dirigeait le panel chargé du vote, a affirmé : « Antoine Griezmann a représenté un danger à chaque match qu'il a disputé. Il a travaillé dur pour son équipe. C'est un joueur technique, doté d'une bonne vision du jeu et d'une grande qualité de finisseur. Les observateurs techniques ont décidé à l'unanimité qu'il avait survolé le tournoi. »

chaud. Contempler l'envers du décor était sympa. Le discours de François Hollande a été chaleureux, mais j'aurais préféré qu'on lui rapporte la Coupe. Le président de la République était venu nous rendre visite à Clairefontaine. Il avait passé du temps avec Paul Pogba, Patrice Evra, Hugo Lloris et moi. Il a critiqué les footballeurs dans un livre[1] mais, s'il faisait un détour par nos maisons, il constaterait que nous sommes des types bien, correctement éduqués et la tête sur les épaules. Mais chacun est libre de ses opinions. Allez, maintenant, vacances... J'ai mis le téléphone de côté et je suis parti en Corse avec la petite famille. Je n'ai pas couru. Je voulais surtout ne rien faire, déconnecter totalement. Je suis allé également à Los Angeles, Miami et Las Vegas, où j'ai pu assister au match de basket États-Unis - Argentine préparatoire aux jeux Olympiques de Rio. Je commençais enfin à profiter des vacances. J'ai essayé de ne pas penser au foot.

La rentrée avec les Bleus s'est effectuée le 1er septembre à Bari, match amical avant d'entamer le parcours dans les éliminatoires du Mondial 2018. Il a fallu se remotiver très vite, passer outre la désillusion de l'Euro. Face à l'Italie, de jeunes éléments sont arrivés : Ousmane Dembélé et Djibril Sidibé ont connu leur première sélection, Layvin Kurzawa était tout neuf ou presque. J'ai joué soixante-trois minutes et participé à cette victoire 3-1. Cinq jours plus tard, à Borisov (Biélorussie), pour le début de notre campagne,

1. *Un président ne devrait pas dire ça...*, Gérard Davet et Fabrice Lhomme, Stock, 2016.

nous n'avons pas fait mieux qu'un 0-0, auquel j'ai entièrement pris part. Comme face au Portugal, j'ai eu le sentiment que, malgré nos occasions, nous n'arriverions pas à marquer. J'ai pu mesurer que j'avais changé de dimension, que le regard des adversaires sur moi n'était plus le même. Mes prestations en tant que Bleu étaient davantage décortiquées, mes coéquipiers me donnaient plus le ballon. Pour l'équipe d'en face, j'étais devenu l'ennemi numéro un. Dès lors, j'avais à chaque match quelqu'un qui me suivait en permanence ! C'était nouveau, m'incitait à m'améliorer pour continuer à faire mal tout en ayant un joueur sur le dos. Cela s'est plutôt bien passé contre la Bulgarie au mois d'octobre : j'ai marqué d'un tir à ras de terre et offert une passe décisive à Kevin Gameiro, mon partenaire à l'Atlético, auteur ce soir-là au Stade de France d'un doublé pour son retour en équipe de France. Et, comme ensuite nous l'avons emporté aux Pays-Bas puis à la maison contre la Suède, nous dominions notre poule de qualification. La qualification pour la Coupe du monde en Russie n'est pas dans la poche, mais nous nous en approchons. Cela me semble encore bien loin. Nous avons le potentiel pour y participer et bien y figurer. Le groupe France possède du talent, chacun apporte sa contribution. Avant l'Euro, je me sentais encore dans la peau d'un nouveau. Aujourd'hui, je suis perçu comme un joueur important aux yeux de mes coéquipiers et du coach ; c'est l'essentiel.

Je ne suis pas pour autant un « cadre ». Je ne donne par exemple pas de conseils tactiques à ceux qui déboulent en Bleu. Je ne cherche pas la complicité à tout prix ou à montrer que je suis cool mais, si je vois sur le terrain que le joueur avait une autre option sur une passe ou un geste, je n'hésite pas à le lui signaler. Je ne suis pas un patron en équipe de France, ça ne correspond pas à mon caractère. Beaucoup s'interrogent pour savoir qui commande le vestiaire. Il n'y a pas de patron et je ne suis pas certain que nous en ayons besoin. Tous les joueurs sont libres de prendre la parole. Ce qui m'importe est le collectif. Si, au lieu de marquer, je peux faire marquer, jamais je n'hésiterai. C'est mon point fort. J'aspire à être un joueur complet. Je viens tout juste d'avoir vingt-six ans, j'ai le temps d'être un jour, pourquoi pas, le capitaine des Bleus. Je ne suis pas contre, si le sélectionneur le décide, mais je ne force rien. J'entends d'abord gagner un trophée avec mon pays avant d'y songer. Et, si je ne dois jamais porter le brassard, je ne m'en formaliserais pas. Je l'ai été chez les moins de treize ans à Mâcon avec mon père et à la Real Sociedad sur un ou deux matchs dans les catégories jeunes. Avoir ce bout d'étoffe ne me rendra pas meilleur. Il est de toute façon rare, en Bleu, que je prenne la parole dans le vestiaire. Le boss, quoiqu'il en soit, reste Didier Deschamps. Il m'a accordé sa confiance via une première sélection ; elle ne s'est jamais démentie depuis[1]. Je sais ce que je lui dois. Je serai prêt à tous les combats pour lui.

---

1. Interrogé en conférence de presse sur le rôle de Griezmann en sélection, Deschamps a assuré en octobre 2016 : « Antoine est un leader d'attaque. Il respire le foot, il est souriant et entraîne les autres. Je ne vais pas lui demander de faire des discours et de rameuter la troupe. Ce n'est pas lui et il n'en a pas envie. »

19

Éloge de la liberté

Je ne suis pas rancunier. Mais j'ai de la mémoire. À l'issue de la saison 2013, j'avais inscrit dix buts en trente-quatre matchs de championnat avec la Real Sociedad. Je me sentais très bien dans le Pays basque mais, quand des approches se présentent, la moindre des politesses consiste à tendre l'oreille. Durant cet été-là, l'une d'elles, pas encore concrète, a retenu mon attention. Elle émanait d'Arsenal. Éric Olhats m'a prévenu que Gilles Grimandi, ancien défenseur de Monaco et des *Gunners*, pour qui il était devenu recruteur, l'avait appelé. Il l'assurait qu'Arsenal était intéressé et s'apprêtait à entrer en contact avec la Real. Je me suis focalisé sur cette possibilité et j'ai mis de côté les autres propositions potentielles. Rejoindre le club dirigé depuis tant d'années par Arsène Wenger pouvait me séduire. J'ai attendu, attendu et encore attendu...

La Real était en présaison, il fallait accélérer. Sans nouvelles, Éric a rappelé Grimandi. Lequel a expliqué qu'il ignorait quand la proposition surviendrait mais que le coach me voulait toujours. Il recommandait d'attendre encore. Finalement, à quelques heures de la fin du marché des transferts, on nous a fait comprendre qu'Arsenal ne donnerait pas suite. Il n'y a donc jamais eu d'offre. Je n'aime pas que l'on affirme une chose et que l'on ne s'y tienne pas. Aussi, quand plus récemment, Éric m'a reparlé de l'intérêt du club londonien, je lui ai répondu : « Oublie. Avec le coup qu'ils nous ont fait... » Je n'ai jamais parlé avec Arsène Wenger, je l'ai juste salué en le croisant lors de l'Euro.

L'Angleterre, j'aurais pu m'y poser après le Mondial 2014. Tottenham pensait à moi pour succéder à Gareth Bale, parti au Real Madrid l'année précédente. L'entraîneur, Mauricio Pochettino, me voulait. Mais j'avais opté pour l'Atlético Madrid. Une famille où je me sens bien, avec un projet qui continue de se développer. En juin 2016, j'y ai prolongé d'une saison mon contrat. Je suis lié au club jusqu'en 2021. Même s'il me manque encore des titres, j'ai tout ici pour être heureux. Ce qui ne veut pas dire que je ne partirai pas. Je n'ai pas pris ma décision. Cela dépendra de plusieurs facteurs.

À l'issue de la saison, je vais me poser tranquillement avec les dirigeants, évoquer leurs envies, leurs ambitions, le projet sportif, ce qu'ils comptent faire pour améliorer l'équipe. Je ferai mon choix en concertation avec eux, après les avoir écoutés. Il n'est pas question de se précipiter. Il est fort possible que je reste un joueur de l'Atlético. Mon objectif n'est pas de m'éclipser. L'an passé, le Paris Saint-Germain avait témoigné son intérêt. Éric avait discuté avec ses dirigeants après l'Euro, mais je ne voulais pas partir. Être sollicité fait partie de la vie du footballeur. Quand j'étais à la Real Sociedad, Pep Guardiola souhaitait me recruter au Barça. J'avais vingt ans et c'était stimulant. Mais je n'avais qu'une saison au sein de l'élite dans les jambes et c'était pour jouer dans un premier temps avec l'équipe réserve, en deuxième division, histoire de me familiariser avec leur style de jeu. J'ai décliné. Je laisse Éric gérer, j'ai une confiance aveugle en lui. Il amorce les discussions quand il est contacté et, si ça devient concret, alors il m'en parle.

Ma priorité n'est pas le salaire que je vais décrocher, mais les ambitions sportives et ma relation avec l'entraîneur. Si je dois m'exiler, je m'entretiendrais avec le futur coach afin de connaître la manière dont il compte m'utiliser. Depuis des mois, mon nom est murmuré du côté de Manchester United. Dès janvier, la presse anglaise affirmait qu'ils étaient prêts à débourser 100 millions d'euros, soit le montant de ma clause libératoire. Je n'allais pas passer mon temps à démentir. On me pose tout le temps la même question. À force, c'est fatigant. J'ai beau répéter que je suis épanoui à l'Atlético, que j'ai un entraîneur et des partenaires à la hauteur, il m'est régulièrement demandé des nouvelles de mon avenir. À la Real Sociedad, j'ai senti qu'il était temps de changer de décor pour franchir un cap, notamment en constatant que j'étais en retard sur certaines actions lors de mes premiers entraînements avec les Bleus. J'avais compris avoir besoin d'autre chose, j'évoluais dans trop de confort. Ce n'est pas le cas à Madrid. Encore une fois, je n'exclus rien. Cela dépendra de la fin de la saison. L'Angleterre, je n'ai rien contre, à part le climat ! Manchester United est une possibilité. Même si j'aime beaucoup Paul Pogba, le fait qu'il soit un *Red Devil* n'influera pas sur ma décision. Éric a déjà échangé avec Manchester de façon informelle, pas moi. Si cela se précise, je parlerai avec l'entraîneur ou le directeur sportif. Pour me convaincre, les dirigeants de l'Atlético étaient venus jusqu'à Lyon pour déjeuner. J'avais été sensible à la démarche. Si nous tombons d'accord, ce sera aux clubs de s'arranger entre eux. Je suis là pour jouer au foot, ce n'est pas moi qui fixe les prix !

L'avis de Didier Deschamps compte, mais je ne le sonderai pas. Il s'agit de mon avenir en club, les Bleus ne sont pas concernés directement. Je me repose, pour trancher, sur Éric, ainsi que sur les conseils de mon père. Erika n'est jamais très loin non plus. Il y a environ deux ans, Jorge Mendes, l'agent le plus influent du monde, qui s'occupe notamment de Cristiano Ronaldo et José Mourinho, m'a contacté. Tiago, mon partenaire de l'Atlético, portugais comme lui, lui avait communiqué mon numéro. Mendes voulait parler avec moi, me proposer quelque chose. Je n'ai pas décroché, il est tombé sur ma messagerie...

Comme les autres, qui passent par des joueurs pour avoir mes coordonnées, je l'ai aiguillé vers Éric. Il est mon conseiller sportif depuis que je suis tout petit.

Il me connaît par cœur, il sait ce que je veux. Pourquoi changer? J'ai eu des agents. Alors que j'étais à la Real Sociedad et goûtais aux sélections en équipe de France des moins de dix-neuf ans, John Williams s'est occupé de moi. D'ailleurs, quand il me rendait visite à Clairefontaine, il venait avec des bonbons et des barres chocolatées. Je suis gourmand et la nourriture avec les Bleuets tournait autour des pâtes et du riz! Je suis aujourd'hui beaucoup plus vigilant quant à mon alimentation. Il m'appelait souvent pour prendre des nouvelles mais, comme aujourd'hui, je n'étais pas très bavard et me confiais peu. J'ai arrêté l'aventure avec John Williams. De nombreux agents m'ont alors fait la cour. J'ai ensuite pris comme représentant Alain Migliaccio, qui a été le conseiller de Zidane. Puis Iñaki Ibáñez, un ancien joueur, s'est occupé de moi et notamment de mon transfert à l'Atlético. Le contrat avec sa société, Idub, s'est arrêté le 31 août dernier. Aujourd'hui, même si c'est rare dans le milieu, je fonctionne sans agent.

Ils sont de plus en plus nombreux à graviter dans le milieu. Pas mal d'entre eux sont présents uniquement pour l'argent, et non pour les intérêts sportifs du joueur. Ils ne sont pas à l'écoute de son ressenti. C'est dangereux. Aujourd'hui, dès l'âge de treize ans, certains ont déjà cinquante agents qui font leur siège. Il faut se méfier de cela. Si un joueur a la chance de rencontrer un Éric Olhats dans sa vie, qu'il continue avec lui. La confiance est le lien le plus sacré. Le football a changé. Mais j'aime toujours autant mon sport. Je ne vis pas dans ma bulle et je cherche toujours à m'améliorer.

En décembre 2014, à trente ans, Fernando Torres est revenu à l'Atlético Madrid, où il s'était révélé avant de partir pour Liverpool, Chelsea et le Milan AC. El Niño, son surnom, c'est une Coupe du monde et deux Euro avec l'Espagne. Devenu aujourd'hui mon partenaire, il est celui dont à Mâcon j'imitais les célébrations et suivais les exploits à la télévision. Dès son arrivée, je suis allé le trouver. « Si tu as des conseils à me donner, maintenant ou un peu plus tard, n'hésite pas. C'est quand tu veux... J'ai envie d'apprendre et d'en savoir plus », lui ai-je lancé. Il était surpris et m'a simplement glissé : « Fais comme d'habitude, donne tout pour ce club. Tes coéquipiers et les supporteurs vont t'aider. » Vous comprenez pourquoi je suis aussi bien à l'Atlético ?

Mais je terminerai sans doute ma carrière aux États-Unis, comme a pu le faire par exemple Thierry Henry. J'adore les *States*, leur culture, leur mentalité. J'ai envie de vivre à l'américaine. Et pourquoi ne pas finir à Miami, la franchise dont David Beckham, mon idole, sera le propriétaire ? Tant qu'à faire, j'aimerais signer dans un club comptant aussi une équipe de basket. Je veux avoir mon abonnement NBA, pouvoir assister aux matchs avec Erika et les enfants. Je me vois déjà là-bas...

Postface

Alain Griezmann et Éric Olhats, « Notre Antoine... »

Ce sont les deux hommes de sa vie. Ceux qui l'ont éduqué, façonné, construit. Ceux qui en connaissent les ressorts les plus intimes. En guise de supplément, Alain Griezmann et Éric Olhats racontent chacun leur Antoine. Quand deux pudiques, deux tempéraments, deux sensibles prennent la parole...

Alain Griezmann

« J'aime tous les sports mais, le football, je l'adore. Je continue d'assister à des matchs à Mâcon et il m'arrive, quand je passe devant un stade en voiture, de m'arrêter pour observer une partie en cours. J'ai transmis à Antoine cette passion. Elle n'est pas nécessairement héréditaire : ce n'était pas du tout l'univers de Maud tandis que, si Théo est fan – il joue en 9 au Sporting de Mâcon –, ce n'est pas avec la même ferveur que son frère au même âge. J'ai joué défenseur, jusqu'en quatrième division, j'ai entraîné des équipes de jeunes et je continue, car faire passer des messages constitue mon plaisir.

Trois fois par semaine, je m'occupe des U13 de la ville. Treize ans, l'âge qu'avait Antoine quand je l'ai entraîné, avant son départ pour la Real Sociedad. C'était mon meilleur joueur, il avait trois poumons. Chaque week-end, il était le plus performant. Mais je ne lui adressais jamais un compliment. Arrivé à la maison, il se plaignait auprès de sa mère car, systématiquement, je ne le trouvais pas assez bon. Je ne voulais pas que ceux au bord du terrain puissent dire qu'Antoine jouait car il était le fils de l'entraîneur ! En public comme en privé, je ne le félicitais pas beaucoup. Même aujourd'hui, quand il réalise un superbe match, je ne lui précise pas qu'il a été extraordinaire. Dans le football, il faut tout le temps se remettre en question. Tout le temps, tout le temps. À ce niveau de talent, c'est la base. »

Éric Olhats

« Je suis le conseiller sportif d'Antoine, ce qui veut tout et rien dire. Notre relation est fusionnelle. Ce qui n'empêche pas de se dire les choses et de s'engueuler s'il le faut. J'ai mon caractère, je suis cash. Nos rapports, qui mêlent professionnalisme et amitié, reposant sur la confiance et la bienveillance, possèdent une dimension particulière. Des anecdotes avec Antoine, j'en ai en pagaille. Mais notre relation est basée sur bien d'autres choses que des anecdotes.

De treize ans et demi, quand je l'ai amené avec moi à Bayonne après qu'il eut été recalé de partout, à dix-huit ans et demi, nous avons vécu presque trois cent soixante-cinq jours par an ensemble, sauf pendant les vacances ! Il s'est construit avec moi. Une construction morale, éducative et sportive. J'ai été à la fois le pion, l'ami, le Père fouettard, le tonton, le grand-père, le père Noël. J'ai souffert pour lui, avec lui. Je n'étais pas préparé à accueillir et vivre avec un garçon auquel j'allais m'attacher autant. J'avais des comptes à rendre à ses parents, avec parfois l'impression à leurs yeux que je l'avais kidnappé ! Ils n'appréciaient pas forcément, dans un premier temps, qu'il soit chez moi. Il n'était pas prévu que je l'héberge. Mais c'était préférable. Si je l'avais placé dans un internat en Espagne, dont il ne parlait en plus pas la langue, il serait reparti direct en stop ! Oui, il a pleuré chez moi quand sa famille, dont il est extrêmement proche, lui manquait. Ni elle ni lui n'avaient réalisé les bouleversements qui allaient se produire. Lorsqu'il revenait à Bayonne après un week-end à Mâcon, son père avait la larme à l'œil, sa mère se cachait et lui n'était pas bien. Je l'obligeais à travailler à l'école, je lui payais le billet d'avion pour qu'il rentre. Les week-ends où il restait, je l'emmenais assister à des matchs à Toulouse ou Bordeaux, que je supervisais pour le compte de la Real Sociedad. J'ai partagé ses joies et ses peines, même si ce n'est pas mon fils. »

Alain Griezmann

« Je regarde tous ses matchs, vraiment tous. Je n'ai pas dû en rater beaucoup. Même quand la Real Sociedad jouait en deuxième division, je me débrouillais pour les suivre sur Internet. Disons que je les vis avec intensité... Je préfère être seul, d'ailleurs. Je ne peux pas regarder une de ses rencontres avec quelqu'un, car chacun va avoir son point de vue et n'aura pas la même conception que moi. Même quand ma femme et mon fils sont à la maison, j'ai besoin d'être seul. Je détaille tout, je m'énerve, je souris, je m'emballe, je m'agace quand il fait une mauvaise passe. Quand il marque, j'extériorise ma joie. Je ne l'appelle pas à chaque fois après les matchs mais ça arrive souvent. Depuis qu'il est à l'Atlético, il a franchi un palier. Diego Simeone en demande beaucoup. Avec lui, si vous ne défendez pas, vous ne jouez pas. Vous adhérez ou pas... J'ai assisté à un entraînement, c'est un régal. Quand je regarde son équipe jouer, je suis fixé sur Antoine, je ne fais pas trop attention à ses partenaires. »

Éric Olhats

« C'est lors d'un tournoi à Saint-Germain-en-Laye, alors qu'il faisait un essai avec Montpellier, que je l'ai repéré, puis emmené avec moi au Pays basque. Quand il a commencé à être en haut de l'affiche, je suis passé pour le magicien, celui qui a vu ce que personne n'avait détecté auparavant. Il faut nuancer. Je ne suis pas le héros qui a découvert Antoine. Je travaillais en Espagne, où son gabarit était davantage recherché que dans la formation à la française. Techniquement, il était très adroit, c'est ce qui a fait la différence. Antoine, à l'époque, était taillé comme un Schtroumpf ! J'ai vite su que son essai à la Real

Sociedad serait concluant. Je ne tiens pas à être considéré comme un magicien, ni d'ailleurs comme un marchand de viande sans foi ni loi qui aurait sacrifié les valeurs humaines au profit de l'aspect sportif. J'ai passé de merveilleux moments avec lui, de franches parties de rigolade et de complicité.

Sa fidélité me renvoie une forme de notoriété et valorise sans doute mon statut. Mais notre histoire, c'est une histoire de vie. Si je suis encore à ses côtés aujourd'hui, c'est qu'il me considère comme quelqu'un d'important. Il ne se passe pas une journée sans qu'on ne se parle. Il n'y a pas un match sans qu'on ne s'appelle, avant et après. Plutôt que des coups de téléphone, nous fonctionnons par WhatsApp. Je fais partie, avec son père, des rares personnes capables de lui expliquer pourquoi sa prestation n'a pas été transcendante lorsque cela se produit. Antoine, très exigeant avec lui-même, est capable de l'entendre de ma bouche. Il a besoin de quelqu'un qui va lui dire s'il a été bidon ou pas. »

Alain Griezmann

« Antoine voulait tout le temps me suivre quand j'entraînais. Il retrouvait des copains et jouait au foot à côté pendant nos rencontres. Il ne les regardait pas et, à la fin, me demandait le résultat. À l'été 1997, en vacances dans le Sud, nous avons assisté à Monaco-Châteauroux au stade Louis-II. Sur la pelouse, face au promu en Ligue 1, Fabien Barthez, Ali Benarbia, David Trezeguet ou Thierry Henry. C'était clairsemé dans les tribunes. Le seul qui ne suivait pas le match était Antoine : il jouait avec son ballon dans les travées !

Il jonglait, s'amusait et ne s'intéressait pas au déroulé de la partie. Plus tard, au stade Gerland à Lyon, il se régalait de l'ambiance, du spectacle. Il n'a pas été pris à l'OL. Il a fait tant d'essais qui n'ont pas été concluants. Le refus de Metz a été le coup de grâce. Antoine a pris une claque. Il était mal, très mal. Quand Lens m'a ensuite appelé, j'ai dit "non, on arrête" ! Puis Éric Olhats l'a repéré lors d'un tournoi. Nous étions en vacances avec sa maman. Antoine avait laissé sa carte de visite sur le frigo, insistant pour que je le contacte dès notre retour. Je croyais à une blague, je ne voulais pas qu'il soit encore déçu. Antoine m'a tellement bassiné que je lui ai répondu : "Bon, O.K., je vais l'appeler devant toi." Il a suggéré une semaine d'essai à la Real Sociedad. Toujours méfiant, je n'ai pas sauté au plafond. Pour me prouver sa détermination, Éric m'a lancé : "Je viens à Mâcon." Nous étions à 800 kilomètres de chez lui, qui vit à Bayonne. "Faites comme vous voulez", ai-je répondu. Je ne prenais pas trop ça au sérieux. Mais, le lundi, il était à Mâcon. Nous nous sommes vus dans un hôtel du nord de la ville. Il a renouvelé la proposition d'une semaine d'essai, aux frais du club. Je n'ai pas dit "oui" tout de suite. Je me suis renseigné sur son compte et j'ai compris que je pouvais lui faire confiance... »

Éric Olhats

« Nous avons traversé tellement de choses ensemble dans ce milieu du football, si redoutable... Antoine est un garçon paradoxal. Sous des allures timides, il sait très bien ce qu'il veut. Il sait aussi être égoïste quand il en a besoin, comme le métier l'exige. C'est un épicurien. Il est gourmand et bouffe l'existence. C'est aussi une personnalité atypique, rafraîchissante et humble.

Lors de sa virée avec l'équipe de France Espoirs qui a engendré une suspension de treize mois de toute sélection, ses parents sont intervenus et moi aussi. Il fallait lui faire comprendre que ce qu'il avait commis était grave mais, aussi, qu'il n'avait tué personne. Ce fut un déclic pour lui, une prise de conscience. Antoine a eu très peur. Il s'était peut-être cru intouchable. Avec cet épisode, dont même *Les Guignols de l'info* se sont emparés, il a perdu son innocence de gamin. Il a merdé, mais il nous importait de faire preuve de psychologie et de pédagogie. Cela ne sert à rien de lui rentrer dedans. Antoine est un affectif, qui devient hermétique si on insiste trop. Il est du genre à esquiver les problèmes. Sa grande formule, d'ailleurs, est celle-ci : "Je n'ai pas envie de me prendre la tête." Il est dans la culture de l'instant. Et il a tout le temps la banane. »

Alain Griezmann

« Le laisser partir seul était compliqué. En tant que parents, on se posait des questions. Mon épouse, vraie mère poule, craignait l'éloignement et voulait le protéger. Moi, je l'encourageais : "Vas-y mon fils. Il y a tellement de clubs qui t'ont fermé leurs portes. Tu n'as jamais eu ta chance. Au moins, tu auras essayé. Moi, j'aurais rêvé d'être professionnel. C'est la chance de ta vie. Si tu n'es pas bon, tu reviens." Il a habité chez Éric, à l'époque, le portable n'était pas si répandu. Toutes nos vacances, nous partions en voiture – l'avion coûtait trop cher – pour lui rendre visite. Lorsque le dimanche soir, après un week-end à Mâcon, je le raccompagnais à l'aéroport, ma femme préférait ne pas venir car c'était un déchirement. J'entendais Antoine pleurer sur la banquette arrière. “Alors, stop ou encore ? Si tu veux rentrer à la maison, il n'y a pas de problème.” Il avait le choix, nous n'avions pas de contrat, juste une licence. Mais Antoine était déterminé. “Non, papa, je vais y arriver”, affirmait-il. Et nous poursuivions la route.

La Real Sociedad s'est révélé le club idéal, avec des valeurs profondes. Il a tout appris là-bas. Éric et moi avons un caractère très fort. Nous avons eu quelques frictions légitimes, mais toujours dans le respect. Nous nous occupons tous deux d'Antoine, moi pour la partie administrative et financière, lui, le football. Lorsque la virée parisienne de cinq Espoirs a été révélée, j'ai deviné qu'il était dedans. Je l'imaginais frustré de ne pas avoir joué. C'était une bêtise mais il a payé. Il était plus simple de taper sur cinq jeunes que sur ceux ayant commis de vraies boulettes. Nous avons convoqué une réunion de crise avec Éric. Nous avons recadré Antoine, qui a assumé ses conneries. Il est devenu ensuite un autre homme, ça lui a servi de leçon. Mais il reste comme moi : entier. »

Éric Olhats

« Je fais partie de sa vie, une vie hors du commun, pour lui comme pour moi, et dont l'intensité est allée crescendo, du partage des plats surgelés aux discussions avec les plus grands clubs du monde ! J'ai toujours baigné dans le football, et notre proximité lui a permis d'éviter quelques pièges. Diplômé du monitorat national de sport dès vingt ans, j'ai eu très tôt des responsabilités. J'ai été responsable du centre de formation de Pau, responsable technique de l'Aviron Bayonnais, moi le pur Basque, j'ai travaillé à la formation dans les clubs de Toulouse, Bastia et Sochaux.

Depuis 2003, je collabore avec la Real Sociedad, dont je suis l'un des recruteurs de la cellule professionnelle. Je passe deux cent cinquante jours par an hors d'Europe, écumant les tournois au Brésil, à Singapour, au Canada ou en Nouvelle-Zélande. J'aime ma liberté. Je ne vis pas par procuration à travers lui.

J'ai aussi été employé municipal détaché aux sports à la ville de Bayonne et tenté une expérience en Angleterre pour la société britannique ISM (International Sport Management). J'étais basé à Birmingham, accompagnant et découvrant des futurs pros pour le championnat anglais, les détectant en Europe et en Afrique. Cette boîte d'agents, ce n'était pas mon truc.

Et je suis revenu à la Real Sociedad, pour qui je suis tout le temps en déplacement. J'aime mon boulot. Au retour de Birmingham, Antoine m'a demandé de m'occuper de lui. Être juge et partie n'était pas évident. Cette coupure nous a fait du bien. On a coupé le cordon ombilical ! Il avait besoin de s'émanciper et moi de retrouver une forme de liberté. J'ai apprécié nos retrouvailles. Nous sommes comme des aimants : nous nous attirons et, même si nous avons pu nous éloigner, nous finissons toujours par revenir au point de départ ! »

Alain Griezmann

« Nous avons assisté en famille à tous les matchs de l'Euro. Antoine a pris une autre ampleur, une nouvelle dimension. J'ai souffert pendant les deux finales perdues, celle de la Ligue des champions et de l'Euro. Il n'a pas terminé en apothéose, c'est dommage. C'est le charme du football : le meilleur ne gagne pas forcément. Je suis fier de son destin. Il n'y a aucun goût de revanche.

Le challenge Antoine-Griezmann, que nous organisons à Mâcon, est une façon de faire plaisir à la ville et aux gamins. Il y a une quarantaine d'adhérents dans la Team Grizi, dont je suis président, et nous sommes tous bénévoles. Sur un week-end, près de huit cents enfants de neuf à treize ans disputent des tournois et cinq mille personnes y passent. La prochaine édition aura lieu les 24 et 25 juin, au stade Nord. Cela prend du temps de s'en occuper, mais j'aime ça.

Je travaille pour mon fils. Même si Antoine est une star, il reste mon gamin. Je ne suis pas en adoration devant lui. Il a vingt-six ans, si j'ai envie de l'engueuler ou de le bousculer, je ne me gêne pas. J'ai bientôt soixante ans, je continue de travailler pour la ville de Mâcon, je veux gagner ma retraite ! Nous avons trois enfants et avons veillé à ne pas faire de favoritisme. Il n'y a pas de jalousie entre frères et sœur. Ils ont trouvé leur propre équilibre entre eux. Et, si les repas de famille tournent beaucoup autour d'Antoine, c'est parce que nous sommes tous des amoureux du football ! »

Remerciements

Je voudrais tout d'abord remercier mes parents de m'avoir mis au monde et de m'avoir inculqué de si belles valeurs, celles qu'aujourd'hui je transmets à mon tour à ma fille Mia.

Merci Papa de m'avoir fait découvrir le football. Je suis ravi de pouvoir vivre notre rêve !

Merci Maman de me donner encore aujourd'hui le même amour, et ce depuis ma naissance. Tu es tout le temps aux petits soins pour moi et ton attention me touche beaucoup.

Merci Maud de gérer mon calendrier entre les sponsors et la presse, de supporter mes coups de gueule et de me redonner le sourire à chaque visite sur Madrid avec tes macarons venus directement de Paris.

Merci Théo d'être cette boule d'énergie qui me fait tout le temps rire. Je suis très fier de toi et de ce que tu entreprends avec ta marque GZ.

Gracias Erika. Sans toi je ne serais pas l'homme et le joueur que je suis actuellement ! Il y a un avant et un après le jour de notre rencontre. Tu me donnes tout ce dont j'ai besoin : l'amour, le sourire, la force... Tu es mon étoile. Tu m'as fait le plus beau des cadeaux avec notre petite fille. Je suis très fier d'être le futur mari d'Erika Choperena Aldanondo.

Merci à toi Éric, mon conseiller sportif, mais avant tout ami. Tu m'as donné la chance de pouvoir évoluer dans un club pro sans jamais te tromper sur les routes à prendre et tu m'as aidé à surmonter mes moments de doute.

Mille mercis à Martin Lasarte, Philipe Montanier, Cholo Simeone et Didier Deschamps de m'avoir permis d'apprendre à vos côtés. Chacun d'entre vous avait été d'une importance capitale à un moment de ma carrière, et je vous en serai reconnaissant à vie.

Merci Arnaud de m'avoir suivi dans cette belle aventure en m'aidant à la rédaction de cet ouvrage. Ton calme et ta gentillesse m'ont permis de me livrer plus facilement et, il faut l'avouer, ce n'était pas gagné !

Merci également à l'équipe Laffont : Charlotte, Emmanuelle, Bernadette, Lydie, Cécile, Roman, Françoise, Claire, Joël, Astrid, Pascaline, Barbara, Maud, Monique, Alice et tous les autres.

Et enfin un grand merci à la Team Grizi, toujours présente pour me soutenir via des photos, des vidéos ou des commentaires sur les réseaux sociaux. Je ne peux malheureusement pas répondre à chacun d'entre vous, mais sachez que je prends connaissance de tous vos encouragements, avec l'aide de mon ami et community manager André.

AG

REMERCIEMENTS

Merci à Maud, souriante, énergique et efficace, courroie de transmission et gardienne du temple ; à Roman pour sa confiance et son tempérament dans les épreuves ; à Éric pour avoir encouragé le projet ; à Sébastien pour l'avoir matérialisé ; à Isabelle et Alain pour la découverte de Mâcon et le déjeuner Quai Lamartine ; à Erika et Antoine, bien sûr. Et merci à Amélie et Martin, qui font la fierté de leur papa.

AR

Table

Avant-propos 7

1. À la table des géants 13
2. Mâcon, jamais sans mon ballon 21
3. Déraciné 41
4. Une image qui marque 63
5. Conquêtes en Pays basque 73
6. Joue-la comme Beckham 93
7. Famille, je vous aime 101
8. Planète Real Sociedad 113
9. Une Griezmann de plus dans la famille 127
10. Le modèle NBA 133
11. Une suspension comme une prise de conscience 139
12. Culture maté 153
13. Bleu comme l'espoir 161
14. Le pire ennemi du footballeur 189
15. Un Euro sous pression 195
16. Dans l'histoire de l'Atlético Madrid 213

17. Tueur des surfaces et apôtre du collectif...... 235
18. Dans l'axe du bien 241
19. Éloge de la liberté 257

Postface. Alain Griezmann et Éric Olhats, «Notre Antoine...».. 263

Remerciements 275

La photocomposition de cet ouvrage
a été réalisée par
GRAPHIC HAINAUT
30, rue Pierre Mathieu
59410 Anzin

Imprimé en France par CPI
en avril 2017

Dépôt légal : mai 2017
N° d'édition : 56076/01 – N° d'impression : 3022326